그랑기뇰

그랑기뇰

2017년 1월 24일 1판 1쇄 찍음
2017년 1월 31일 1판 1쇄 펴냄

지은이	이태형
펴낸이	윤한룡
편집	이연희
관리·영업	김선화
디자인	이춘희

펴낸곳	(주)실천문학
등록	10-1221호(1995.10.26)
주소	서울특별시 성북구 보문로 82-3, 801호(보문동 4가, 통광빌딩)
전화	322-2161~5
팩스	322-2166
홈페이지	www.silcheon.com

ⓒ 이태형, 2017

ISBN 978-89-392-0761-5 03810

이 책 내용의 전부 또는 일부를 재사용하려면
반드시 지은이와 실천문학사 양측의 동의를 받아야 합니다.

이 도서의 국립중앙도서관 출판시도서목록(CIP)은 e-CIP홈페이지(http://www.nl.go.kr/ecip)와
국가자료공동목록시스템(http://www.nl.go.kr/kolisnet)에서 이용하실 수 있습니다.
(CIP제어번호:CIP2016028539)

이태형 소설집

그랑기뇰

실천문학사

차례

질병보고 - 병 속의 악마   007

괴사(壞死)   037

물고기들   063

사형 집행 중   089

패치워크   119

바바 예투   153

그랑기뇰   181

감상주의   217

발문   251
작가의 말   260

질병보고
⋮
병 속의 악마

5년 전 여름 한 나라를 지도에서 지워버린 질병이 있었다. 그 질병의 병원균은 전염성이 강했고 호흡기만으로도 감염이 가능했다. 감염자는 2-3일 안에 사망했는데, 증상이 미약하여 죽는 순간까지도 감염되었다고 확진할 수 없었다. 더구나 전염병 발생국의 질병대책본부는 매뉴얼 부재로 적절한 조치를 하지 못했고, 피해는 걷잡을 수 없이 커졌다. 결국 이 질병은 한 달도 지나지 않아 세계를 떠들썩하게 만들며 세계보건기구로부터 전염병 경보 최고단계인 판데믹 등급을 받았다. 그 심각성이 어느 정도였냐면, 보카치오의 말을 인용해 '사람들이 낮에는 친구들과 점심을 먹고 해가 지고 나면 천국에 가서 자기 조상들과 함께 저녁을 먹었다'고 평할 정도였다. 전염병이 유행하는 동안 발병의 원인은커녕 잠복기와 증상조차 파악하지 못했다. 며칠 만에 전염병 발생국은 사실상 괴멸했다. 지난 5년간 세계의 국가들은 그 지역에 사람이 들어갈 수 없도록 통제를 해왔다. 최근에야 조사단의 한정적 접근이 허락되었다. ~~물론 우리의 조사를 반대하는 입장을 취한 나라도 많았다.~~

우리는 ~~사실 이제 나라라 부를 수 없는~~ 이 지역에 극소수의 사람들이 생존해 있다는 사실을 알고 있었다. 그들이 처음부터 병원균에 노출되지 않은 건지, 병원균에 노출되었지만 감염되지 않은 건지, 아니면 감염 후 이겨낸 것인지는 알 수 없었다. 만약 그들이 병원균을 이겨냈다면 그들을 통해 백신을 만들 수 있을지도 몰랐다. 문명과 단절된 그들은 마치 짐승처럼 변해 있었다. 말은 통하지 않았고 우리를 피하거나 공격하기도 했다. ~~과연 그들이 우리와 같은 인간인지 의심이 들기도 했지만, 단순히 우리가 그들의 언어로 말을 걸지 않았기 때문일지도 모른다.~~ 하지만 그들의 행동을 지나친 반응이라고 볼 수만도 없었다. 그들은 옛날의 경험으로 미루어 우리가 자신들을 '위생적으로 관리'할 것이라 생각했을지도 모른다.

전염병에 대한 소문을 들으셨나요?

어떤 소문이죠?

요즘 떠들썩한 그 소문 말이에요. 병 속의 악마요.

아아, 그 소문요? 그게 사실일 리 있겠어요. 항상 소문은 과장되기 마련이죠. 일단 차분히 그 이름을 보세요. 병 속의 악마라니, 그건 스티븐슨*인가요? 아니면 천일야화**인가요?

아이언맨***일지도 모르죠.

아이언맨? 그건 뭐죠? 아이언메이드 같은 건가요?

적어도 지니처럼 소원을 들어주는 것은 아닐 거예요.

소문은 들어줄지 모르죠. 그런 거창한 이름을 가진 것 중 제대로 된 건 없어요. 별로 신경 쓰지 않아도 될 거라 생각해요.

그럴까요. 하지만 지금 퍼지는 소문은 마치 살아 있는 듯 느껴져서요.

무슨 소리예요. 과장된 소문에 너무 많은 영향을 받으신 것 같아요. 그들의 불결한 생활을 생각해보세요. 그들은 너무 더럽죠. 차라리 하수구에 사는 쥐가 더 청결할걸요. 그러니 그들에게 질병이 있는 것은 당연하죠. 만약 우리 같은 사람들이 그런 더러운 짐승들과 접촉하게 된다면 당연히 병이 생길 수밖에 없겠죠. 이미 부패한 시체 같은 그들에게는 별 영향이 없어도 우리에게는 치명적일 수 있잖아요. 마치 코모도드래곤의 타액처럼요.

---

* Robert Louis Stevenson, 「The Bottle Imp」, New York Herald, February – March 1891.
** 「Tale of Fisherman and Ifrit」, 『The Arabian Night' Entertainment』.
*** 『Iron Man : Demon in a Bottle』, Marvel Comics, March–Nov 1979.

질병보고

드래곤의 타액이라니요. 그런 허황된 이야기를 하는 게 아니에요.

허황된 이야기가 아니에요. 단지 어떤 가능성에 대한 이야기를 하는 거예요.

당신과 이야기하니 배가 산으로 가는 것 같네요.

5년 전 5월의 어느 날 아침, 강에서 물고기를 잡던 50대 어부가 가벼운 두통을 느꼈다. 메스꺼운 느낌도 들었다. 가벼운 증상이라 몸살 또는 과로로 생각해 동료에게 말하고 집으로 돌아가 쉬었다. 그는 한동안 보이지 않다가 며칠 뒤 집에서 발견되었다. 강가를 떠도는 더러운 노숙자가 어포 조각이라도 얻으려고 들어갔다가 그를 발견했다. 온 피부가 갈라지고 몸에 있는 모든 구멍에서 피를 쏟은 채 죽어 있었다. 그가 흘린 피가 방바닥에 젤리처럼 굳어 질척거렸고, 그의 입에서 튀어나온 장기 파편들이 벽에 날아가 붙어 있었다. 경찰은 그의 죽음을 악마적인 의식을 위한 광신도의 소행이라 생각했다. 범인을 특정할 수 없었던 경찰은 그를 발견한 노숙자를 처형했다. 어부들은 자신들의 어포를 빈번하게 훔치는 노숙자를 평소에도 좋아하지 않았기 때문에 그의 처형을 환영했다. 심지어 노숙자가 어부를 죽이는 장면을 보았다는 증인까지 나왔다. 노숙자에게는 자신을 변호할 기회가 주어지지 않았다. 그는 광장에서 참수당했다. 사람들은 참수형을 보기 위해 먼 동네에서도 놀러 왔다. 단두대 앞에 모인 사람들은 소풍을 온 듯 먹고 마시며 떠들었다. 무딘 날은 몇 번이나 내리치고 나서야 노숙자의 머리를 간신히 뜯어낼 수 있었다. ~~노숙자는 자신이 단두대에 오를 때까지도 거기서 머리가 잘려나갈 사람이 자신이라고는 생각하지 못했을 것이다. 그나마 깨끗하게 잘려나가 즉사했다면 고통 없이 죽을 수 있었을 것이다.~~ 떨어져 나간 그의 머리는 구경꾼들을 향해 굴러갔다. 사람들은 굴러오는 머리를 피해 바다처럼 갈라졌다. 모두가 그와 눈이 마주쳤다. 정적이 길게 이어졌다. 축제는 끝났다. 모두 돌아간 뒤에도 그의 머리는 본보기처럼 그 자리에 오랫동안 방치되었다.

우리는 이 사건을 ~~의사의 기록이 아닌,~~ 경찰의 기록에서 찾았다. 당시에는 단순한 엽기살인으로 처리되었으나, 추후 감염되어 죽은 사람들의 증상으로 보아 그를 첫 감염자로 보아도 무리가 없다고 판단했다. 당시 어부의 죽음을 살인사건으로 쉽게 종결할 수 있었던 이유는 추가 감염이 없었기 때문이다. 그는 혼자 살았고 가족은 없었다. 강가 근처에 위치한 나무 헛간에서 생활하며 잡은 물고기를 어시장에 내다 팔아 생계를 유지했다. 그의 집에서 발견된 것이라고는 말린 어포와 난방에 사용할 소량의 연료밖에 없었다. 아무에게도 전염이 되지 않은 것은 ~~그 지역의 다른 사람들에게는 다행이나~~ 질병의 위

험성을 초기에 판단할 수 있는 중요한 기회를 놓친 셈이었다.

사과는 가장 효율적인 연료였다. 사과를 연료로 사용하게 되면서 증기기관이 발명되었다 해도 과언이 아니었다. 증기기관의 발명은 산업발전을 가속화시켰다. 처음에는 가난한 사람들이 사과를 원형 그대로 조개탄처럼 사용했다. 하지만 우연한 계기를 통해 액체연료로 만들어 사용하면 훨씬 효율이 높아진다는 점을 알게 되었다. 곧 산업발전을 위해 사과를 먹는 행위는 법적으로 금지되었고, 사과브랜디를 만들던 공장들은 사과연료를 만드는 공장으로 용도가 변경되었다. 사과브랜디와 사과연료는 만드는 과정이나 결과물이 거의 동일했다. 단지 사과연료는 사람이 먹으면 몸에 큰 부담을 줄 정도로 농도가 진했다.

사과연료 공장에서 강의 하류 쪽 습지에는 널빤지를 대충 엮어 세워 놓은 움막집이 스무여 채 있었다. 벽에는 곰팡이가 가득했고 밑단부터 썩어 들어갔다. 지금 당장 움막촌이 통째로 습지 속에 삼켜져도 이상하지 않을 정도였다. 집마다 열 살 전후의 아이들 대여섯 명이 끼여 살았다. 움막촌의 한쪽에는 문도 달리지 않은 재래식 화장실이 늘어서 있었는데, 분뇨가 골목에 넘쳐 흘렀다. 아이들은 화장실을 이용하지 않고 아무 곳에나 볼일을 봤다. 비가 오면 아이들이 싸 놓은 분뇨와 진흙이 섞였다. 아이들은 새벽부터 울리는 사이렌 소리에 깨어났다. 항상 같은 옷을 입고, 다 떨어진 신을 신고

술에 취한 듯 비틀거리며 공장을 향해 걸었다. 그들이 공장에 거의 도착할 때쯤이면 도개교가 웅장하게 내려가기 시작했다. 도개교가 고정되는 소리가 크게 울리고 난 후 공원들을 태운 증기버스가 기적 소리와 함께 하얀 연기를 뿜으며 다리를 건너왔다. 공원들은 공장의 아이들을 더러운 짐승처럼 생각했다. 아이들이 풍기는 부취가 자신들에게 옮을까 봐 아이들과 거리를 두고 접촉을 하지 않았다. 어쩔 수 없이 아이들에게 지시해야 할 때는 비교적 깨끗한 아이를 겨냥해 멀리서 채찍으로 때렸다. 채찍에 맞은 아이는 하던 일을 중단하고 그 자리에 멈춰 지시사항을 들었다. 한번 심부름꾼으로 선택받은 아이는 공원의 채찍이 아슬아슬하게 닿는 거리에 계속 머물렀다. 공원들은 아이들을 도구보다 하찮게 생각했기 때문에 너무 가까이 다가갔다가는 과도한 채찍질에 목숨을 잃을 수도 있었다. 채찍의 사정거리를 아슬아슬하게 유지하는 것도 심부름꾼이 될 수 있는 자질 중 하나였다. 심부름꾼은 공원의 개인 하인처럼 행세하며 다른 아이들에게 명령하듯 행동했다.

검사장에는 육안으로 연료의 최종 상태를 점검하는 몇 명의 선택받은 아이들이 있었다. 검사원으로 있는 아이들은 심부름꾼보다도 높은 위치에 있었다. 그들은 일의 특성상 청결을 유지해야 했기 때문에 더러운 움막촌이 아닌 검사장에 거처를 두고 머물렀다. 냉각수로 사용된 미지근한 물로 아침마다 씻을 수도 있었다. 더구나 검사장은 공장장이 직접 순시하는 유일한 장소였다. 가끔 공장장이 직접 그들에게 질문을 할 때면 검사원들은 자신들이 아이들보다 공원에 가깝다고 생각했다. 검사원들은 벨트 컨베이어를 타고 검사장으로 들어오는 각각의 라인에서 배럴마다 담긴 연료를 들여다본 후 합격스티커를 붙였다. 합격스티커가 붙은 배럴은 뚜껑이 봉해지고 창고로 옮겨졌다. 특별히 큰 기술을 요구하지는 않았고, 브랜디 공정에서 이어진 형식적인 과정일 뿐이었다. 하지만 검사원들은 그렇게 생각하지 않았고, 자신들의 임무에 큰 자부심을 가지고 있었다. 스티커에는 검사라인이 숫자로 표시되어 있었는데, 검사원들은 각각의 숫자가 자신들의 서명이라도 되는 듯 자랑스러워했다. 그들은 좁쌀만 한 찌꺼기가 있거나 색에 조금만 문제가 있어도 불량 판정을 내렸다. 그런 깐깐함은 연료를 판정하는 데에는 지나친 기준이었지만, 이 공장의 사과연료가 유명해져 비싼 가격에 거래되는 이유가 되었다. 불합격 판정을 받은 사과연료들은 공장 한쪽에 모아두었다.

 아이들은 공원 몰래 불합격된 사과연료를 마셨다. 삶의 유일한 낙이었지만, 공원들에게 들킨다면 목숨을 잃을 것이 분명했다. 아이들은 공장에서 브랜디를 만들던 시절 술병으로 쓰이던 15온스짜리 코르크병을 하나씩 가지고 있었다. 1주일에 한 번 공원들이 일찍 들어가는 날 검사장에서 연료를 받았다. 한 병의 연료로 그들은 1주일을 마셔야 했다. 적은 양이었지만 더 받을 수는 없었기 때문에 작은 병을 목숨처럼 아끼고 소중히 여겼다. 남의 연료를 훔치는 아이는 없었다. 행여 연료를 훔치다 들키면 다시는 연료를 받을 수 없었고, 무리에서 따돌림을 당했다. 바로 소년이 그에 대한 본보기였다.

  소년은 항상 혼자였다. 소년은 누구와도 이야기하지 않았다. 소년이 정말 남의 연료를 훔쳤는지 직접 본 아이는 없었다. 하지만 연료를 훔쳐서 따돌림당하는 아이는 항상 있어 왔다. 그것이 바로 모두를 위한 규칙이었고, 지금 소년의 역할이었다. 소년은 가장 오래된 나무 창고를 관리했다. 공장이 처음 만들어졌을 당시에는 브랜디를 숙성시키기 가장 좋은 창고였으나, 숙성 과정이 필요 없어지면서 오랫동안 사용되지 않았다. 그곳은 유배지나 다름없었다. 소년은 언제나 깨끗하게 창고를 정리했다. 달리 할 일이 없었기 때문일 수도 있지만, 가만히 있기에 소년은 외로웠다. 소년은 여름이면 건물이 썩지 않게 곰팡이와 습기를 닦아냈고, 겨울에는 지붕에 쌓여 있는 눈을 밀어 떨어뜨렸다. 하지만 한 번도 보수하지 않은 창고는 소년의 노력과는 상관없이 지금 당장 무너지더라도 이상하지 않았다.

두 번째 감염자는 강에서 2킬로미터 정도 떨어진 읍내에서 발생했다. 시장 내 생선가게에서 일하는 20대 청년이었다. 그는 아침에 일어나 출근 준비 중 가벼운 두통과 메스꺼움을 느꼈다. 인근에서 죽은 어부의 소문을 들었지만 그의 죽음을 엽기살인으로 알고 있었고, 당연히 어부가 죽기 전 자신과 동일한 증상이 있었다는 사실을 알지 못했다. 그는 가벼운 두통을 핑계로 하루 쉬고 싶었다. 진단서를 받기 위해 가까운 진료소를 방문해 약을 받았다. 그의 진료기록을 확인한 결과 처방받은 것은 하루 두 알씩 총 여섯 알의 아스피린이 전부였다. 청년 역시 며칠 뒤 자신의 하숙방에서 죽은 채 발견되었다. 피부가 갈라지고 방바닥은 피가 젤리처럼 굳어 질척거렸으며, 몸속의 모든 장기를 벽까지 토한 채였다. 어부와 동일한 증상이었다. 그의 방에서도 어포와 연료가 발견되었는데, 누구의 집에나 있는 것이니 별다른 특이사항을 찾을 수 없었다. ~~여섯 알의 아스피린이 그 청년의 고통을 조금이라도 줄여주었다면 좋았을 것이다.~~ 경찰은 이 사건을 이전에 있었던 엽기살인의 모방범죄로 발표했다. 연쇄살인이라고 말할 수는 없었다. 그러면 이전에 처형한 노숙자가 무죄였다고 인정하는 꼴이니 말이다. 경찰은 연고불명의 노숙자를 어디선가 하나 잡아왔다. 다시는 모방범죄가 이루어질 수 없도록, 이번에는 광장에서 효수형에 처해 오랫동안 본보기로 놔두었다. ~~까마귀들이 그의 얼마 안 되는 살점을 모두 뜯어 먹고 나서야 그는 땅으로 내려올 수 있었다.~~

두 번째 사건도 모방살인으로 처리될 수 있었던 것은 추가 감염자가 나오지 않았기 때문이었다. 추후 우리의 조사 결과 둘의 공통점은 가족이 없었고, 따로 떨어진 독채에 살았으며, 죽을 때는 혼자였고, 연고자가 없어 빨리 화장을 했다는 것이었다. 더구나 거주지도 ~~사람이 죽은 집이라~~ 사망 후 통째로 불태워버렸다. 이 모든 우연 아닌 우연이 추가 감염을 방지할 수 있었다.

 공장의 불량 연료 관리가 부실하다는 지적이 있었다면서요.
 난리도 아니었어요. 공장장이 그렇게 진땀 흘리며 변명하는 모습은 처음 봤다니깐요.
 하지만 지금까지 그걸 관리하라는 말도 없었잖아요.
 그렇죠.
 하지만 이제 관리하라고 하네요.
 누구에게요?
 우리에게요.
 …….
 그래서 어쩌라는 걸까요?
 모르겠어요. 일단 모으면 되지 않을까요?
 어디에요?
 모아서요?
 글쎄요. 마시기라도 할까요?
 큰일 날 소릴. 그냥 모아서 버리죠.
 이 대화를 누군가 들었다면 우리는 머리가 도려지고 목 위로 혀만 남았을 거예요.

하지만 옛날에는 마셨잖아요.

그렇죠. 이 지역의 자랑이었죠.

저희 부모님도 좋아했어요.

축제나 제사 모든 곳에 있었죠.

마치 삼처럼.

아, 그러고 보니 삼도 금지되었죠.

건강을 위한 거라잖아요.

건강일까요?

이상한 곳에서만 우리 건강을 걱정해주는 것 같아요.

그립군요.

그래서 결국 어떻게 하라는 걸까요?

세 번째 감염자들이 나오고서야 이것이 전염성을 지닌 질병이라고 인지할 수 있었다. 감염자들은 세 명으로 읍내에서 그리 멀지 않은 생선통조림 공장에서 일하는 노동자들이었다. 외관상 어른처럼 보이기도 했으나 스무 살이 되지 않은 고아들이었다. 고아들은 공장의 중요한 노동력이었다. 그들 역시 가벼운 두통과 메스꺼움을 느꼈지만, 공장은 그 정도 증상으로 휴식을 주지는 않았다. 그들은 진료를 받고 싶다는 말도 할 수 없었을 것이다. 결국 같은 생산 라인에서 서로에게 사이좋

캐 장기를 토해냈다. 그들이 토해낸 장기 파편들은 4-5미터 밖으로 튀어나갔다. 주위의 많은 노동자들이 그들이 토해낸 체액을 맞았다. 공장장은 공장에서 사람이 죽었다는 사실이 알려져 조사가 들어오면 생산 일정에 차질이 생길까 봐 공원들의 죽음을 은폐했다. 노동자들을 시켜 시체를 오랫동안 쓰지 않았던 창고로 옮겨 놓고, 다른 공원들은 아무런 조치 없이 그대로 일을 시켰다. 심지어 그들이 토해낸 혈흔을 깨끗이 닦아내지도 않았다. 이틀 만에 공원의 절반 이상이 죽고 나서야 공장장은 경찰에 신고를 했다. 이미 공장은 정상적으로 돌아갈 수 없는 상태였다. 물론 초기 신고에서 처음 죽은 세 명의 노동자도 같은 시기에 죽은 것으로 신고를 했다.

이 사건 역시 이후 질병 대처에 혼란을 초래하는 원인이 된다. 질병의 감염 경로와 잠복기를 판단할 수 있는 기회를 또 한 번 놓치게 된 것이다. 노동자들은 불규칙하게 죽어 나갔고, 공장장도 예외는 아니었다. 조사를 위해 시체를 만진 경찰들로 인해 읍내의 사람들이 전부 죽는 데에는 일주일도 걸리지 않았다. 기하급수적인 전염 속도는 전체 인류를 반년 안에 말살할 수 있을 정도였다.

해당국의 질병대책본부는 마을의 사람들이 모두 죽은 뒤에야 그 지역을 봉쇄했다. 그동안 마을에서 외부로 나온 사람이 몇 명이나 되는지 밝혀진 바는 없었다. 하지만 봉쇄 이후에는 마을에서 나오는 생명체를 모두 사살했고 바로 그 자리에서 연료를 붓고 화장했다. 총 한 방에 즉사하지 못한 사람도 예외는 아니었다. 어차피 태울 것이었기 때문에 산 채로 불을 붙여 총알을 아꼈다. 사과연료의 향과 살이 익는 냄새가 마을에 진동했다. 그러나 불행하게도 그런 노력에도 불구하고 읍내에서 조금 떨어진 이웃 마을에서 감염자가 나타났다. 결국 초기에 질병이 발견된 공장 주위와 인접한 모든 마을을 격리했다. 마을 사람들은 동일한 방법으로 처리되었다. 그 지역을 방문했던 사람들은 자진해서 신고하라고 안내했지만, 이미 위생적인 처리 방법에 대한 소문이 퍼진 이후라 아무도 나타나지 않았다. 당시 마을에 남아 있는 자료를 보면 그때까지도 호흡기 전염의 가능성을 배제한 채 방역 대책을 마련했던 것을 짐작할 수 있었다. 즉 혈액 또는 체액으로만 전염되는 질병이라 판단한 것이다. 그리고 질병의 원인과 증상, 잠복 기간 역시 전혀 파악하지 못했다. 더구나 살인사건으로 처리된 앞의 두 사건과의 연결점도 파악하지 못한 것으로 생각된다. ~~그러나 그에 대해 파악했다 하더라도 엉뚱한 사람을 잡아 처형한 경찰들은 그에 대한 책임을 지지 않아도 되었을 것이다. 이미 그들도 조상들과 같은 식탁에 앉아 있을 것이 분명했기 때문이다.~~

이제 부적격 판정을 받은 연료는 공원들이 직접 검사장에 머물며 관리했다. 부적격 연료가 발생하면 수량을 파악하고 아이들을 시켜 창고에 옮겼다. 일이 늘어난 공원들은 불만이 많았다. 불량이 발생할 때마다 검사원 아이들의 잘못인 양 채찍으로 때렸다. 검사원들은 공원의 눈치를 보기에 바빴고, 웬만하면 합격스티커를 붙였다. 공장의 생산량이 증가하긴 했지만 미미한 수준이었다. 아이들이 마시던 부적격 연료는 귀해졌다. 아이들은 더 이상 검사장에서 연료를 얻을 수 없었다. 그러나 텅 비어 있던 소년의 창고는 가득 찼다. 처음에는 깐깐하게 굴던 공원들도 연료가 창고로 옮겨진 이후의 처리에 대해서는 신경 쓰지 않았다. 부적격 판정을 받은 연료통은 소년의 창고에서 방치되었다. 소년은 처음에 연료를 어떻게 파기해야 할지 몰라 강에 버리기도 했다. 하지만 점차 공원들이 전혀 신경 쓰지 않는다는 것을 알고 몇몇 아이들에게 연료를 나눠 주었다. 예전에는 소년을 피하고 따돌리던 아이들도 연료를 받으며 점점 그와 친해지고 싶어 했다. 하나둘 소년의 창고 뒤를 기웃거리는 아이들이 늘어갔다. 자연스럽게 소년의 지위는 높아졌다. 소년은 모든 아이들에게 자비를 베풀어 적은 양이었지만 연료를 나눠 주었다. 검사원들에게는 연료를 나눠 주지 않았는데, 검사원들이 연료를 받으러 소년에게 찾아오지 않았기 때문이었다. 오히려 검사원들은 소년이 자신들에게 연료를 가져다 주지 않았기 때문에 불쾌함을 느꼈다. 소년이 먼저 그들에게 연료를 가져다 줄 이유는 없었다. 이제 아이들은 그들의 말을 듣기는커녕 자신들을 낮춰 보던 그들을 노골적으로 무시했다. 아이들이 자연스럽게 검사원들을 낮춰 보며 만족감을 느끼는 모습을 보고, 소년은 이제 그들이 예전에 자신이 하던 역할을 맡아야 한다는 것을 깨달았다. 아이들은 이제 검사원들을 보며 자신의 입장을 소중히 여기게 될 것이다. 내가 아니라 다행이라 생각하게 될 것이다. 그러기 위해 검사원들은 더 고립되어야 했다.

검사원들은 다른 건 몰라도 연료를 마실 수 없는 것만큼은 참을 수 없었다. 부족함 없이 연료를 마셨던 그들은 연료에 대한 권리가 연료의 품질을 결정하는 자신들에게 있다고 생각했다. 연료만 있다면 아이들도 다시 따르게 될 것이다. 검사원들은 연료를 빼돌리기로 결심했다. 검사를 빙자해 배럴 속 연료를 찔끔찔끔 마셨다. 하지만 아이들에게 나눠 주기는커녕 자신들이 이전에 풍족히 즐기던 양에도 훨씬 미치지 못했다. 검사장을 청소하던 아이들은 검사원들이 연료를 마시는 행동을 소년에게 일렀다. 소년은 검사장을 청소하던 아이들을 시켜 검사원 중 가장 서열이 낮은 아이를 은밀히 불렀다. 검사원 아이를 회유하며, 공원을 찾아가 자백하라고 강요했다. 만약 협조하지 않으면 앞으로 검사원들에게 닥치게 될 상황에서 구해 주지 않겠다고 협박했다. 앞으로 어떤 꼴을 당하게 될지 몰랐지만, 아이는 이미 돌아갈 곳이 없다는 사실을 본능적으로 알고 있었다. 그는 밀고자가 되어 공원에게 자백하기로 약속했다.

소년은 공원들이 거의 출입하지 않는 분쇄기가 있는 건물 한쪽에 부적격 판정을 받은 연료를 몇 통 숨겼다. 그런 다음 밀고자에게 공원을 데려오게 했다. 소년은 분쇄 창고에 숨었다. 밀고자가 공원을 데리고 들어왔다. 밀고자는 눈두덩이 퉁퉁 부어 눈을 뜨지 못했다. 감긴 눈에서 진물이 계속 흘러나왔다. 눈뿐 아니라 온몸이 붓고 찢어져 피를 흘렸다. 그러나 공원에게 먼저 말을 걸고도 죽지 않았으니 운이 좋은 편이었다. 공원의 얼굴은 누르락붉으락했다. 밀고자는 공원에게 소년이 분쇄기 뒤에 숨겨 놓은 배럴을 보여주었다. 공원은 밀고자에게 검사원들을 불러오게 했다. 검사원들은 영문도 모르고 밀고자를 따라 분쇄장으로 들어섰다. 그들은 술에 취한 듯 비틀거리며 걸었다. 그런 검사원들을 본 공원은 그들에게 욕설을 뱉으며, 아이들에게 속아 도저히 분이 풀리지 않는 듯 채찍을 내리치기 시작했다. 밀고자는 공장 한쪽에서 고개를 숙이고 벌벌 떨었다. 아이들은 채찍에 찢겨 피범벅이 되었다. 자신들이 왜 맞는지 몰랐다. 그들은 맞으며 서로에게 의지하듯 한데 뭉쳤다. 그 행동이 자신에게 저항하는 행동으로 비춰졌는지 공원의 얼굴은 더욱 누르락붉으락 변했다. 그는 아무렇게나 잡히는 쇠파이프를 들고 다짜고짜 휘둘렀다. 아이들의 피부가 뜯겨 나가며 피와 살점이 사방으로 튀었다. 공원은 검사원들을 죽이려고 작정한 것 같았다. 이미 움직일 수 없는 아이들에게 계속해 쇠파이프를 휘둘렀다. 아이들이 뭉쳐서 쓰러진 자리에 피가 흥건했다. 아이들은 다시 일어나지 못했다. 공원은 밀고자에게 뒤처리하라 말한 뒤 식식거리며 아이들을 버려두고 검사장으로 돌아갔다. 그리고 검사장을 청소하던 아이들을 검사대에 세웠다. 뒤에서 오랫동안 검사원들을 부러워한 아이들은 그 기회를 놓치지 않기 위해 온 신경을 다해 일하는 척했다.

소년은 검사원들을 어떻게 처리해야 할지 잠시 고민했다. 밀고했던 아이는 다리에 힘이 풀렸는지 그 자리에 주저앉았다. 그의 바지 사이로 소변이 흘러나왔다. 소년은 죽어가는 아이들을 그대로 두라고 했다. 그리고 그 자리를 밀고자에게 지키라 했다. 이제 밀고자는 본보기가 되었다. 단지 그들처럼 초주검이 되지 않은 것이 소년이 베푼 자비였다. 공장을 돌아다니는 쥐들이 간신히 숨이 붙어 있는 아이들의 살을 뜯어 먹었다. 저녁이 되자 소년은 아이들을 모았다. 모두가 보는 앞에서 밀고자가 자신의 손으로 아이들을 처리하도록 시켰다. 밀고자는 거역할 수 없었다. 밀고자는 검사원 아이들을 하나씩 들쳐 업고 사과와 함께 분쇄기에 집어넣었다. 붉게 물든 사과즙이 발효통으로 흘러들어갔다. 이후에도 밀고자는 계속 그 자리를 지켰다. 아무도 그를 찾지 않았다. 그는 혼자였다. 혼자 알아들을 수 없는 말로 누군가와 이야기를 했다. 소년은 그가 좋은 본보기가 되었다고 생각했다.

그러나 앞서 행한 노력과 상관없이 다음 감염자가 수도에서 발생했다. 수도는 해당 전염병 발발 지역에서 약 200여 킬로미터 떨어져 있었다. 감염자는 30대 중반의 남자로 고급 중기택시 운전수였다. 그는 운행 중 가벼운 두통과 메스꺼움 등

예의 그 증상을 느꼈고, 가까운 의원에 들렀다. 그 역시 어시장의 청년처럼 아스피린 6알을 처방받았고, 사납금을 채우기 위해 쉬러 들어가지 않고 계속 일했다. 의사는 소문의 전염병이 여기까지 퍼졌을 것이라 상상하지 못했다. ~~그리고 대부분의 소문은 항상 과장되기 마련이었다.~~ 그는 다음 날 손님을 태우고 가는 중 발작했고, 택시는 온통 그의 피로 범벅이 되었다. 그가 두통을 느끼기 전날 강의 상류에 위치한 마을을 방문한 기록이 있었다. 마을에서 태워 온 사람은 높으신 분의 정부(情夫)였는데, 젊은 여자와 함께였다고 한다. 그 기록은 높으신 분의 지시에 따라 삭제되었다. ~~운전수가 죽을 때 타고 있던 승객은 그가 장기들을 토해내는 것을 보고 심각한 트라우마를 갖게 되었으리라 생각되는데, 며칠 살지 못했을 것이 분명하나 오히려 운이 좋았다고 봐야 할 것이다.~~ 그러나 그 사건이 숨겨지며 또 한 번 큰 재앙을 미리 막을 수 있는 기회를 놓쳤다. 그가 이틀간 태웠던 손님들에 대한 조치가 전혀 이루어지지 못했다. 물론 조치를 했더라도 큰 피해를 막을 수는 없었겠지만, 훨씬 줄어들었을 것이다. 더구나 초기 사건이 비밀에 부쳐져 운전기사가 죽고 잠복기가 지난 이틀 뒤부터 펼쳐진 재앙에 대한 대처는 무방비나 다름없었다. 결국 전염병은 도시 전체, 더 나아가 온 나라 그리고 결국 세계를 긴장하게 만들었다.

사람들이 길을 걷다 옆 사람에게 장기를 토하며 죽었다. 와중에 질병보다 소문이 더 빨리 퍼진 것이 그나마 다행이었다. 일부 소문은 질병관리본부보다 더 정확하게 증상과 잠복기를 파악했다. 하지만 수많은 소문 중 무엇이 진짜인지 알 도리는 없었다. 사람들은 집에서 나오지 않았다. 간혹 증상을 느낀 사람들이 자발적으로 병원을 찾았으나 병원에서도 아직 질병에 대한 파악이 이루어지지 않았기 때문에 증상을 호소하는 사람들을 돌려보냈다. 정부는 사람들에게 지정 병원에서 검사를 하라고 안내했지만, 의사들은 자신의 병원이 지정되었는지조차 몰랐다. 애써 나왔던 사람들은 다시 집으로 돌아가 죽었다. 병원은 그곳에 모여든 멀쩡한 사람들에게 병원균만 옮겼을 뿐이었다.

    이 건물은 뭘까요?

    뭐라니?

    내부까지 온통 파란색이라니 좀 기분 나쁘네요. 이런 곳에서 사람이 살 수 있을까요?

    살지 못할 건 뭔가. 살다보면 적응하는 것 아니겠나.

    하지만 멀쩡한 사람도 이상해지겠어요.

    불평하지 말게, 저기 밖에 나가서 자고 싶지 않으면 말이야.

    이곳에 살았던 사람은 어떤 사람이었을까요.

그것이 밝혀지면 우리 조사에 더 도움이 될 수 있을지도 모르겠군.

과연 그 증기택시 기사가 태워 간 사람과 관련이 있을까요?

그렇게 생각되기도 하지만 근거가 부족하지.

하지만 이곳에서 병원균은 발견되지 않았잖아요.

마을에서도 병원균을 발견할 수 없었지 않은가.

그건 알지만 근거도 없고, 반대로 이곳이 발원지라 생각할 수도 있겠네요.

그렇다고 하더라도 아래 마을과의 연관성을 어떻게 찾을 수 있을까?

그리 멀지 않으니깐요.

그리고 모든 숙주가 죽은 이후 다시 발병되지 않았다는 점도 생각해봐야 한다네. 그 병이 어떤 조건에서 발생해 감염될 수 있고 통제가 가능한지도 말이야. 더구나 질병을 막은 결정적 요인은 우리의 노력보다는 그 질병의 특징 때문이었어. 전염을 시키기도 전에 숙주를 죽여버리는 경우도 많았으니 말이야. 더구나 이 나라의 지리적 조건도 우리 입장에서는 정말 다행이었지.

그렇죠. 통제할 수 있다면 상황에 따라 우리에게 큰 도움이 될 수도 있겠죠. 마치 지금 이 나라의 모습처럼 말이죠.

말조심하는 게 좋을 거야.

그런데, 머리가 조금 아픈 것 같은 느낌이 들지 않아요?

정부가 통제력을 상실하고 기능이 마비되는 시간은 오래 걸리지 않았다. 정부뿐 아니라 사회 자체가 마비되었다. 사람들은 서로 간의 접촉을 극단적으로 피하고 싶어 했지만, 보존 식품을 확보하기 위해 어쩔 수 없이 싸우기도 했다. 그나마 다행이었던 점은 해당 국가가 전쟁 중이라 육로가 통제되고 있었다는 사실이다. ~~다행히 전쟁의 상대국이 그 전염병의 유행을 목도하고도 침략하는 멍청한 짓은 저지르지 않았다.~~ 최근에 그 나라에서 왔거나, 방문했던 기록이 있는 사람들은 모두 격리되었다. 그 과정에서 백신을 만들던 연구자들이 병원균에 감염되기도 했다. 결국 연구자들의 감염과 죽음을 통해 모두들 알게 되었다. 격리도 위험했다. 감염을 막으려면 숙주를 죽이고 태우는 수밖에 없었다. 단 하나의 사실은 숙주가 죽으면 병원균은 오래 살지 못한다는 것이었다. 빨리 숙주를 죽이는 것만이 전염병의 확산을 막는 유일한 방법이었다. 각 국가들은 격리되었던 사람들을 앞서 이야기한 바 있는 위생적인 방법으로 처리했다. 해당 국가의 항공과 선박은 모두 돌려보내졌다. 고국으로 돌아가기 싫었던 비행기는 다른 나라에 불시착하려다 격추되었고, 선박은 끝없이 바다를 떠돌다 유령선이 되었다.

해당 국가는 고립되었다. 5년이 지나서야 조사를 위한 우리의 방문이 허락되었다. 전염병의 위험도를 생각했을 때, 5년도 결코 긴 시간은 아니었고, 병원균이 어떻게 돌연변이를 일으켰을지도 예상하기 힘들었다. 수많은 변수에도 불구하고 우리는 모국과 세계보건기구를 설득하여 이곳을 방문했다. ~~여차하면 모국이 우리를 이곳에 버릴 확률도 컸다.~~ 이미 오랫동안 조사하여 일련의 상황에 대한 자료를 다수 확보해 놓은 상태였지만 우리는 아직 병원균의 발생 원인을 찾아내지 못했다. 처음에는 병원균의 발생이 어포와 관련 있으리라 생각했다. 하지만 정작 강에 사는 민물고기뿐 아니라 어포를 만드는 어떤 과정에서도 해당 병원균을 발견할 수 없었다. 물고기가 아니라면 그 병원균은 어디서 왔을까. 이 지역의 모든 생명체와 여러 조건을 조사하려면 아주 오랜 시간이 필요할 것이다.

강의 상류를 조사하던 중 우리는 불타 사라진 마을을 하나 발견했다. 증기택시 운전수의 방문지로 추정되는 곳이었다. 마을 북쪽에 있는 푸른 벽돌로 쌓은 저택만이 유일하게 불타지 않아 멀쩡했다. 마을 남쪽으로 커다란 호수가 있었는데, 물이 들어오는 강줄기는 없고, 흘러나가는 강줄기만 있었다. 나가는 줄기에는 커다란 도개교가 있어서 호수를 둘러가지 않아도 건널 수 있었다. 마치 호리병의 뚜껑 같았다. 호수의 수원은 지하에 있는 듯했다. 지하에서 올라오는 물만으로 이렇게 커다란 호수가 만들어질 수 있다는 점이 놀라웠다. 누군가가 인위적으로 만든 호수일 수도 있었다. 호수 남쪽으로는 거대한 공장이 있었다. 마을과 공장 쪽에 각각 나루터가 위치한 점으로 미루어 보아, 도개교는 배의 출입을 위한 것이 분명했다.

발효통에서 시큼한 냄새가 진동하기 시작했다. 곧 그 냄새는 모든 공장으로 퍼졌다. 공장에 쥐들이 늘어났다. 공원들과 아이들의 몸에 냄새가 들러붙었다.

오래지 않아 판자촌에 피비린내가 퍼졌다. 아이들은 아무 곳에나 혈변을 뿌렸다. 혈변을 볼 때 장이 튀어나오기도 했다. 튀어나온 장을 손으로 다시 밀어 넣으며 고통에 몸부림쳤다. 아이들의 손에는 피와 분뇨가 흥건했다. 아이들은 오물이 묻은 손을 무심히 옷에 닦았다. 아이들은 장이 튀어나올까 봐 그대로 서서 변을 보기 시작했다. 피로 물든 오물이 아이들의 다리를 타고 흘러내렸다. 주변의 땅이 온통 붉게 물들었다. 공원들은 더욱 지독해진 부취에 코를 막고 아이들을 때렸다. 매질을 당한 아이들의 피부는 석류가 갈라지듯 쩍쩍 갈라졌다. 갈라진 피부에서 끈적끈적한 피가 사방으로 튀어 들러붙었다. 몇몇 공원들은 실수로 입에 들어간 피를 뱉어내고 물로 헹구기도 했다. 아이들에게서 튄 끈적한 피는 잘 닦이지 않았다. 아이들의 갈라진 피부는 아물지 않고 그대로 파충류의 비늘처럼 굳었다. 다리를 타고 흘러내린 오물이 갈라진 피부 사이로 파고들었다. 아이들은 간지럼을 참지 못하고 상처를 긁었다. 살점이 뭉텅이째 뚝뚝 떨어졌다. 바닥에 떨어진 살점은 쥐가 재빠르게 물어갔다.

움푹 파인 상처는 아물지 못하고 더 크게 벌어졌다. 반복될수록 수많은 상처가 더욱 깊고 크게 자랐다. 검붉은 꽃이 피어난 아이들의 옷은 비늘 같은 피부에 들러붙었다. 부풀어 오른 발 때문에 신발을 신을 수도 없었다. 사과로 만든 연료는 점점 더 붉어졌다. 공원들은 장갑을 끼고 마스크를 했다. 하지만 아이들은 여전히 헐벗은 채 일했다. 아이들의 눈, 귀, 코에서 끈적끈적한 진물이 흘러나왔다. 아이들이 뱉는 검은 기침은 모든 곳에 들러붙었다. 공원들도 아이들처럼 기침을 시작했다. 그들은 타구통을 들고 다녔다. 그들의 기침이 어떤 색인지는 보이지 않았다. 날이 갈수록 공원들이 눈에 띄게 줄어들었다. 동시에 강 건너 마을의 불빛도 점점 줄어들었다. 아이들은 이제 인간이라 보기 힘들었다. 그것은 걸어 다니는 거대한 살덩어리에 불과했다.

어떠한 이유였는지 밀고자만이 멀쩡했다. 소년은 그런 그가 마음에 들지 않았다. 화난 소년은 직접 아이의 얼굴에 상처를 내고 가죽을 도려냈다. 얼굴이 도려지면서도 밀고자는 비명을 지르지 않았다. 비명을 지르지 않는 것 또한 소년의 마음에 들지 않았다. 소년은 아이의 얼굴을 도려내다 말고 뜯어냈다. 밀고자는 그대로 고꾸라져 쓰러졌다. 고꾸라진 아이는 경련하듯 꿈틀거렸다. 소년은 아이들에게 과시하듯 살점을 씹었다. 악귀 같은 소년의 모습에 아이들은 두려움에 떨며 고개를 숙였다. 소년은 고꾸라져 꿈틀거리는 밀고자를 내버려두고 공장으로 향했다. 아이들이 소년의 뒤를 따랐다. 그날 이후 방아쇠가 당겨진 듯 아이들이 하나씩 죽어나갔다. 아이들은 기침을 하다가 내장을 토했다. 그들은 누가 더 멀리 뿜을 수 있는지 서로 경쟁하듯 위와 간, 폐의 조각을 기침과 함께 뿜어냈다. 이제 공장에 공원은 한 명도 나오지 않았다. 공장장은 이미 오래전부터 공장에 얼굴을 비추지 않았다. 하지만 끈적끈적한 검은 기침은 그들에게 마지막까지 들러붙어 있었을 것이다.

공장의 기계는 계속 돌아갔다. 아이들은 기계를 끄는 법을 몰랐다. 그리고 며칠 뒤 강 건너 마을에 큰 불이 났다. 그 불길은 지금까지 본 어떤 불보다 크고 아름다웠다. 푸른 벽돌집은 그 불길의 중심에서 빛났다. 이제 공장에서 만들어진 연료를 가지러 오는 사람은 없었다. 공원들이 닫고 떠난 공장의 거대한 철문은 그 이후 열리지 않았다. 공장에 갇힌 아이들에게 공장에서 연료를 만드는 행위만이 신앙처럼 남았다. 그들은 연료를 만들 재료가 떨어지자 완성된 연료를 다시 발효통에 부었다. 그리고 죽은 아이들의 시체도 사과 대신 집어넣었다. 식량이 떨어진 아이들은 발효되고 남은 온갖 찌꺼기를 먹었다. 아이들은 연료를 만드는 행위 이외에 어떤 것에도 관심이 없었다.

얼마 지나지 않아 이제 공장에는 소년만 남았다. 모두 저 붉은 땅 아래 잠들었다. 이상이 생겨 멈춘 기계장치의 신은 다시 움직이지 않았다. 연료를 만들 수 없게 된 소년은 홀로 움막에 누워 죽음을 기다렸지만, 소년에게 죽음은 아직 찾아오지 않았다. 강 건너 마을이 잿빛으로 변한 이후 불이 켜지지 않은 지도 오래되었다. 어느 날 아침 하늘 높이 걸려 있던 다리가 커다란 굉음을 내며 떨어졌다. 공원들이 떠나간 후 하늘로 올라가 다시는 내려오지 않던 다리였다. 떨어진 다리는 곧 강물에 떠내려갈지도 몰랐다. 소년은 이제 모두 불타버린 강 건너 마을 사이에 홀로 서 있는 푸른 벽돌집을 바라보았다. 소년은 다리가 하늘에서 떨어진 것이 어딘가 높은 곳의 뜻이라 생각해 공장에서 나가기로 결심했다. 소년은 강을 건너갈 생각이었다. 공장에 남은 연료는 모두 강으로 흘려보냈다. 소년은 철문 앞에 섰다.

우리는 공장에서도 전염병의 원인을 특징지을 수 없었다. 그곳에서 발견된 것은 부패 후 남은 아이들의 뼈밖에 없었다. 어떤 기록물도 없었다. 특이한 것은 연료의 1차 가공을 위한 분쇄기 속에서도 부서진 뼛조각이 발견되었다는 점이다. 공장의 기계는 고장 나 있었는데, 과도한 분쇄가 그 원인으로 생각되었다. ~~그 외에는 브랜디를 담기 위한 빈병들이 사방에 굴러다니고 있었을 뿐이다.~~
우리는 불타버린 마을과 동떨어져 있는 푸른색 벽돌집을 주목했다. 그곳에는 무엇인가가 있을 수도 있었다. 우리는 푸른 집을 향해 발길을 옮겼다.

괴사(壞死)

...

구덩이

﹕

 어둠 속, 차가운 돌바닥에 벌거벗은 소년이 웅크리고 있다. 소년은 한 번도 다른 사람을 본 적이 없었다. 소년의 시간은 마치 짐승처럼 현재의 순간만을 위해 존재했다.

 소년은 고개를 돌려 허공을 주시했다. 만약 소년에게 꼬리가 있다면, 물 위에 올라온 망둑어처럼 천천히 바닥을 쓸고 있었을 것이다. 벽 너머에서 요란한 울림이 전해졌다. 쇠가 끌리는 울림, 물이 흐르는 울림, 증기가 빠지는 울림. 울림은 돌로 된 벽과 바닥을 타고 귀가 잘 들리지 않는 소년에게 소리처럼 전해졌다. 소년이 주시하던 허공에 가느다란 빛이 나타났다. 소년은 빛을 잡으려고 손을 내밀었다. 소년의 손은 마치 짐승의 발굽처럼 뭉툭했다. 초승달처럼 얇던 빛이 보름달처럼 천천히 부풀어 올랐다. 밝아진 빛은 수직으로 떨어지며 기둥처럼 자리잡았다. 점점 굵어지는 빛의 기둥을 따라 원통 모양의 방이 확장되듯 모습을 드러냈다. 바닥 한가운데에 소년의 덩치보다 큰 구멍이 짐승처럼 아가리를 벌렸다. 빛의 기둥이 구멍 속으로 빨려 들어갔다.

커다랗고 네모난 돌로 정교하게 쌓아올린 벽에는 팔다리가 달린 물고기들이 그려져 있었다. 물고기들은 창이나 그물을 들고 사냥을 하거나, 수술이 달린 지팡이를 들고 춤을 추고 있었다. 조금씩 다른 자세를 하고 있었지만, 모두 왼쪽을 보고 꼬리에 꼬리를 문 채 나선의 계단을 오르듯 하늘을 향하고 있었다. 소년은 앙상한 팔다리로 차가운 바닥을 짚고 몸통을 들어올렸다. 갈비뼈가 선명하게 드러났다. 피부가 얼어 있는 바닥에 들러붙어 얇게 벗겨졌다. 소년은 빛을 향해 기었다. 손을 디딜 때마다 차가운 바닥이 들러붙었다. 앙상한 팔다리가 휘청거렸다. 소년은 구멍 앞에 멈췄다. 떨어지는 빛을 따라 구멍을 들여다보았다. 빛은 바닥에 닿지 못하고 희미하게 흩어졌다. 바닥없는 우물을 들여다보는 것 같았다. 소년은 아주 오랫동안 구멍으로 삼켜지는 빛을 바라보았다. 깊은 구멍도 소년을 들여다보는 것 같았다.

　요란한 울림이 계속될수록 점점 덥고 습해졌다. 추위가 사라지자 더위가 찾아왔다. 무거운 공기가 소년을 짓눌렀다. 돌벽이 점점 뜨겁게 달아올랐다. 소년은 그나마 시원한 공기가 미세하게 올라오는 구멍 근처에 가만히 웅크리고 앉았다. 벽 너머의 울림이 점점 커져 바로 옆에 있는 것처럼 느껴지면, 구멍에서 떨어져 뜨겁게 달궈진 벽에 다가가 바짝 웅크려 붙었다. 곧 차가운 물이 뜨거운 벽을 식히며 둥근 벽을 따라 폭포처럼 떨어졌다. 물은 웅크린 소년의 머리와 등을 때렸다. 원통형 공간에 수증기가 가득 찼다가 빛이 들어오는 천장의 구멍으로 천천히 빠져나갔다. 떨어진 물은 바닥 가운데 뚫린 구멍으로 소용돌이치며 빨려 들어갔다. 물과 함께 팔뚝만 한 물고기들이 폭포에 휩쓸리듯 흘러내렸다. 소년은 구멍으로 미끄러지지 않게 주의하며 물고기를 향해 손을 뻗었다. 물고기들은 소년의 뭉툭한 손에서 미끄러져 나가기만 했다. 소년은 온몸을 던져 간신히 물고기 하나를 감싸듯 잡았다. 물이 한바탕 휩쓸고 지나가면, 반대편에 있던 소년의 배설물이 구멍 속으로 깨끗하게 빨려 들어갔다.

　가끔은 수직으로 떨어지는 빛을 따라 커다란 덩어리가 바닥의 구멍으로 곧장 떨어졌다. 소년은 대부분 떨어지는 모습을 보지 못했다. 비명 소리만이 구멍을 타고 올라왔다. 비명 소리는 멀어질수록 기괴한 소리로 변했다. 소리가 깊은 곳에 삼켜지면, 조금 뒤 짐승의 울음소리 같은 울림이 벽을 타고 올라왔다. 울림은 방을 가득 채우고 울음소리를 수없이 반사했다. 소년은 구석에 머리를 박고 잘 들리지도 않는 귀를 두 손으로 막은 채 벌벌 떨었다. 머리가 지끈거렸다. 소년은 본능적으로 그 울림이 항상 허기져 있다는 것을 알았다. 가끔은 너무 두려운 나머지 차라리 구멍을 향해 뛰어들고 싶었다. 하지만 구멍으로 뛰어든다면, 하늘에서 추락하는 빛처럼 영원히 삼켜질 것이다. 소년의 짐승과 같이 정직한 본능은 스스로를 그 허기진 아가리 속으로 뛰어들게 내버려 두지 않았다.

탑

⋮

탑은 광맥을 찾는 과정 중에 발견되었다. 탑이 그 지역에서 어떤 역할을 했는지 밝혀진 바는 없었다. 탑은 외형과 구조에서 희귀한 형태를 띠고 있었다. 이제껏 다른 지역에서 같은 형태의 탑이 축조되었다는 기록은 찾을 수 없었다.

화강암 광산은 해발 1,000고지가 넘는 곳에 위치해 있었는데, 발견되어 외부에 알려진 것은 최근이었다. 국내의 지하자원 광맥은 대부분 전쟁이 끝난 후 국립지질학회가 지하자원 조사단을 구성했을 때 발견되었다. 하지만 당시의 자료뿐 아니라 옛 자료 어디에서도 이 지역에 대한 기록을 발견할 수는 없었다. 단순히 기록을 찾을 수 없다는 점에서, 사람의 손길이 닿지 않은 오지를 떠올릴 수 있을 것이다. 하지만 광산은 인위적으로 개발되어 있었고, 광산을 관리하던 마을도 존재했다. 그렇다면 소수의 가족공동체로 이루어진 산골 마을을 떠올릴 수도 있을 것이다. 그러나 그렇게 단정짓기에 광산과 마을의 규모는 지나치게 컸다.

마을은 이미 건물의 형태가 남아 있지 않은 집터를 제외하더라도 거의 100가구에 가까웠다. 집의 구조를 볼 때, 개별 가구는 자식을 한두 명 정도 두었을 것으로 추측할 수 있었다. 한 가구의 인원을 최소 3인으로 잡아도 마을의 인구는 300명이 넘었을 것이다. 물론 300여 명이라면 극히 작은 마을이지만, 이 정도 규모의 마을이 분지를 가득 채우고 있으면서 주변과 전혀 교류를 하지 않고 살아간다는 것은 불가능에 가깝다. 문명과 단절된 어떤 원시부족을 떠올릴 수도 있겠지만, 건축물에 사용된 자재를 보면 그렇게 생각할 수만도 없었다. 집을 비롯한 모든 건축물들은 화강암과 벽돌, 시멘트를 사용하여 견고하게 만들어졌다. 이곳에서 언제부터 언제까지 사람이 살았는지 짐작할 수 없지만, 몇몇 집들은 조금만 보수하면 당장이라도 생활할 수 있을 정도로 기본적인 틀은 유지하고 있었다. 최근까지도 주위 산간지역에서 흙과 나무껍질을 이용한 굴피집에서 생활했던 것을 생각해보면, 이 마을에 있는 건축물에 대해 이질감을 느끼는 것은 그리 이상한 일이 아니었다.

마을 중앙에 있는 우물은 말라 있었다. 마을에서 조금 떨어진 곳에 화강암 광산이 있었다. 산은 거인이나 오를 수 있을 법한 계단처럼 통째로 깎여 있었는데, 화강암을 큼지막하게 잘라낸 흔적이었다. 화강암을 잘라낸 도구는 알 수 없었지만, 정교하고 깔끔한 절단면으로 보아 물을 사용했을 것이라 짐작할 수 있었다. 광산 아래로 잘라낸 화강암을 다듬을 수 있는 평지가 있었다. 여기에서 채광된 화강암은 집을 비롯한 마을의 구조물들을 만들기 위해 사용된 것으로 추정되었다.

탑은 우물 바로 옆 화강암 광산 위에 축조되어 있었다. 높이는 정확히 30m였고, 밑면의 지름은 15m였다. 위로 올라갈수록 조금씩 넓어져서 상단의 지름은 25m였다. 마치 클라리넷 끝에 달린 벨(bell)을 세워 놓은 것 같았다. 마을을 마주보는 방향으로 거대한 금속 재질의 녹색 문이 달려 있었고, 커다란 열쇠가 열쇠 구멍에 그대로 꽂혀 있었다. 거대한 문과 열쇠는 조금 검게 변색되었을 뿐 멀쩡했다. 더구나 놀라울 정도로 무게가 느껴지지 않았다. 하지만 정확하게 어떤 재질로 만들어졌는지는 알 수 없었다.

　탑의 내부로 들어가면, 정면의 벽에서 약간 오른쪽에 지름 5m의 거대한 바퀴가 걸려 있었고, 왼쪽 아래로 지름 3m의 조금 작은 바퀴가 위치했다. 두 개의 바퀴를 비롯한 대부분의 장치들 역시 예의 금속으로 만들어져 있었다. 바퀴 아래에는 거대한 금속재 보일러가 있었다. 보일러 위에는 역시 금속으로 만들어진 거대한 물통이 바퀴 사이에 자리잡고 있었다. 양쪽 바퀴 바깥으로 지름 2m에 높이 10m의 금속통이 각각 서 있었다. 오른쪽 통 위로 삐져나온 쇠기둥이 커다란 바퀴를 회전시킬 수 있도록 바퀴살에 연결되어 있었다. 왼쪽 통 위에는 작은 바퀴와 연결할 수 있는 타원형의 작은 바퀴가 통 속으로 연결되어 있었다. 물통의 뚜껑에서 빠져나온 관은 오른쪽 통의 하단부로 연결되었다. 우리의 예상이 맞는다면, 이곳은 꽤나 발전된 형태의 증기기관이었다. 이곳을 세밀히 살펴볼수록 더욱 놀랄 수밖에 없었는데, 벨트만 새것으로 걸어주면 다시 작동할 수 있을 것 같았기 때문이었다.

　보일러 옆에 있는 거대한 통에는 석탄이 가득 차 있었다. 그 앞에 삽, 버킷 등이 놓여 있었다. 삽은 깨끗했고 이 하나 빠진 곳이 없었다. 버킷도 새것처럼 매끈했다. 버킷 뒤로 금속재의 선반이 있었다. 받침은 하나의 큰 덩어리로 만들어져 있었고,

대는 전혀 휘거나 변형되지 않았다. 선반 위에는 잘 무두질된 가죽 조각이 하나 놓여 있었다. 그 가죽에는 우리가 알아 볼 수 있는 문자로 메모가 적혀 있었다.

> 모두가 살아남기 위해서는 누군가 그 속에 들어가야 한다.

짐승의 피를 연상시키는 붉은색의 거친 재료로 쓰인 글씨였다. 우리는 메모에서 전근대적인 저주를 떠올렸다. 그런 미신적인 요소가 발견된 것이 어떤 면에서는 안도감을 느끼게 만들어주었다. 하지만 탑이 만들어진 것과 메모가 작성된 시기가 반드시 일치하리라고 생각할 수는 없었다. 더구나 은유적인 표현은 때로 권력자의 눈을 가리기 위해 사용되기도 했으니 말이다. 어찌되었든 이 메모는 우리가 이곳에서 발견한 최초의 기록물이었다. 자세한 것은 가죽이 언제 제작되었는지 조사를 해보아야 알겠지만, 우리 연구에서 그리 중요한 부분을 차지할 것 같지는 않았다. 별 생각 없이 가죽을 외투 속주머니에 집어넣었다. 가슴에 온기가 느껴졌다.

벨트로 바퀴들을 연결하고 보일러에 불을 때자, 거대한 물통이 끓어올랐다. 그 압력 차이로 오른쪽 통 속에서 요란한 소리가 나며 통 속의 기둥이 위로 올라갔다. 이내 증기가 빠지는 기적 소리가 나며 올라갔던 기둥이 아래로 떨어졌다. 기둥이 위아래로 움직이며 커다란 바퀴를 회전시키기 시작했다. 커다란 바퀴는 왼쪽 아래의 작은 바퀴를 회전시켰고, 작은 바퀴는 왼쪽 통 위의 타원형 바퀴를 회전시켰다. 그와 함께 왼쪽 통이 요란한 소리를 내며 물을 끌어올렸다. 끌어올려진 물은 보일러실 위의 물통을 채웠다. 물통을 채우고 넘친 물은 배수로를 따라 아래로 흘러내렸다. 배수로의 넓이와 깊이는 50cm였다. 배수로는 탑 가운데로 이어져 지름 5m인 원을 그리고 있었다. 끌어올린 물에는 간간이 죽은 물고기가 있었다. 물고기는 거의 부패되지 않았고, 죽은 지 오래돼 보이지 않았다. 원 모양의 배수로에는 듬성듬성 팔뚝만 한 구멍들이 뚫려 있었고, 물과 함께 죽은 물고기가 빠져 내려갔다. 바닥 정중앙에는 지름 1m의 동그란 맨홀 뚜껑이 있었다. 뚜껑을 열면 속에는 지름 5m에 높이 10m의 원통형 공간이 나왔다. 바닥의 배수로와 원통형 벽의 위치가 정확히 일치했다. 배수로로 빨려 들어간 물이 안쪽 벽을 타고 내려가는 구조였다. 배수로 안쪽 바닥은 나무로 만들어져 있었는데, 원통형 공간의 천장이 되는 셈이었다. 배수로가 절취선처럼 드문드문 뚫려 있는 얇은 바닥은 밟을 때마다 삐걱거리며 흔들렸다. 원통형 공간 안쪽의 바닥 중앙에도 구멍이 있었다. 우리가 들여다보는 맨홀 뚜껑보다는 조금 컸고, 바닥이 보이지 않아 깊이를 가늠할 수 없었다.

기계를 작동시키자 말라 있던 우물에 물이 차올랐다. 구멍이 우물과 연결되어 있음을 짐작할 수 있었다. 하지만 정작 어디의 물을 끌어올리고 있는지는 알아낼 수 없었다. 근처 하천을 샅샅이 뒤졌지만 수원을 찾지 못했다. 물에 색소를 넣은 뒤 압력을 풀어 반대로 흘려보내 보자는 의견도 있었지만, 물을 다시 끌어올릴 수 있을 것인지 확신이 없어 실행할 수 없었다. 우물에 일정 높이 이상으로 물이 차오르면 차오른 물은 한꺼번에 빠져나가 지하 수로를 타고 마을을 지나 화강암 광산으로 흘러내려갔다. 각 집에는 상하수도 시설이 구비되어 있었기 때문에 우물은 마을과 광산을 위해 존재하는 것으로 짐작되었다.

 계속해 물을 퍼 올리는 실험을 했고, 생각보다 많은 수의 물고기가 끌려 올라왔다. 물고기들은 보일러실의 물통으로 가기 전에 미리 걸러져 배수로로 빠졌다. 하지만 구멍으로 떨어진 물고기가 우물이나 광산으로 이동하지는 않았는데, 어디로 사라지는지 알 수 없었다. 만약 물고기를 식량으로 삼았다면 맨홀 뚜껑 아래 있는 원통형의 공간에 그물을 치거나 애초에 배수로의 구멍을 더 작고 촘촘하게 만들었으면 해결될 문제였다. 물론 이 정도의 기계를 설계할 수 있으면서, 위쪽에서 물고기가 걸러질 때 바로 분류되게 만들지 않은 것은 의문이었다. 우리는 밧줄사다리를 설치하여 어렵지 않게 맨홀 뚜껑 속의 원통형 공간으로 내려갔다. 사다리는 커다란 구멍 위로 드리워졌다. 구멍은 생각보다 컸다. 우리는 구멍으로 떨어지지 않게 주의하며 내부로 들어갔다. 물이 빨려 들어가는 구멍은 지름이 1.5m였다. 벽에는 팔다리가 달린 물고기들이 그려져 있었다. 물고기들은 나선의 대형으로 줄지어 하늘을 향했다. 사냥을 위해 창이나 그물을 들거나 수술이 달린 지팡이를 흔들며 춤을 추고 있는 것으로 보아, 풍요를 바라는 주술적 의미의 벽화라고 쉽게 해석할 수 있었다. 물고기의 동작은 모두 조금씩 달랐으며 완전히 일치하는 동작은 없었다. 우리는 이것이 상형문자일 가능성도 배제하지는 않았다. 벽화에 사용된 안료가 무엇인지 알 수 없었지만, 이렇게 물이 흐르는 곳에서도 오랫동안 지워지지 않는 벽화를 남긴 것에 또 한 번 놀랐다. 우리는 물고기 벽화를 통해 좁은 구멍 위에 그물이 있었다고 유추했다. 위에서 물고기를 걸러내지 않은 것도 어떤 미신적인 의미가 있었던 것일지도 몰랐다. 우리는 배수로를 이용하여 어렵지 않게 그물을 칠 수 있었다. 계속 끌어올릴수록 물이 깨끗해지며 죽은 지 얼마 안 된 물고기들이 올라왔다. 그중 생명력이 강한 몇 마리는 살아 있기도 했다.

 어종을 조사하여 근처 하천의 생태계에 대입해 보기로 했다. 물고기의 종으로 보아 지하수는 아니었다. 그 정도 크기의 물고기가 자생할 수 있을 만한 호수는 약 2.5km나 떨어진 곳에 있었는데, 무려 해발 400m 이상 낮은 곳에 위치해 있었다. 그 호수의 면적은 0.9km² 정도로 일반적으로 크다고 말할 수 없었지만, 해발 600m에 위치한 것을 감안하면 결코 작다고 말할 수도 없었다. 호수에서 오랫동안 생계를 이어온 낚시꾼들에게 문의한 결과, 우리가 보여준 물고기들이 서식할 만한 곳은 그 호수밖에 없다는 대답을 들었다. 하지만 이곳에서 오랫동안 생계를 이어온 그들도 불과 2.5km 떨어진 곳에 있는 마을의 존재를 몰랐다. 호수 주위를 조사해보았으나 수원이 될 만한 흔적은 찾아낼 수 없었다. 결국 호수 바닥에 물이 주입되는 입구가 있을 것이라 짐작할 수밖에 없었다. 해발 400m 위로 물을 밀어 올릴 압력을 생각한다면, 오히려 설득력 높은 가설이기도 했다. 더구나 그만한 양의 물을 공급할 수 있는 곳은 이 호수가 근방에서 유일했다. 결국 호수 바닥에 그런 수로의 입구를 만드는 것이 가능할 것인가가 의문이었다. 이미 마을의 건축기술과 증기기관 그리고 우물을 통해 광산으로 물을 급수하는 발전된 시스템을 보았지만, 호수 속에 수로의 입구를 만들 수 있을 것이라는 의견은 쉽게 납득하기 힘들었다. 그건 지금의 기술로 생각해도 무척이나 어렵고 비효율적인 방법이었다. 잠수부를 요청하여 찾는 것이 가장 확실한 방법이었지만, 발견하지 못했을 때 예산낭비에 대한 책임을 면하려면 구체적인 증거가 더 필요했다.

  연구는 한동안 벽에 부딪혔다. 마을에 살았던 사람이나 후손이라도 있다면 그나마 수월히 연구를 이어나갈 수 있겠지만, 마을의 존재에 대해 알고 있는 사람조차도 찾을 수 없었다. 사람들이 우리에게 무엇인가를 숨기고 있는 것은 아닌지 의심이 들 정도였다. 사실상 우리가 마을에 대해 밝혀낸 것은 아무것도 없었다.

  그런 상황에서 우리는 불행한 사고를 통해 생각을 전환할 수 있었다. 원통형 공간에서 보조연구원이 그물을 걷다가 구멍 속으로 미끄러져 추락하는 사고가 났다. 그가 떨어지는 것을 아무도 보지 못했다. 하지만 누군가 그곳에 떨어지고 있다는 것을 모두 알 수 있었다. 비명 소리가 탑 내부를 가득 채웠다. 비명 소리는 하나가 아닌 두 가지 또는 세 가지의 기괴한 소리로 섞이며 끔찍하게 울려 퍼졌다. 비명의 꼬리를 따라 이어진 기괴한 울음이 인간의 소리라 생각하기는 어려웠다. 나무 바닥이 소리를 가두며 부르르 떨렸다. 그제야 탑이 거대한 확성기라는 것을 알 수 있었다. 처음에 탑의 외관을 보고 클라리넷의 벨을 떠올렸던 것이 기억났다. 나무로 된 바닥은 약음기의 역할을 하고 있을 것이다. 나무판을 치운다면 얼마나 큰 소리가 울려 퍼질지 상상하기 힘들었다. 그의 추락 이후 당연히 조사했어야 하지만 하지 않았던, 아니 어쩌면 외면하고 있었을지 모를 구멍 속을 조사해야 할 필요성을 느꼈다. 그 깊은 심연에서 보조연구원의 시신을 수습하는 것도 부가 임무가 될 것이다.

심도를 측정하기 위해 임시방편으로 50m 정도의 밧줄을 두 개 준비했다. 탑의 높이가 30m이니 아무리 깊다고 해도 우물로 물을 보내기 위해 탑의 높이보다 두세 배나 깊은 구멍을 파지는 않았을 것으로 짐작했기 때문이다. 우리는 원통형의 공간으로 내려갔다. 사람 머리만 한 돌을 구멍 속에 떨어뜨렸다. 커다란 돌은 떨어지면서 벽에 부딪히며 고막을 찢어버릴 것 같이 요란한 소리를 냈다. 소리는 점점 커졌고 위에서 들었던 소리와는 비교도 안 될 정도로 큰 소리가 메아리치며 원통형 공간에 고였다. 나무로 만든 천장이 부서질 듯 흔들렸다. 소리는 원통형 공간에서 한참을 울리다가 중심의 작은 구멍으로 빠져나갔다. 여운에 가려진 돌 소리는 어느 순간 실종된 듯 적막만을 남겼다. 우리는 귀마개를 하고 있었지만 소리가 예상보다 컸기 때문에 충격에서 쉽게 벗어날 수 없었다. 귀마개를 하지 않았다면 고막이 터졌을지 몰랐다. 역시나 나무판 때문에 이 원통형 공간은 소리가 빠져나가지 못하게 모아두는 약음기의 역할을 하고 있었다. 만약 위의 나무판이 없다면 이 원통형 공간은 반대로 소리를 더 증폭시키는 역할을 할 것이다. 그때에는 밖으로 울려 퍼질 소리가 얼마나 클지 상상조차 하기 힘들었다. 밧줄을 내릴 때 구멍 속 벽에 부딪히더라도 소리가 울리지 않게 조치할 필요가 있었다. 임시방편으로 밧줄의 끝에 세 자 정도 되는 종어(鱅魚)의 꼬리를 묶었다. 죽은 물고기를 구멍 속으로 밀어 넣었다. 죽은 물고기는 끝까지 들어갔지만 바닥에 닿지 않았다. 밧줄 끝에 다른 밧줄을 엮어 구멍 속으로 계속 집어넣었다. 두 번째 밧줄까지 거의 다 집어넣었을 때 갑자기 밧줄 끝이 가벼워졌다. 우리는 급히 밧줄을 끌어올렸다. 물고기를 묶었던 부분이 이빨로 한 번에 자른 것처럼 끊어져 있었고, 그 부분에 지독한 썩은내의 점액질이 묻어 있었다. 우리는 밧줄이 끊어진 이유를 짐작조차 할 수 없었고, 구멍의 깊이를 측정하려면 보다 전문 장비가 필요하다고 결론 내렸다. 일단 원통형의 공간에서 철수하기로 결정했다. 나는 다른 연구원들을 먼저 올려 보내고 마지막으로 밧줄사다리에 올랐다. 사다리에서 탑의 내부로 올라가기 전, 나선형으로 올라오는 물고기 그림의 끝부분이 눈에 들어왔다. 원통형 공간 아래쪽에서 올려다봤을 때는 천장의 그림자에 가려 보이지 않았던 부분이었다. 배수로 구멍을 통해 들어오는 희미한 빛이 아니었다면 발견하기 힘들었을 것이다. 두 발로 서 있는 커다란 파충류가 나선형으로 올라오는 물고기들을 마주 보고 있었는데, 물고기와 파충류가 만나는 지점에서 물고기는 동족을 파충류에게 바치고 있었다. 제물이 된 물고기는 이미 머리부터 절반 정도 파충류의 입 속에 삼켜졌다. 반쯤 삼켜진 물고기는 저항하듯 팔다리를 사방으로 흔들고 있었다. 하지만 다른 사람들은 그 그림을 보지 못한 것 같았다. 그 순간 구멍 속에서 아주 작게 그르렁거리는 소리가 바람 소리처럼 올라왔다. 사다리가 흔들렸다. 나는 구멍을 똑바로 내려다봤다. 아무것도 보이지 않는 암흑 속에서 어떤 시선을 느꼈다. 나는 서둘러 지상으로 올라왔다. 숨기려 한 것은 아니지만 다른 사람들에게는 아무것도 이야기하지 않았다.

그날 이후 깊이 잠들 수 없었다. 간신히 잠이 들면 무엇인가가 나를 바라보고 있었다. 그 시선으로부터 도망칠 수 없었다. 비린내는 연기처럼 형태를 띠고 원통형의 벽을 둘렀다. 나는 그 속에 갇혔다. 끔찍한 시선은 벽 건너에서 사냥감을 노리듯 가만히 나를 바라보았다. 희미한 형태 속에서 세로로 찢어진 눈동자가 반짝였다. 나는 포식자에게 노출된 사냥감처럼 두려움에 떨었다. 그 시선에서 눈을 뗄 수 없었다. 눈을 떼는 순간 뒷덜미에 이빨을 들이댈 것 같았다. 나는 머나먼 곳에서 이름을 부르는 소리를 들었다. 누군가가 이 악몽에서 나를 구하려 하고 있었다. 시선도 나를 부르는 목소리를 들었는지, 미끄러지듯 슬그머니 자취를 감추었다. 나는 그렇게 깨어날 수 있었다.

 나를 깨운 것은 선임연구원 중 한 명이었다. 그는 항상 말을 모호하게 얼버무려서 매일같이 나에게 지적받던 사람이었다. 이 연구를 마지막으로 그를 해고하려고 마음먹었던 참이었다. 하지만 그 순간만큼은 누구보다도 그가 고마웠다. 나는 온몸에 식은땀을 흘리고 있었다. 그의 말에 따르면 비명도 지르고 있었던 것 같았다. 아침이 올 때까지 함께 있어주었으면 좋겠다고 생각했지만 그에게 말할 수는 없었다. 연구팀을 이끌고 있는 입장에서 약한 모습을 보일 수 없었다. 특히 다른 사람도 아닌 그에게 신세를 지고 싶지는 않았다. 그가 방으로 돌아간 뒤 창문이 활짝 열려 있는 것을 보았다. 창 너머 멀리 보이는 탑에서 무엇인가가 나를 마주보고 있는 시선이 느껴졌다. 선임연구원이 내 방에 들어와 창문을 열었을 리는 없을 것이다. 신경질적으로 창문을 닫고 커튼을 쳤다. 하지만 커튼 너머에서도 시선은 사라지지 않았고, 다시 잠들 수 없었다.

 우리는 음파탐지기를 보내달라고 요청한 참이었다. 하지만 음파탐지기는 시간을 벌려는 핑계에 불과했다. 나는 다시 구멍을 조사할 엄두를 내지 못했다. 구멍은 음파도 삼켜버릴 것이 분명했다. 꿈속에서 무엇인가의 모습은 하루가 다르게 선명해졌다. 마치 걸어 다니는 파충류 같았다. 그것은 꿈속에서 천천히 그리고 아주 신중하게 다가왔다. 나를 사냥하는 것을 즐기고 있었다. 신경쇠약에 걸릴 것 같았다. 매일 밤 깨워주는 선임연구원이 아니었다면, 나는 벌써 그것에게 사냥당했을 것이다. 그가 나를 깨웠을 때, 나는 항상 낯선 장소에 있었다. 그의 말에 따르면 나는 무엇인가를 찾는 듯 빈집을 헤매다가 마지막에는 탑을 향해 걷기 시작한다고 했다. 의지는 점점 약해졌고, 자신을 믿을 수 없었다. 그리고 어디에 있든지 깨워주는 선임연구원이 고맙기보다 의심스러워지기 시작했다. 그는 어떻게 내가 어디에 있는지 감시하고 있는 것처럼 알고 깨워주는 것일까. 혹시 그는 내가 무엇을 찾아낼 때까지 지켜보고 있는 것은 아닐까. 나는 두려웠다. 이곳에 더 머물러 연구를 진행하는 것은 불가능해졌다.

어느 날 깨어났을 때, 돌로 둘러싸인 방안에 있었다. 선임연구원은 한 손으로 나를 부축하고 있었고, 반대쪽 손에 갈색 가죽을 한 장 들고 있었다. 그 가죽은 내가 이전에 발견했던 것이었다. 내가 이곳에서 발견한 최초이자 유일한 기록물이었다. 그가 나에게서 그것을 훔쳤음을 확신했다. 그것은 내 것이었다. 역시나 그는 나에게 적대감을 가지고 나를 원망하고 있었던 것이다. 그는 나를 이용했다. 나는 분노했고, 그에게서 가죽을 되찾기 위해 그를 밀쳤다. 그는 두 손으로 얼굴을 가리며 내 공격을 방어했다. 그는 무어라 내게 소리치며 괴성을 질렀다. 그가 무슨 소리를 지르고 있는지 전혀 알 수 없었다. 아니 알 필요도 없었다. 그에게서 가죽을 빼앗고, 그가 내 업적을 훔치려고 한 대가를 치르게 해주어야겠다고 생각했다. 그는 나를 뿌리치고 도망치려 했다. 그를 뒤쫓았다. 방에서 나오자 눈앞에 거대한 바퀴의 측면이 보였다. 우리는 10m 높이의 펌프 위에 서 있었다. 나는 달려들며 그를 아래로 밀었다. 그는 배수로 안쪽 바닥에 떨어졌다. 나무 바닥은 그가 추락하는 무게를 버티지 못하고 부서졌다. 부서진 파편들은 원통형 공간에 깔때기처럼 구멍을 향해 걸쳐졌다. 그는 파편 위를 구르며 구멍 속으로 떨어졌다. 그는 비명을 질렀다. 나무판이 부서졌기 때문에 그의 비명은 이전과는 비교할 수 없을 정도로 큰 소리로 탑을 가득 채우며 울렸다. 뒤이어 공포스러운 울음소리가 구멍 속에서 따라 올라왔다. 나무판이 부서져 날것으로 올라오는 소리는 저번과 달리 앞의 비명과 확연히 구분할 수 있었다. 두 귀에서 뜨끈한 액체가 흘러내렸다. 귀가 먹먹하니 아무것도 들리지 않았다. 이제 나는 그 무엇도 두렵지 않았다. 숨겨져 있던 방으로 들어갔다. 중앙에 서대가 하나 서 있었고, 위로 불이 밝혀져 있었다. 이 가죽이 그 서대에 놓여 있었음을 쉽게 알 수 있었다. 가죽을 그 위에 올려놓고 자세히 살폈다. 가죽은 마치 살아 있는 것처럼 생기가 돌았다. 이것은 이전에 내가 발견했던 가죽이 아니었다. 나는 속주머니에 손을 집어넣었다. 주머니 속에는 예전에 발견한 가죽이 있었다. 그가 내

가죽을 훔친 것이 아니었다. 하지만 결국 훔치려 했을 것이다. 그는 응당한 대가를 치른 것이다. 이전의 가죽과 한가지로 어떤 잉크로 쓰였는지는 알 수 없었지만, 역시 글씨의 질감에서 짐승의 피처럼 투박한 느낌을 받았다. 내용은 이전의 메모보다 길었다.

> 모두를 위한 희생은 효과가 없었다.
> 조언을 하자면, 당신이 할 수 있는 유일한 일은 그 짐승의 아가리 속으로 뛰어내리는 것이다.

 가죽을 구기듯 움켜쥐었다. 따뜻했다. 메모는 서로 연결되는 내용일 것이다. 이 메모들을 모두 찾았어야 했다. 메모를 모아 하나로 만들었다면 모든 것을 알 수 있었을 것이다. 아니, 메모를 모두 발견해서 모든 걸 알게 되었다고 상황이 변할 수 있었을까. 아무것도 변하지 않았을 것이다. 메모를 작성한 이도 이미 저 구멍 속으로 뛰어내렸을 것이 분명하다. 메모를 읽고 나자 시선이 더욱 선명하게 느껴졌다. 방에서 나왔다. 좀 전에 선임연구원이 떨어지며 박살낸 바닥을 한참 내려다 봤다. 편지를 속주머니에 구겨 넣었다. 밧줄사다리를 타고 금속 원통에서 내려갔다. 구멍을 향해 다가가 부서진 파편을 찬찬히 살폈다. 바닥이 부서진 덕에 파충류 그림을 확실하게 볼 수 있었다. 그것은 나를 사냥하기 위해 준비하고 있을 것이다. 도망칠 수 없을 것이라는 확신이 들었다. 나는 그 구멍 속으로 끓는 물을 부어버리기로 결심했다. 몸을 일으켰다. 보일러에 불을 붙이고 삽으로 석탄을 퍼서 집어넣기 시작했다. 거대한 기둥이 들리며 바퀴가 회전하기 시작했다. 탑이 온몸을 울리기 시작했지만, 귀에는 아무것도 들리지 않았다. 보일러에 계속해 석탄을 퍼 넣었다. 탑은 서서히 뜨거워졌고, 거대한 굴뚝처럼 연기를 내뿜었다. 금속통 옆에 달린 굴뚝으로 증기가 빠져나가며 큰 소리가 울리자 탑이 통째로 떨렸다. 펌프는 계속해서 물을 끌어올렸다. 보일러실에서 끓어오른 물은 피스톤을 움직였고, 바퀴를 회전시켰다. 피스톤이 움직이며 쇠를 긁는 울림이 요란했다. 장치는 거대한 짐승처럼 살아 있었다. 보일러 위의 물통을 가득 채우고 배수로를 따라 내려온 차가운 물이 원통형 공간의 부서진 바닥 파편 사이로 흘러내렸다. 부서진 파편들이 마치 거대한 짐승의 이빨 같았다. 물고기들이 그 속으로 삼켜졌다.

 탑의 철문이 열리고 있었다. 잠금장치가 부서졌다. 문이 열리는 모습은 음소거한 영화처럼 나와 상관없는 다른 세상의 일 같았다. 사람들이 빛을 등지고 들어왔다. 보일러 위 물통으로 기어 올라갔다. 손바닥이 타들어갔다. 물통 뚜껑은 열리지 않았다. 땀이 계속 흘러내려 눈이 따가웠다. 빛을 등지고 들어온 사람들은 연구원들이었다. 그들은 나를 잡으려고 달려들었다. 누군가 아래에서 내 발목을 잡았고, 나는 미끄러지며 뜨겁게 달궈진 물통을 잡고 발버둥 쳤다. 손바닥이 물통에 들러붙었다. 오래 버티지 못했다. 손바닥 가죽이 그대로 벗겨지며 바닥으로 떨어졌다. 손바닥에 하얀 뼈가 드러났다. 살이 타는 냄새가 진동했지만, 내부를 가득 채운 열기에 묻혀버렸다. 뼈만 남은 손으로 바닥을 짚으며 구멍을 향해 몸을 끌었다. 팔다리가 후들거렸다. 그들은 나에게 달려들었다. 그들이 나를 밀었는지, 내가 뛰어내렸는지 알 수 없었다. 나는 흘러내리는 물에 휩쓸려 추락하고 있었다. 속주머니 속에서 가죽메모를 꺼내 양손에 하나씩 꼭 쥐었다. 피부가 떨어져 나간 손바닥을 감싼 가죽에서 온기가 느껴졌다. 메모는 이제 그 누구에게도 전해지지 못할 것이다. 메모는 나만의 것이 되었다. 떨어지며 깊은 심연의 끝에서 무엇인가와 눈이 마주쳤다. 나는 비명을 지르지 않았다. 오랫동안 떨어졌다. 추락이 끝난 뒤 짐승의 울음소리가 하늘로 울려 퍼질지는 알 수 없었다.

구덩이

:

이제 소년의 팔다리는 몸통을 끌지 못했다. 온몸을 꿈틀거려야 조금씩 이동할 수 있었다. 마치 말라버린 우물에 버려진 한 마리의 거대한 물고기 같았다. 팔다리는 지느러미처럼 퇴화한 것 같았다. 오랫동안 벽을 타고 물이 흘러내리지 않았다. 그와 함께 물고기도 떨어지지 않았다. 소년은 점점 야위었다. 소년의 등뼈가 물고기의 등지느러미처럼 금방이라도 가죽을 뚫고 나올 것 같았다. 소년은 최대한 움직이지 않았다. 만약 누군가가 소년을 봤다면 이미 죽어 있다고 생각했을 것이다. 이제 하늘에서 빛은 비춰 들어오지 않았다. 소년은 암흑 속에서 자신의 다리를 뜯어 먹었다. 다리를 어느 정도 먹고 나면 손을 뜯어 먹게 될지 몰랐다. 하지만, 그때까지 살아남을 수 있을지 알 수 없었다. 상처 난 몸은 썩으며 곪아갔다. 소년은 고통을 느낄 수 없었다.

구멍 속에서 울리던 짐승의 소리도 그쳤다. 깊은 곳에서는 아주 가끔 잠꼬대하듯 기분 좋게 그르렁거리는 바람소리만 울렸다. 소년은 외로웠다. 매일같이 비춰 들어오던 빛이 사라졌기 때문이다. 그 빛을 따라 누군가 가끔 내려다보는 눈길과 무엇인가 큰 덩어리가 가운데로 떨어지던 기억, 비명 소리와 괴물의 울음소리, 그 모든 것이 그리웠다. 이제 세상에는 소년의 굶주리고 썩어가는 몸뚱어리만 남았다. 소년은 한 번만이라도 다시 빛을 보면 좋겠다고 생각했다. 소년은 뭉툭한 팔다리를 움직여 구멍 가까이로 몸을 끌었다. 바닥에 가득 쌓여 있던 배설물이 구멍 속으로 밀려 떨어지며 큰 소리가 울렸다. 소년이 지나간 자리에는 밀려난 배설물 대신 역겨운 점액질과 고름이 묻었다. 하지만 어둠 속에서는 아무것도 보이지 않았다. 소년은 멈추지 않고 바닥을 짚으며 앞으로 나갔다. 어느 순간 허공을 짚었다. 소년은 그 검은 심연을 오랫동안 들여다보았다. 그 속으로 끝없이 파고들던 빛을 기억해냈다. 그렇다면 분명히 그 깊은 곳에는 밝은 빛이 모여 있을 것이다. 소년이 빛을 향해 몸을 던지려는 순간 기적처럼 하늘이 다시 열렸다. 갑작스러운 빛에 소년은 눈을 감았다. 커다란 덩어리가 빛을 따라 떨어졌다. 비스듬하게 떨어진 덩어리는 구멍으로 빠지지 않고 소년의 옆에 떨어졌다. 그것은 부분적으로 가죽이 벗겨져 있었지만 아직 숨을 쉬고 있었다. 소년은 경계하며 냄새를 맡았다. 잠시 후 소년은 그것을 산 채로 뜯어 먹기 시작했다.

물고기들
:

작은 물고기들은 천적에 대항하여 무리를 이룬다. 무리는 한 마리의 살아 있는 거대한 개체처럼 일사불란하게 움직인다. 가장 먼저 포식자를 발견한 물고기들은 살아남기 위해 무리 속으로 파고든다. 포식자는 아랑곳하지 않고 거대한 무리의 허리를 물어뜯는다. 무리는 폭죽처럼 흩어진다. 살아남은 물고기들은 재빨리 다시 모인다. 무리가 커질수록 포식자는 물고기들을 놓치지 않고 쉽게 따라온다. 다른 물고기들의 희생으로 목숨을 담보 받은 물고기들이 할 수 있는 일은 단 하나뿐이다. 무리를 이룬 모든 물고기들이 전부 포식자들에게 잡아먹히거나 포식자들이 만찬을 끝낸 뒤 포만감을 느끼고 자리를 뜰 때까지. 소용돌이치듯 무리의 중심으로 끝없이 파고들어 가는 것이다.

마차가 멈추고 문이 열렸다. 갑작스런 빛에 눈을 뜰 수 없었다. 우리를 호송하던 붉은 옷을 입은 남자가 나를 향해 말했다.

"넌 여기서 내려. 여기서부터는 혼자 가도록 해."

빛을 등지고 있어 남자의 표정이 보이지 않았다. 천장이 낮아 일어설 수 없었다. 두 손으로 바닥을 짚고 엉거주춤 기었다. 다리가 저려 잘 움직이지 않았다. 문에 다다른 순간 남자가 목덜미를 끄집어 당겼다. 나는 땅으로 굴러 떨어졌다. 입속에 피가 비릿하게 퍼졌다. 남자는 정신 차리고 집중하라는 듯 내 머리를 발끝으로 툭툭 치며 말했다.

"저 해가 떨어지는 방향을 따라 가. 부지런히 가야 오늘 밤에 도착할 거야."

남자는 이제 쓰러져 있는 나에게 관심이 없는 듯 몸을 돌렸다. 마차에는 여전히 몇몇의 사람들이 쭈그리고 있었다. 아무도 나와 눈을 마주치지 않았다. 문이 닫히며 그들은 다시 어둠 속에 유예되었다. 나를 덩그러니 남겨두고 마차는 지체 없이 사라졌다. 남자가 손으로 가리킨 방향에는 높이를 짐작하기 힘든 산등성이가 양쪽으로 뻗어 있었다. 나는 붉은 침을 뱉어내고 서둘러 발걸음을 옮겼다. 가파른 산비탈에 사람이 다녔을 만한 길은 없었다. 처음에는 나무를 잡으며 조금씩 올라가다가 나중에는 거의 네 발로 기었다. 우회할 생각은 하지 못했다. 자칫 산에서 길을 잃을까 두려웠다. 땅을 짚고 가는 양손에 상처가 늘어갔다. 오랜 시간 쉬지 않았지만 산등성이는 전혀 가까워지지 않았다. 땅거미가 지기 시작하자 어디선가 늑대 울음소리가 들렸다. 산을 오르는 속도는 점점 더뎌졌고, 늑대 울음소리는 가까워졌다. 쉬고 싶었지만 머뭇거릴 여유는 없었다. 이제 와 되돌아 내려갈 수도 없는 노릇이었다. 늑대 울음소리가 나는 쪽을 주의 깊게 살펴봐도 짐승의 그림자를 구분하는 것은 불가능했다. 한참을 오르자 눈앞에 돌비알이 나타났다. 돌비알은 마치 내가 가야 할 목적지를 막고 있는 담장 같았다. 나는 심호흡을 하고 마지막 힘을 다해 손을 뻗었다.

돌비알을 오르자 산등성이였다. 비탈 아래로 거대한 호수가 가장 먼저 눈에 들어왔다. 산등성이는 해안을 따라 가파른 절벽을 이루다가 호수를 둥글게 감싸고 다시 해안을 따라 뻗어 나갔다. 호수와 바다가 이어진 지점에는 양쪽으로 깎아지른 절벽이 마치 거대한 문처럼 우뚝 솟아 있었다. 그 문틈으로 석양의 마지막 빛이 사라지려는 참이었다. 뒤를 따르던 늑대 울음소리는 들리지 않았다. 하지만 늑대들의 집요함을 생각한다면 돌비알을 우회해서 따라오고 있을지도 몰랐다. 나는 서둘러 비탈을 내려가기 시작했다.

해가 바다 속으로 완전히 떨어진 뒤 나는 한 치 앞도 보이지 않는 빗속에 갇혔다. 비탈은 점점 가팔라졌다. 뒤돌아 나무를 잡고, 발끝으로 디딜 곳을 더듬었다. 비탈을 내려갈수록 땅은 진흙으로 변했다. 젖은 바지는 두 다리를 무겁게 진흙 속으로 끌어넣었다. 발이 계속 미끄러졌다. 상처 입은 양손과 무릎은 진흙투성이가 되었다. 빗물이 자꾸 눈으로 흘러들었다. 빗물을 닦아내려 할수록 손에 묻은 진흙이 눈으로 들어갔다. 무릎이 떨렸다. 빗줄기 너머의 검은 호수가 거대한 짐승의 입 같이 보였다. 떨어지는 빗물들이 바다와 이어진 문으로 빠져나가지 못하고 호수의 덩치만을 불렸다. 비탈을 내려갈수록 호수가 나를 지켜보는 것 같은 시선이 느껴져 두려워졌다. 지금이라도 되돌아가는 것이 나을지 몰랐다. 산등성이 위에서 늑대 우는 소리가 들렸다. 고개를 돌리려는 순간, 호수에서 썩은 생선에서나 풍길 법한 비린내가 불어와 얼굴을 감쌌다. 다리를 간신히 지탱하고 있던 마지막 힘이 빠졌다. 발을 헛디디며 비탈 아래로 굴러 떨어졌다.

나는 거의 일주일 넘게 의식이 없었다. 막사 근처에 쓰러져 있던 나를 양식장의 총 관리자가 발견했다고 한다. 그로 인해 행여라도 다른 사람들이 나를 약골이라 생각하고 얕볼까 봐 두려웠다. 양식장에 부역꾼들로 있는 사람들은 모두 나처럼 본국에서 죄를 지은 사람들일 것이다. 그런 이들에게 처음부터 얕보이면 무엇보다 피곤한 생활을 하게 될 것이다. 몸은 쉽사리 좋아지지 않았다. 폐 속에 끈적거리는 비린내가 가득 차 있는 것만 같아 숨쉬기 힘들었다. 나무로 만들어진 막사는 습기가 가득했다. 더구나 음식이라고는 먹을 수 없을 정도로 역한 비린내가 진동하는 어포밖에 없었다. 이곳에는 항상 장대비가 내렸다. 햇빛은 전혀 들지 않았다. 그렇게 습기에 부패한 생선들은 지독한 냄새를 풍겼다. 오로지 살기 위해서 숨을 참고 어포를 삼켰다. 목구멍 깊은 곳에서 냄새가 계속 올라왔다. 어포를 넘기기 위해 공업용 알코올 냄새가 진동하는 싸구려 럼주를 들이켰다. 싸구려 럼주 때문에 목이 완전히 헐어버렸지만, 럼주 없이 어포를 삼키는 것은 상상할 수 없었다. 하지만 다른 사람들은 마치 음미하듯 어포를 질겅질겅 씹었다. 럼주도 어포를 넘기기 위한 것이 아니라 그 자체의 향을 즐기는 듯했다. 어느 정도 몸이 호전되어 침대에서 일어난 후에도 한참이나 설사를 했다. 설사를 하는 것이 당연하게 느껴질 때가 되자, 조금은 럼주 없이 어포를 먹을 수 있을 것도 같았다.

나는 아직 양식장의 총 관리자를 만나 보지 못했다. 그는 막사 2층에 있는 자신의 방에서 나오지 않았다. 이곳에 있는 사람은 총 관리자를 제외하면 열여섯 명이었다. 그중 나를 포함한 열두 명은 막사 1층에 있는 커다란 방에서 같이 생활했다. 그들 몸에서는 생선 비린내가 진동했다. 처음에는 그들과 생활하는 것이 곤혹스러웠다. 그들의 비슷한 표정을 잘 구분하지도 못했다. 얼굴에 감정을 드러내지 않았다. 그들은 대부분의 시간에 낮잠을 잤고 깨어 있을 때는 항상 럼주에 취해 있었다. 다행히 그들은 나를 얕보거나 괴롭히지 않았다. 정확하게 이야기하자면 나에게 관심이 없었다. 우리를 관리하는 영감이라고 불리는 머리가 하얀 남자만이 나에게 이러저러한 이야기를 해주었다.

"지금은 비수기라 일이 없다네, 얼마 있으면 노예들이 올 거야. 그때까지는 충분히 쉬어 두도록 하게."

막사 뒤뜰에는 조금 거리를 두고 작은 움막이 하나 있었다. 그곳에는 검은 우비로 온몸을 가린 이들이 있었다. 후드를 깊게 눌러 써 얼굴은 보이지 않았다. 허리춤에 언뜻언뜻 보이는 날카로운 회칼에 빗물이 타고 흐르곤 했다.

우리는 두 명이 한 조가 되어 사흘 간격으로 막사의 불침번과 호수의 선착장에 위치한 초소의 보초를 섰다. 총 관리자는 2층의 자기 방에서 가끔씩 초소를 내다봤다. 창틀에 그의 그림자가 보였지만 빛을 등지고 있어 얼굴은 보이지 않았다. 초소에서 나는 막연히 호수만 바라보았다. 비가 주변 자갈에 떨어지며 수군거리는 소리가 났다. 몸은 항상 끈적끈적했다. 매 순간 몸이 녹아내리고 있는 기분이 들었다. 빗줄기가 잠시 약해질 때면 코가 마비되지 않는 것이 신기할 정도로 역한 비린내가 어김없이 불어왔다. 냄새가 강하면 강할수록 빗줄기 뒤로 느껴지는 시선은 역겨워졌다. 시선은 온몸에 들러붙어 코와 입속으로 비집고 들어왔다. 나는 구토가 올라오는 것을 간신히 참았다. 그 시선에서 벗어날 수 있다면, 무엇이든 할 수 있을 것 같았다.

나는 잠들어 있었다. 몸은 움직이지 않았지만 의식이 또렷했다. 나는 깨어 있었을까. 사람들의 그림자가 방을 떠돌았다. 불침번이 모두를 깨운 것일지도 모른다. 그들은 유영하듯 옷을 입었다. 나는 영문도 모르고 그들을 따라 옷을 입고 밖으로 나갔다. 비는 그치고 그 자리에 안개가 가득 차 있어 낯설었다. 안개는 호수에서 가끔 불어오던 역한 비린내를 강하게 품고 있었다. 냄새가 두피로 직접 스며드는 것만 같아 머리가 아팠다. 차라리 비가 오는 쪽이 나았다. 비가 오면 조금이나마 냄새를 씻어줄지도 몰랐다. 바로 앞에 걷고 있는 것이 누구인지 알 수 없었다. 단지 동료라고 생각되는 그림자만 믿고 따라갔다. 그리고 비린내도 내 그림자를 끈질기게 따라왔다. 앞서 가던 그림자에 부딪치며 걸음을 멈췄다. 안개 속에서 거대한 범선이 서서히 다가와 호수의 선착장에 정박했다. 영감은 두건을 쓴 남자 옆에서 등불을 들고 있었다. 범선에서 키 큰 한 남자를 따라 짜리몽땅한 그림자들이 줄지어 내려왔다. 키 큰 남자는 영감 옆에 서 있는 두건을 쓴 남자에게 다가왔다. 그들이 이야기를 나누는 동안 셀 수 없을 정도로 많은 그림자가 앞에 정렬했다. 한 남자가 그림자들의 숫자를 셌다. 숫자를 센 남자가 두건을 쓴 남자에게 가서 이야기를 했다. 키 큰 남자와 두건을 쓴 남자는 종이에 서로 사인을 하고 나눠 가졌다. 키 큰 남자는 사인을 교환하자 지체 없이 배에 다시 올랐다. 범선은 천천히 움직이며 안개 속으로 사라졌다. 나는 저 커다란 범선이 바다로 이어지는 절벽의 틈을 무사히 빠져나갈 수 있을지 걱정이 되었다. 두건을 쓴 남자는 주위를 둘러보다 나와 눈이 마주쳤다. 그는 나를 향해 다가왔다. 그는 나에게 커다란 열쇠를 건네며 말했다.

"자네가 가서, 창고 문을 열도록."

그의 목소리는 낮고 끈적였다. 더구나 열쇠를 건네는 그의 손목은 파충류의 비늘처럼 끈적끈적한 윤기가 흘렀다. 안개가 워낙 짙어 잘못 보았을 수도 있지만, 무서운 기분이 들었다. 다리가 떨려왔다. 무거운 다리를 이끌고 서둘러 창고로 향했다. 창고라면 막사에서 산비탈 쪽으로 조금 떨어진 거대한 목조 건물일 것이다. 하지만 나는 안개 속에서 길을 잃었다. 산비탈 어디쯤에 창고가 있는지 전혀 찾을 수 없었다. 내가 향하는 곳이 어디인지 짐작할 수 없었다. 자갈들은 역겨운 습기를 먹고 내 발을 잡았다. 몇 번인가 자갈 위에 미끄러져 넘어졌다. 자갈 사이에 깔려 있던 모래가 손바닥에 박혔다. 얼굴의 땀을 닦자 비릿한 모래가 거머리처럼 얼굴에 들러붙었다. 구역질이 올라왔지만 간신히 참았다. 뒤에서 사람들 소리가 들렸다. 창고 문을 열지 못한 것이 걱정되면서도, 이 근처에 창고가 있다는 생각에 안심이 되었다. 무릎을 꿇은 채 주위를 둘러봤다. 거대한 창고는 바로 눈앞에 있었다. 창고 문은 마치 나를 삼키려는 거대한 입처럼 보였다. 창고로 기어가 문을 짚으며 몸을 일으켰다. 문을 더듬으며 자물쇠를 찾았다. 사람들 소리가 점점 가까워졌다. 심호흡을 했다. 스스로 무엇에 쫓기고 있는지 알 수 없었다. 잡생각을 털어내려 애썼다. 더듬던 손에 자물쇠가 잡혔다. 이렇게 큰 자물쇠를 그리 찾기 어려웠다는 것이 이상했다. 떨리는 손은 열쇠를 구멍에 집어넣지 못하고 바로 앞에서 미끄러졌다. 어느 순간 뒤에서 다가온 차가운 손이 내 손목을 잡았다. 순간 몸이 굳어버렸다. 마치 파충류의 피부 같이 꺼끌꺼끌한 손은 경직된 내 손을 이끌고 열쇠를 자물쇠에 넣는 것을 도와주었다. 열쇠는 잘 돌아가지 않았다. 낡은 열쇠가 부러지지나 않을지 걱정이 되었다. 내 손목을 잡고 있던 손이 직접 열쇠를 잡고 돌리자 끼기긱거리는 낡은 쇳소리와 함께 자물쇠가 열렸다. 나는 그때까지도 경직되어 두건을 쓴 남자를 보지 못하고 열린 자물쇠에 시선을 고정하고 있었다. 뒤에서 몇 명의 사람들이 앞으로 나서 큰 문을 양쪽으로 열었다. 쇠가 긁히는 커다란 소리가 났다. 곰팡이 냄새가 밖으로 풍겨 나오며 창고 밖을 둘러싸고 있는 비린내와 섞였다.

 문이 열리자 두건을 쓴 남자가 창고로 들어갔다. 그를 뒤따라 영감이 창고 안쪽에 등불을 걸었다. 짜리몽땅한 그림자들이 창고로 들어가기 시작했다. 가까이에서 본 그림자들은 가무잡잡한 피부를 가진 어린 아이들이었다. 머리카락이 없었고, 한결같이 고개를 숙이고 앞으로 걸어 들어갔다. 조금도 한눈을 팔지 않는 것으로 보아, 여기에 올 때까지 엄격하게 관리되었음을 쉽게 짐작할 수 있었다. 아이들이 전부 들어가자 등불을 다시 빼고 문을 닫았다. 쇠가 긁히는 커다란 소리의 여운이 가시기도 전에 누군가가 자물쇠를 채웠다. 우리는 막사로 돌아왔다. 아무도 입을 열지 않았다. 오로지 나만 잠들지 못했다.

 "오늘부터 비도 그치고 노예들도 왔으니 일을 시작하게 될 걸세. 딱히 어려운 것은 없고, 저것들이 최대한 빨리 잠수를 할 수 있게 만들면 된다네."

 나 역시 잠수를 해본 적이 없었지만, 영감에게 말할 필요성은 느끼지 못했다.

 "저것들이 잠수를 할 수 있게 되면, 우리는 네 명씩 배를 나눠 타고 호수로 나갈 거야. 노예마다 위치를 알려주는 부표를 발목에 묶어 놓을 거니 우리는 부표만 잘 챙기면 된다네. 이미 이야기했지만 딱히 어려운 건 없다네."

영감은 거기까지 말하고 잠시 생각하는 듯 말을 멈췄다가 다시 말을 이었다.

"뭐, 자네는 처음이니 우리가 하는 걸 보고 잘 따라 하면 된다네. 물론 자네도 다음을 위해 잘 익혀 둬야겠지. 저것들이 가지고 오는 어패류는 뒤뜰에 가져다 두면 그들이 알아서 관리할 거야. 더 궁금한 것 있나?"

그의 말만 들어서는 무엇을 해야 할지 알 수 없었지만, 더 물어볼 수 있는 것도 없었다. 그냥 알았다는 듯 고개를 끄덕였다.

"그럼 좋아. 일을 시작하도록 하지."

나는 영감을 따라 막사를 나왔다. 여전히 안개 때문에 흐렸지만, 그래도 새벽처럼 발끝도 보이지 않는 정도는 아니었다. 사람들은 거의 백 명에 달하는 아이들을 호수 앞에 정렬시켜 놓았다. 아이들은 아무것도 입고 있지 않았다. 그들은 아이들의 몸을 구석구석 점검하는 중이었다. 아이들은 인형처럼 움직이지 않았다. 영감과 나오는 나를 아무도 신경 쓰지 않았다. 영감은 나를 아이들 가까이 데려갔다.

"우리가 확인하는 건 팔다리가 잘 달려 있는지 보는 정도라네."

그는 자신의 말을 확인하듯 아이의 양팔을 들었다가 놓고, 다리가 튼튼한지 만져보았다. 그러고는 아이의 성기를 들추고 음낭을 움켜쥐었다. 그곳에는 텅 빈 주머니만 달려 있었다.

"만약 거세되지 않은 아이가 있으면 저쪽으로 따로 빼면 된다네."

아이들의 점검이 끝나자 누군가 따로 빼 놓은 아이들을 이끌고 막사 뒤로 갔다. 남은 남자들은 옆에 놓인 작대기를 하나씩 들었다. 작대기는 내 키보다 훨씬 길었고 끝이 뾰족했다. 우리는 그 작대기로 아이들을 호수로 밀어 넣기 시작했다. 아이들은 저항할 생각은 하지 못하고 주춤거리며 조금씩 밀려 들어갔다.

"오늘은 목까지 잠기게 해 놓을 거야. 나오려고 하면 찔러도 돼. 죽이지만 마."

영감이 소리쳤다. 나는 아이들과 눈이 마주쳤다. 그들이 우리와 같은 인간인지 아닌지는 알 수 없었다. 하지만 그건 누가 봐도 겁에 질린 눈이었다. 아마도 아이들은 이렇게 넓고 깊은 물은 나처럼 처음 보았을 것이다. 더구나 자욱한 안개 때문에 검은 호수는 더욱 크기를 가늠하기 힘들었다. 하지만 나는 아이들의 겁에 질린 눈을 외면하고, 다른 사람들에게 뒤처지지 않기 위해 누구보다 열심히 아이들을 깊은 안개 속으로 밀어 넣었다. 눈앞에서 유난히 왜소한 체구의 아이가 안개 속으로 빨려 들어갔다. 발이 미끄러진 것이라 추측만 할 뿐 무슨 일이 일어났는지 알 수 없었다. 비명 소리는 물속에서 울리지 못했다. 대신 한 뭉치의 기포가 수면으로 올라왔다. 다른 아이들 모두 누군가가 안개 속으로 빨려 들어갔다는 것을 본능적으로 느꼈을 것이다. 아이들은 자신도 그렇게 되지 않기 위해 온 힘을 다했다.

며칠 뒤 우리는 아이들에게 잠수를 가르쳤다. 아이들은 물속으로 머리를 집어넣는 것에 두려움을 느꼈다. 아이들이 숨을 못 참고 머리를 내밀면 다시 눌러 수면 위로 올라오지 못하게 했다. 나는 짐이 되지 않기 위해 누구보다 의욕적으로 아이들 머리를 눌렀다. 한 아이가 유난히 숨을 참지 못하고 수면 위로 머리를 내밀었다. 그 아이에게서 눈을 뗄 수 없었다. 다른 아이들을 살피는 것에까지 지장이 가자, 나는 조금 신경질적이 되었다. 그 아이 앞으로 갔다. 그리고 두 손으로 온 힘을 다해 아이의 머리를 물속으로 눌렀다. 아이는 버둥거렸지만, 나는 어떤 광기에 사로잡힌 듯 놔주지 않았다. 어느 순간 아이는 버둥거리는 것을 멈췄고, 몸이 수면으로 떠올랐다. 나는 불길한 기분과 함께 아이의 머리에서 손을 뗐다. 아이는 다시 수면 위로 머리를 내밀지 못했다. 주위를 둘러보았다. 안개 때문에 다른 사람들이 잘 보이지 않았다. 손끝으로 익사한 아이를 밀었다. 아이는 천천히 안개 속으로 미끄러지며 사라졌다. 아무도 보지 못했지만, 모두가 알고 있는 것 같았다. 하지만 아무도 그 일에 대해 입을 열지 않았다. 그날 저녁 아이들을 다시 창고로 집어넣을 때 숫자가 몇 개 부족했지만 아무도 그 사실을 지적하지 않았다. 아이들이 하나씩 사라질수록 기분 나쁜 시선은 노골적으로 강해졌다. 나는 점점 더 잠들기 힘들어졌다.

어느 날 창고 문을 열었을 때, 나는 너무 놀라 아무것도 할 수 없었다. 그저 멍하니 서서 홀린 듯 그 모습을 보았다. 어떻게 매달았는지 몰라도 입구 반대쪽 벽 천장 들보에 목과 양팔을 묶어 놓은 아이 하나가 있었다. 다른 아이들은 모두 매달린 아이를 향해 무릎 꿇고 절을 하듯 엎드려 있었다. 나를 제외한 사람들은 조금의 주저도 없이 채찍을 들고 아이들의 등짝을 사정없이 내리쳤다. 아이들의 등에 붉은 줄이 하나둘 그어졌지만 아이들은 일어나지 않았다. 아이들의 등에서 검은 피가 흘러내렸다. 그 모습은 기괴하면서도 익숙했다. 나는 홀린 듯 그 상황을 바라보았다. 영감은 내 등짝을 세게 치며 말했다.

"멍하니 서 있지 말고 뒤뜰에서 사다리를 가져오게."

영감의 말을 듣고 그 자리에서 도망치듯 뒤뜰로 향했다. 영감이 손으로 친 곳이 가려웠다. 미친 듯이 긁고 싶었다. 손이 닿는 부분을 벅벅 긁으며 걸었다. 내 등에도 검은 피가 흘러내리고 있는 것만 같았다. 뒤뜰에는 검은 우비를 입은 남자들이 한가롭게 앉아 있었다. 비가 그쳤는데도 아직 우비를 입고 있는 그들이 이상해 보였다. 하지만 지금은 사다리를 찾는 게 더 중요했다. 서둘러 커다란 사다리를 찾아 들었다. 사다리는 생각보다 무거웠다. 땅에 질질 끌면서 사다리를 옮기기 시작했지만, 그들은 나를 도와줄 생각이 없어 보였다. 내가 사다리를 가져오자 영감은 나를 도와 사다리를 벽에 세웠다. 그리고 움직이지 않게 아랫부분을 잡았다. 사람들은 아직도 아이들을 채찍질하는 중이었다. 아이들의 등에서 살점이 떨어졌다. 나는 영감의 눈치를 한 번 보고 사다리를 타고 올랐다. 묶여 있는 아이에게서 생선 썩는 냄새가 진동해서 코를 막았다. 아이의 두 눈은 양쪽으로 벌어져 마치 물고기 같았다.

"뭐하고 있나. 빨리 끊어버리게!"

아래에서 영감이 소리쳤다. 떨리는 손으로 칼을 꺼내 아이의 양손에 묶인 줄을 끊었다. 미끈거리는 줄은 해초류 같았다. 양쪽 손을 묶고 있던 줄을 끊어버리자, 아이의 목에 온몸의 무게가 실리며 목뼈가 부러지는 소리가 났다. 목만 매달린 아이는 천장에서 뱅글뱅글 돌았다. 지금까지 살아 있었을지 모를 아이를 방금 내 손으로 죽인 것 같았다. 숨을 크게 들이마시고 목을 묶고 있는 줄을 끊어버렸다. 아이는 땅으로 곤두박질쳤다. 아이의 머리가 박살나 뇌수가 흘러나왔다. 뭉개진 얼굴은 더 이상 알아볼 수 없었다. 그와 동시에 엎드려 있던 아이들이 모두 일어났다. 아이들은 잠시 떨어진 아이를 보고는 아이가 묶여 있던 천장을 봤다. 그것도 잠시뿐, 아이들은 고개를 숙이고 줄을 서기 시작했다. 나는 죽은 아이의 다리를 잡고 끌어내려고 했다. 하지만 아이의 피부는 점액질로 뒤덮여 손에서 계속 미끄러졌다. 영감은 밧줄을 가져와 아이의 몸통에 묶었다. 나와 한 남자는 영감을 도와 아이를 끌어냈다. 영감은 뒤뜰로 향했다. 우리가 아이를 끌고 가는 것을 보고 뒤뜰에 있는 남자들은 그냥 거기 두고 가라는 듯 손짓을 했다. 아이를 그곳에 두고 나오며 나는 알 수 없는 나쁜 기분이 들었다.

"저들은 무슨 일을 하나요?"

나는 영감에게 물었다.

"저들은 아직 일을 시작하지 않았어."

영감이 대답했다.

"이제 시작할 수 있겠지."

같이 온 다른 남자가 대답하며, 우리는 그 자리에서 멀어졌다. 그건 단순히 나쁜 기분이라고만 부를 수는 없었다.

며칠이 지났지만 안개는 사라질 기미가 없었다. 우리는 처음으로 배를 타고 호수로 나갔다. 배는 세 팀으로 나뉘었다. 배마다 석궁을 하나씩 챙겼다. 석궁의 용도는 알 수 없었다. 나는 영감과 같은 배를 타게 되었다. 아이들의 발목에 묶여 있는 부표는 배 후미의 고리에 한꺼번에 연결되어 있었다. 애초에 배에는 아이들이 탈 자리가 없었다. 아이들은 부표에 매달려 배를 따라왔다. 우리는 뱃머리에 횃불을 피워 서로의 위치를 파악했다. 멀리 떨어지지 않고 불빛이 간신히 보일 정도로 거리를 유지했다. 닻을 내렸다. 그리 멀리 나오지 않았음에도 닻은 하염없이 물속으로 빨려 들어갔다. 아이들은 물속에서 여러 가지를 주워 올리기 시작했다. 우리는 아이들이 주워 올린 것들을 모두 배에 실었다. 작업이 끝날 때가 되면 선미에 불을 하나 더 피워 작업 종료를 알렸다. 아이들은 횃불 두 개를 보고 다시 물속으로 들어가지 않고 대기했다. 우리는 물 위로 올라온 아이들의 머리를 셌다. 아무리 세도 숫자가 하나 부족했다. 그 부족한 하나는 끝까지 올라오지 않았다. 물고기가 아닌 이상 이렇게 오랜 시간 물속에 있을 수는 없을 것이다. 우리는 주인 없는 부표를 끌어올렸다. 부표의 줄은 당겨지다가 어느 지점에서 꼼짝도 안 했다. 억지로 줄을 당겨보아도 요지부동이었다. 갑자기 물속에서 부표를 강하게 당기는 힘이 느껴졌다. 부표를 잡고 있던 나는 물속으로 빠질 뻔했다. 부표는 다시 수면에 떨어졌다. 아이들도 모두 갑작스러운 파장에 놀란 듯 자신의 부표를 끌어안았다. 파장이 가시고 우리는 다시 부표를 건져 올렸다. 부표에 연결된 줄은 아까와 달리 쉽게 당겨졌다. 그 줄의 끝에는 검은 피가 뚝뚝 떨어지는 작은 발목이 매달려 있었다. 발가락 사이에 물갈퀴 같은 얇고 투명한 피부가 붙어 있는 것처럼 보였다. 영감은 아무 말 없이 그 발을 물속에 집어던졌다. 아무도 물갈퀴에 대해 언급하지 않았다. 나는 그것을 발가락 사이에 붙은 해초류라고 생각하려 애썼다.

우리는 뭍으로 돌아와 아이들이 주워온 것들 중 쓸모 있는 것을 분류하며 아이들에게 알려줬다. 나는 문득 아이들의 눈빛이 좀 더 이상해졌다고 생각했다. 어디를 보고 있는지 전혀 알 수 없는, 초점 없는 눈이었다. 아이들의 눈을 자세히 보았다. 아이들의 눈알은 얇은 막에 싸여 있는 것처럼 보였다. 그 눈을 더 자세히 보려는 순간 영감이 내 어깨에 손을 얹으며 사람들에게 말했다.

"다들 분류 끝났으면 뒤뜰로 나르기 시작해."

뒤뜰에 있는 남자들은 여전히 그곳에 두고 가라는 듯 손을 까딱거렸다. 이전에 느꼈던 나쁜 기분은 들지 않았다. 다행이면서도 꺼림칙했다. 나는 이전과 지금의 차이가 무엇인지 생각하지 않으려 애썼다.

우리는 매일 호수로 나갔다. 날이 갈수록 더 깊은 곳에 배를 정박했다. 아이들은 점점 물속에서 나오지 않았다. 오랜 시간 동안 아이들은 한두 번만 수면으로 올라왔다. 아이들의 잠수 시간은 날이 갈수록 길어졌다. 하지만 아이들이 건져 올리는 수확물의 양은 현저하게 줄어들었다. 하루에 실종되는 아이들이 두세 명 정도 된다는 것을 감안해도 비정상적으로 적은 양이었다. 나는 아이들이 물속에서 무엇을 하고 있는지 궁금했다. 하지만 나는 그 안개가 깔려 있는 검은 호수 속으로 들어갈 용기는 없었다.

아이들의 모습은 눈에 띄게 변해갔다. 아이들의 눈은 이제 더 이상 포유류의 것이라고 보기 힘들었다. 그들의 눈은 지나치게 커지고 머리 양쪽으로 벌어졌다. 그 큰 눈은 어둡고 깊은 동공으로 가득 차 있었다. 넓게 벌어진 두 눈 사이에는 거대한 입이 자리 잡았다. 그 큰 입은 쉬지 않고 뻐끔거렸다. 피부는 점액질로 뒤덮여 미끈거렸다. 손가락과 발가락 사이에 얇은 물갈퀴가 언뜻 보였다. 아이들은 짧은 시간 동안 덩치가 엄청나게 커졌다. 무거워진 아이들은 뭍에서 움직이는 것이 힘들어 보였다. 땅 위에서 아이들은 거대한 지느러미를 허우적거리듯이 팔다리를 끌며 움직였다. 아이들이 지나간 자리에는 지독한 냄새를 풍기는 점액질이 쏠리듯 묻었다. 하지만 아무도 아이들의 변화를 의식하지 않았다. 나는 갈수록 아이들이 수면으로 머리를 내미는 것이 두려워졌다.

아이들이 절반 가까이 줄었다. 호수의 시선은 견딜 수 없을 정도로 강해졌다. 배를 타기 시작한 이후로 하루도 마음 편히 잠들지 못했다. 사람들이 아무렇지 않은 것을 이해할 수 없었다. 아이들이 변해가는 것이 오로지 내 망상 속의 일은 아닌지 의심했다. 영감에게 상담도 해봤지만, 영감은 영문을 모르겠다는 표정을 지으며 피곤해서 그런 것 같다고 말을 돌렸다. 그 이후 나는 더 이상 아이들이 물고기처럼 보인다는 말과 호수의 시선에 대한 말은 하지 않았다. 더 이야기해 봐야 나만 이상한 사람이 될 것이다. 점점 사람들과 대화하지 않았다. 잘 때도 석궁을 품에 안고 잠들었다.

잠들기 전 안개만이라도 좀 걷혔으면 좋겠다고 생각했다.

이제 남은 아이는 열 명도 되지 않았다. 세 척으로 나가던 배는 어느덧 한 척씩 사흘에 한 번 돌아가면서 나갔다. 수확량은 전혀 없다고 봐도 무방했다. 얼마 전부터 배를 타고 나오면 거대한 눈동자 위에 떠 있는 것만 같은 기분이 들었다. 사람들과 이야기하지 않은 지도 며칠이 지났다. 정적 속에서 아이들은 물에 들어가기 전에 입을 뻐끔거리며 이상한 소리를 냈다. 아이들의 덩치는 비정상적으로 커졌다. 나는 아이들에게서 눈을 돌렸다. 맨정신으로는 도저히 버틸 수 없었다. 일할 때도 남들 몰래 럼주를 마셨다. 영감은 분명히 내가 럼주를 마시는 것을 알고도 모르는 척했다. 아이들은 물속에서 한 번도 올라오지 않았다. 철수를 위해 선미에 횃불을 걸었다. 안개가 걷혔다. 하늘에 보름달이 보였다. 산등성이에서 내려다보았던 그때 이후 처음으로 거대한 호수가 한눈에 들어왔다. 잔잔한 수면 위로 반사된 달빛이 반짝였다. 횃불을 걸었지만 아이들은 올라오지 않았다. 어디선가 비린내가 풍겼다. 배가 흔들렸다. 뒤에서 석궁이 발사되는 소리가 들렸다. 소리가 난 쪽으로 고개를 돌렸다. 그 자리에는 주인 없는 석궁만 바닥에 떨어져 있었다. 나는 일어설 용기가 없었다. 물속을 들여다볼 용기는 더더욱 없었다. 영감은 닻을 끊어버리며 나와 다른 남자에게 노를 저으라고 단호하고 침착하게 명령했다. 우리가 노를 젓는 동안 영감은 아이들이 묶여 있는 부표도 모두 끊어버렸다. 우리는 쉬지 않고 노를 저었다. 우리는 뒤를 돌아보지 않았다.

뭍에 도착하자 영감이 말했다.

"자네는 여기서 잠시 보초를 서게. 무슨 일이 있으면 바로 알리고."

그는 내 대답을 듣지도 않고 다른 남자를 데리고 막사로 뛰어갔다. 나는 선착장 옆에 있는 초소에 들어가 벌벌 떨며 호수를 바라봤다. 수면은 검고 잔잔했다. 가운데 떠 있는 보름달이 마치 거대한 짐승의 눈동자 같았다. 오랜 시간이 지났지만 영감은 돌아오지 않았다.

수면에 떠 있는 달이 흔들렸다. 그 뒤로 무엇인지 알 수 없는 수많은 그림자들이 떠올랐다. 그것들은 나를 향해 아주 천천히 다가왔다. 가지고 있던 횃불을 껐다. 다가오던 그림자들이 주춤하듯 멈췄다. 이로써 그들이 나를 향해 오고 있다는 것을 확신했다. 막사에 알려야 했다. 고개를 돌렸다. 막사에는 불이 꺼져 있었다. 다시 호수를 바라보자 그림자들은 빠르게 다가오기 시작했다. 초소에서 뛰쳐나와 막사를 향해 뛰었다. 내 모습은 달빛 아래 훤히 드러났다. 안개가 있었다면 내 모습이 가려졌을 것이다. 안개가 그립다는 생각을 하게 될 줄은 꿈에도 몰랐다. 하지만 그들의 시선에 노출되어 있다는 사실이 무서워 참을 수 없었다. 막사의 문은 잠겨 있었다. 나는 뒤돌아봤다. 그것들은 벌써 뭍으로 올라오기 시작했다. 나는 비명을 지를 뻔했다. 달빛을 등지고 있는 그것들의 모습은 어디서도 본 적 없는 기괴한 형태였다. 둥근 덩치는 커다랗고, 뒷다리는 짜리몽땅했다. 앞다리는 바다거북 앞발처럼 길게 늘어져서 땅에 끌렸다. 다리 사이의 거대한 꼬리가 간신히 서 있을 수 있도록 몸통을 지탱해주었다. 나는 그것들을 보고 부정하듯 고개를 저었다. 그들이 땅 위로 올라오자 호수에서 불어오는 비린내가 한층 더 강해졌다. 나는 막사에 들어가는 것을 포기하고 숲을 향해 뛰기 시작했다.

풀 밟는 소리가 내 위치를 온 세상에 알려줬다. 비린내는 지치지 않고 따라왔다. 그 뒤로 끈적끈적한 짐승의 소리가 울렸다. 나는 뒤돌아보지 않았다. 소리들은 점점 더 많아졌고 가까워졌다. 숨이 차올라 쓰러질 것 같았다. 나는 지쳐 갔다. 비탈을 두 손으로 짚으며 올라갔다. 하지만 나를 따라오는 소리는 떨어지지 않고 사방으로 감싸왔다. 그들이 나를 사냥하듯 몰아가며 즐기고 있다는 것을 알았을 때, 그것들에게서 절대 도망칠 수 없을 것이라 생각했다. 나뭇가지에 발이 걸리며 그 자리에 쓰러졌다. 아니 단순히 무릎에서 힘이 빠진 것일지도 몰랐다. 쓰러진 내 주위로 조금의 간격을 두고 수많은 지독한 냄새들이 둘러싸듯 멈췄다. 바로 등 뒤를 쫓던 놈이 넘어진 나를 위에서 내려다봤다. 그 끔찍한 얼굴과 마주했다. 그건 마치 거대한 메기 같았다. 이제 끝이라는 생각이 들었다. 어디선가 날카로운 바람 소리가 들렸다. 그놈은 내 위로 쓰러져서 펄떡거렸다. 그 역겨운 것을 밀어내고 싶었지만 온몸이 미끈거려서 벗어날 수 없었다. 그놈을 밀어내려고 버둥거릴수록 점액질이 온몸에 묻으며 미끄러졌다. 그놈의 머리에 박혀 있는 화살이 만져졌다. 나를 둘러싸고 있던 놈들은 나무들 사이에 숨어 주위를 살피고 있을 것이다. 나무 사이사이 달빛에 비쳐진 놈들이 하나하나 쓰러지는 소리가 들렸다. 그 소리는 마치 음악처럼 느껴졌다. 나는 너무 피곤했고, 이내 정신을 잃었다.

나는 방에서 깨어났다. 이곳에서 처음으로 눈을 떴던 그날이 생각났다. 긴 꿈을 꾸고 일어난 것 같았다. 온몸의 상처가 욱신거렸다. 상처는 단지 비탈에서 굴러 생긴 것일지도 몰랐다. 다리에 힘을 주고 막사 밖으로 나갔다. 햇볕이 정면에서 내리쬐었다. 이곳에서 처음 보는 해였다. 햇빛을 받은 호수는 푸르고 투명하게 반짝였다. 사방을 뒤덮고 있던 비린내는 모두 사라졌다. 맑은 공기에 숨이 탁 트였다. 막사 주변에 아무도 보이지 않았다. 나는 뒤뜰로 향했다. 다가갈수록 비린내가 강해졌다. 나는 그것들을 보고 걸음을 멈췄다. 뒤뜰에는 어젯밤 그것들이 산더미처럼 쌓여 있었다. 개중 몇 마리는 아직도 꿈틀거리고 있는 것만 같았다.

숲에서 사람들이 수레를 끌고 오는 것이 보였다. 수레에는 그것들이 한가득 실려 있었다. 영감은 나를 지나치며 무사해서 다행이라는 듯 어깨를 두드렸다. 원망의 말을 하고 싶었지만 하지 못했다. 막사 뒤 움막에서 검은 우비를 입고 있는 남자들이 나왔다. 그들은 수레에서 물고기를 내려 한쪽으로 쌓고 있는 남자들을 보고 가만히 구경만 했다. 막사 2층에서 총관리자가 뒤뜰을 내려다보고 서 있었다. 그는 나를 한 번 힐끔 보고 나서 예의 그 끈적한 목소리로 우비를 입은 남자들에게 소리쳤다.

"빨리 내장 빼고 소금에 절이도록 해. 물고기들은 빨리 썩으니깐 말이야."

나는 그 말을 듣고 지금까지 참아왔던 구토를 했다.

사형 집행 중
:

아버지는 사형 집행인이었다. 아버지가 그 자리에서 물러나면 나 역시 그 일을 이어받아 사형수의 목을 잘라야 할 것이다. 내 미래는 태어날 때부터 정해져 있었다.

 어느 날인가 아버지는 몸의 반쪽이 자신의 의도대로 잘 움직여지지 않는다고 말했다. 결국 아버지가 일을 못하게 됨과 동시에 생각보다 일찍 일을 물려받게 되었다. 당연하지만 나에겐 선택의 여지가 없었다. 사형 집행인의 대물림은 선택이 아닌 의무였다. 사형 집행인은 죽음의 사자로 취급받으며 사람들과 어울리지 못했지만 멸시당하는 것은 아니었다. 오히려 사람들은 아직 사형 집행인이 아닌 내가 지나갈 때에도 길을 비켜주며 경외감을 나타냈다.*

최근에는 기술이 좋아져서 사형 집행 시 여러 번거로운 의식이 많이 사라졌다. 잘 정비된 기구에 사형수의 자세를 잡아준 뒤 거대한 칼날을 고정시킨 가느다란 밧줄을 끊어주기만 하면 되었다. 경사진 삼각날은 천둥 같은 소리를 내며 떨어지지만** 그건 단지 여흥에 불과했다. 어려운 건 없었다. 모든 일은 순식간에 이루어졌다. 사람들은 이전의 방식들에 비해 사형수들의 인권을 존중해주고, 사형 집행인의 정신적 부작용 또한 줄어들었다고 말했다. 단칼에 목이 잘려나간 사형수들***은 모두 땅속에서 침묵하고 있으니 얼마나 부작용이 줄어들었는지 확인할 수 없는 노릇이었다. 사형 집행인은 단지 다른 사람들이 판단한 결과에 따른 대행인이었을 뿐이었다. 정말 어려운 건 없었다. 단지 묶인 끈을 단칼에 자르는 일이었다.

 어렸을 때부터 사람의 목이 잘려 나가는 것을 보는 것은 익숙했다. 그것은 하나의 쇼였을 뿐이다. 구경하러 몰려든 관객의 누구도 그것을 잔인하다고 생각하지 않았다. 나의 일이 아

---

* 몸에서 분리된 머리가 광장에 떨어진 후 한참을 굴러가 사람들 사이를 가로지르는 순간, 머리와 눈이 마주친 사람들은 경외의 시선과 함께 양쪽으로 갈라졌다. 그는 아버지에게 가져다주기 위해 떨어진 머리를 접시에 올려 들고 사람들 사이를 당당하게 걷는 것을 좋아했다.
** 칼날이 떨어지는 소리는 실제로 천둥 같이 크지는 않았다. 하지만 사람들은 거대한 칼날이 떨어지는 것을 보고 천둥 같은 소리를 상상해냈을 것이다. 어느 정도 거친 소리가 나는 기계가 있었을 수도 있지만 대부분의 소리는 상상 속에서 증폭된 것이라 생각된다.
*** 목이 잘려나간 닭의 몸뚱이가 마당을 뛰어다니듯, 순식간에 잘려나간 머리에도 한동안 의식이 남아있다는 주장이 있었다. 잘려나간 머리가 의식을 가지고 주위 사람들을 훑어보며 원망한다는 것이다. 그러나 그러한 주장이 제대로 연구되어 증명된 적은 없었다.

니었을 때, 잘린 목들은 개울에 굴러다니는 흔한 호박석들과 다르지 않았다. 간혹 나에게 선처를 호소하는 사형수의 명청한 가족들도 있었지만, 난 단지 그들을 집에 빨리 돌아가 쉬기 위해 쪼개버려야 할 장작 이상으로 생각하지 않았다. 어쩔 수 없는 일이었다. 내 인생은 그렇게 평안하게 흘러갈 것이 분명했다.

아버지가 움직이지 못하면서 나는 사실상 사형 집행인이 되었다. 하지만 아직까지 단 한 명의 목도 자르지 못했다. 사형 판결을 받은 사람들은 있지만 사형 집행은 계속 미뤄졌다. 나는 준비가 되어 있었지만, 집행이 미뤄지는 사소한 이유들에 이의를 제기할 필요도 딱히 없었다. 나는 누군가의 목을 자르는 것을 즐기는 건 아니었다.

어느 날 아버지는 잠든 후 영원히 깨어나지 않았다. 수많은 죽음을 보았지만 아버지의 죽음은 생소했다. 그의 머리가 아직 몸에 붙어 있었기 때문일까. 외관상으로 그의 육체는 건강해 보였으며 도저히 죽은 사람이라고 볼 수 없는 혈색을 유지하고 있었다. 그는 그대로 잠들어 있는 것 같았다. 나는 아버지를 그냥 두기로 했다. 어차피 이 집에서 살아가는 것은 아버지와 나 둘 뿐이었으니 그냥 둔다고 해도 달리 불편해할 사람도 없었다. 아침에 한 번 들러 청소와 음식을 해주는 앞을 잘

보지 못하는 노파에게만 아버지의 방에 들어가지 말라고 주의를 주면 될 것이다. 문득 이 집에서 생활하던 사람이 아버지와 나 둘 뿐이었다는 것이 새롭게 다가왔다.

나는 분명 아버지가 있는 도시로 오기 전까지 시골에서 태어나 그곳에서 유년 시절을 보냈을 것이다. 하지만 그 시절의 기억들을 한 조각도 찾을 수 없다는 것을 깨달았다. 왠지 모르지만 지금까지 그때의 기억들을 떠올리려고 한 적도 없었다. 분명 내가 시골에서 자라던 어린 시절에도 나의 아버지는 이 도시에서 쉬지 않고 사형을 집행했을 것이다. 나는 어떻게 아버지를 처음 만났을까. 마치 자신의 역할을 미리 연습한 연극의 배우처럼 말이다. 그제야 지금까지 어머니를 본 적이 없고 생각조차 해보지 않았다는 것을 알게 되었다. 그건 분명히 이상한 일이었다. 어머니에 대한 기억을 떠올리려고 노력하면 할수록 두꺼운 커튼이 가로막고 있는 것만 같았다. 아주 희미하게 어떤 여인을 떠올릴 수 있었으나 그 기억이 과연 나의 것인지조차 알 수 없었다. 희미한 기억 속에서 떠오르는 여인의 모습은 지금의 내 삶과 전혀 연결고리가 없었고, 아버지와의 접점은 더더욱 찾을 수 없었다. 그렇다면 내가 떠올린 그 여인은 과연 누구일까. 그 여인의 모습은 희미하게 잊힌 기억의 반대편 어딘가에서 나를 보고 손짓하고 있었다. 그 손짓이 가까이 오라는 것인지 아니면 다가오지 말라는 것인지 알 수 없었다. 왜 지금까지 어머니에 대해 단 한 번도 생각하지 않았던 것일까. 어째서 아버지가 죽은 지금에야 그 여인을 떠올릴 수 있었던 것일까. 죽음을 항상 곁에 두고 있는 직업을 업으로 삼고 있는 사형 집행인과 평생을 살아가려는 사람은 없을 것이다. 그렇다면 사형 집행인은 어떻게 대를 잇고 사는 것일까. 그 방법은 누가 나에게 알려주는 것일까. 때가 되면 누군가 나타나 모든 것을 정해주는 것일까. 나는 스스로 판단하여 무엇인가를 하는 방법을 하나도 배우지 못했다는 생각이 들었다.

죽은 아버지와의 동거는 단 하루였다. 아버지가 죽은 다음 날 밤 바로 후드를 깊숙이 뒤집어 쓴 두 명의 사람이 찾아왔다.* 후드 속 얼굴은 보이지 않았고, 허리가 심하게 굽어 머리가 내 어깨에도 닿지 않았다. 그들은 아무 말 없이 국가의 공문임을 증명하는 인장이 찍힌 서류를 내밀었다. 그 서류의 요지는 다음과 같았다. '아버지의 시신을 인계할 것. 그들을 따라가 장례식을 치를 것. 부재중 사형의 집행은 이루어지지 않고 전면 중지될 것.' 그들은 마치 누군가에게 연락받은 것처럼 이미 아버지의 죽음을 알고 있었다. 나는 그들을 아버지의 방으

---

* 결과적으로 그는 아버지의 죽음을 누구에게도 알리지 않은 것이 아니라, 알릴 틈도 없었던 것이 되었다. 아무도 그런 그를 비난하지 못할 것이다.

로 안내하기 위해 집으로 들였다. 갑자기 찾아온 그들이 가져온 서류의 진위 여부를 의심해볼 만도 했지만, 딱히 그럴 필요성조차 느낄 수 없었다. 사형 집행인의 집에 거리낌 없이 들어올 수 있는 사람은 내가 알기로는 많지 않았다. 어쩌면 그들은 나보다 아버지의 상태에 대해 더 잘 알고 있었을지 모른다. 그렇게 나는 그들이 아버지의 시체를 챙기는 동안 간단하게 여행 가방을 꾸렸다.

그들은 작은 마차를 집 앞에 대기시켜 놓았는데, 그 앞에 아버지의 시체가 들어갈 관이 준비되어 있었다. 그들은 낭비 없는 절제된 동작으로 아버지를 관에 집어넣었다. 그들은 두껍고 검은 승마용 장갑을 끼고 있었다. 그들이 마차에 관을 싣기 위해 들어올리는 순간 손목이 잠시 드러났다. 그 피부는 적어도 내가 아는 인간의 것은 아니었다. 어두운 밤이었지만 분명히 기억한다. 진한 녹색의 어두운 피부를. 마치 파충류의 비늘 같이 갈라져 있는 끈적끈적하고도 매끄럽게 반사되던 감촉을. 그들은 어디선가 심한 전염병이라도 앓았던 것일까. 그들은 관을 마차에 실은 후 나에게 타라는 듯 천천히 손짓했다. 처음부터 끝까지 아무 말도 하지 않았다. 관이 실린 마차에는 한 사람이 간신히 앉거나 누울 수 있는 공간이 있었다. 마차의 내부는 무척이나 어두웠고, 안에서 밖을 내다 볼 수 있는 창문 같은 건 없었다. 처음부터 사람을 태우기 위해 만들어지진 않은 것 같았다. 마차에 오르자 그들은 밖에서 문을 닫았다. 내부는 완전히 어두워졌고 나는 마치 관에 들어온 것만 같은 기분을 느꼈다.

마차가 오랫동안 쉬지 않고 달리는 내내 나는 잠들지 못했다. 누군가가 나를 보고 있는 것만 같은 시선을 강하게 느꼈다. 그 시선이 어디서 오는지 알 수 없었다. 시선이 나의 내면을 훔쳐보고 있는 것 같아 불쾌했다. 애써 무시하려 해도 시선은 점점 강하게 나를 훑어왔다. 그러나 두려운 마음은 없었다. 나는 대체하기 힘든 선택받은 인간이었다. 물론 내가 하는 일이 특별한 기술이 필요하거나 어려운 일은 아니었지만, 내가 알기로 모든 사형 집행인은 언제나 아버지에게서 아들에게로* 이어졌다.

얼마나 달렸을까. 나는 시선 때문에 거의 잠들지 못했고 그렇다고 깨어 있다고도 할 수 없는 상태로 오랜 시간 있었다. 어째서인지 잠들었다가 깨어나면 나는 더 이상 내가 아닐 것만 같았다. 피로가 극에 달한 순간 마차가 멈추었고 문이 열렸다. 여전히 어두운 밤이었고, 몇 시간을 달린 것인지 며칠을 달려 온 것인지 알 수 없었다. 그들은 거대한 저택의 마당에 멈춘 뒤 문을 열었다. 푸른 달빛이 열린 문으로 쏟아져 들어왔

---

* 플로베르가 정의한 그 말이 아버지에게서 아들에게로 이어져야만 한다는 것인지 이어질 수밖에 없다는 것인지 그가 알고 있었던 것은 아닐 것이다. 어쩌면 둘 다일지도 모르겠다.

다. 눈을 쉽게 뜰 수 없었다. 달빛을 등진 그들의 그림자는 무언으로 내리라고 말하는 것 같았다. 어두운 그림자를 내리깔고 있는 저택은 마치 마법사의 성처럼 우뚝 솟아 있었다. 주위에 인가라고는 전혀 없었다. 마당 한 쪽의 마구간을 빼면 단지 깊은 숲만이 이 저택을 끝없는 미로처럼 둘러싸고 있을 뿐이었다. 그들은 관을 내려 짊어지고 저택을 향해 걸었다. 거대한 문을 열고 들어가 어두운 현관 한가운데 관을 내려놨다. 오로지 입구 양쪽에 있는 거대한 촛불만이 어둠을 밀어내고 있었다. 관은 마치 처음부터 그곳에 있었던 하나의 장식 같았다. 나는 그들을 따라 들어갔다. 넓은 현관의 반대편은 쉽사리 닿을 수 없을 것이라는 생각이 들 정도로 깊은 어둠 속에 숨어 있었다. 관 아래로 붉은 카펫이 반대쪽 어둠을 따라 펼쳐져 있었다. 그들은 나에게 아무런 설명 없이 문을 닫고 어둠 속으로 사라졌다. 결국 그들은 나에게 단 한마디도 하지 않았다. 그러나 그건 오히려 다행일지도 몰랐다. 그들의 피부를 얼핏 본 나로서는 그들이 과연 인간일지조차 의심스러웠다. 그들의 목소리를 상상하는 것만으로도 소름이 끼쳤다.

시체는 금방 썩는다. 하지만 그들은 장례를 전혀 서두르지 않는 것처럼 보였다. 마치 아버지가 썩지 않을 것을 알고 있다는 듯이, 그리고 앞으로도 썩지 않을 것처럼 말이다. 그제야 나는 관의 모양을 확실히 볼 수 있었다. 관 뚜껑 중앙에는 두 마리의 뱀이 꽈배기처럼 똬리를 틀고 서로의 꼬리를 물고 있는 모양이 양각으로 크게 조각되어 있었다. 분명 오랫동안 국가에 봉사한 사람에게 흔히 쓰이는 문양은 아니었다. 잘 알려지지 않은 소수 종교 중 하나가 비슷한 문양을 사용한다는 이야기를 들은 적 있는 것도 같았다. 익숙하지만 결코 익숙하지 않은 그 조각은 마음속에 불안감을 심어주었다. 현관 한가운데 놓인 아버지의 관을 한쪽으로 치우기로 마음을 먹고 손을 대고 나서야, 그 관이 거대한 석관이라는 것을 알았다. 내 힘으로 관을 밀어서 이동시키는 것은 불가능했다. 자그마한 체구의 사람* 둘이 별 힘을 들이지 않고 들어 올렸던 관이라 이렇게 무거울 것이라고는 상상도 못했던 참이었다. 관을 옮기는 것을 포기하고 집을 둘러보기로 했다. 샹들리에는 불이 켜져 있지 않았고, 불을 켜는 법을 내가 알고 있을 리도 없었다. 입구 바로 앞의 촛대를 들고 복도의 벽에 걸린 램프에 차례로 불을 붙이며 1층을 둘러보기 시작했다. 1층에는 보통의 저택들이 그러하듯이 방문객들을 모시는 사랑방과 거대한 연회장이 있었다. 그리고 그 한켠에는 연회장에 음식을 공급할 거대한 주방이 딸려 있었다. 별반 특이한 점은 찾을 수 없었다. 주

---

* 그는 그들의 외형과 피부에 대한 인상 때문에 과연 그들이 사람인가에 대해 확신을 못하고 있었다. 하지만 어딘가에 등이 굽어 있고 진녹색의 파충류 같은 피부를 가진 사람이 살아가지 않는다고 어떻게 확신할 수 있겠는가. 물론 그는 그들의 외형과 피부가 어떤 전염병이나 누군가의 저주에 의한 영향일 수 있다는 가정도 배제하지 않고 있었다.

사형 집행 중

방 뒤쪽에는 용도를 알 수 없는 공간이 있었는데 한쪽 구석에 움푹 들어가 있는 허름한 석문 하나는 잠겨 있었다. 석문에는 관의 뚜껑과 같은 뱀 조각이 새겨져 있었다. 문 위에는 커튼을 달 수 있는 고리가 있었다. 주위와 어울리지 않는 문이었기 때문에 평소에는 가려 놓았을 것 같았다. 나는 현관으로 돌아와 입구 반대편에 있는 계단을 통해 2층으로 올라갔다. 2층에 있는 모든 방들은 사람들이 단체로 생활할 수 있는 방이었다. 아마도 이 집을 관리하는 수많은 사용인들을 위한 것이 분명했다. 방들은 상당히 관리가 잘 되어 있었음에도 불구하고 정작 누군가가 사용하고 있는 흔적은 전혀 찾을 수 없어서 부자연스러웠다. 3층의 방은 모두 손님들을 위한 방이었다. 손님방이 이렇게 많다면 매일매일 파티가 끊이지 않았을 것이다. 대부분의 방들은 먼지 하나 없이 잘 정돈되어 있었다. 이 정도 규모의 집을 관리하려면 수많은 사용인들이 필요할 것이다. 그들은 지금 모두 어디에 있을까. 4층의 방들은 3층의 방들과 달리 꾸며진 모습이 획일적이지 않았다. 이 방들은 각각 주인이 있었음을 말해주는 것 같았다. 그러나 정작 누군가가 살아가고 있는 생활의 흔적은 하나도 발견할 수 없었다. 점점 더 기괴하게 느껴졌다. 먼지를 털어냈을 청소부의 손길조차도 느껴지지 않았다. 만약 이 집에서 살고 있는 것이 있다면 유령밖에 없을 것이다. 나는 5층에 올라가서 높은 천장을 올려다보며 이곳이 이 저택의 마지막 층이라 확신했다. 5층 계단 위는 반원 모양의 거대한 내부 테라스로 이루어져 있었고, 벽면으로 거대한 문이 하나 자리 잡고 있었다. 내부 테라스는 지금까지 올라온 계단 아래 현관을 한눈에 내려다 볼 수 있게 해 주었다. 어둠 속을 흔들리며 스쳐 지나가는 '무엇인가'를 발견했지만 너무 멀었기 때문에 그것이 단지 눈의 착각인지 아니면 정말 무엇인가가 지나간 것인지는 알 수 없었다. 단지 신경이 예민해진 것일 뿐이라고 스스로를 다독였다. 두려움을 떨치려 거대한 문 앞에 섰고 들고 있는 촛대로 문 양쪽에 있는 거대한 양초에 불을 붙였다. 거대한 문에도 역시 관 뚜껑에 있던 것과 같은, 두 마리의 뱀이 똬리를 틀고 있는 조각이 새겨져 있었다. 분명 이 문 안쪽은 저택 주인의 방일 것이다. 나는 문손잡이를 당겼다. 문은 잠겨 있지 않았다. 묵직한 문은 관리를 매일 해놓은 것처럼 삐걱거리거나 긁히는 소리 하나 없이 조용하고 부드럽게 열렸다.

방은 어두웠다. 생활감이 오래전에 사라진 공간처럼 아무런 생명력이 느껴지지 않았다. 집의 주인은 아마도 오래전에 이곳을 비웠을 것이다. 방에는 잠긴 문이 하나 있었다. 아마도 침실로 이어지는 문일 것이라 생각되었다. 나는 책상으로 다가갔다. 책상은 잘 정돈되어 있었고 먼지 하나 없었다. 아무것도 없는 깨끗한 책상 위에 열쇠 꾸러미 하나가 나에게 발견되기를 바라는 듯 덩그러니 놓여 있었다. 두 마리의 뱀 장식이 달린 열쇠 꾸러미에는 두 개의 묵직한 열쇠가 걸려 있었다. 만약 내가 잠긴 문 두 개를 발견하지 못했다면 그 열쇠고리를 그냥 지나쳤을까. 두 개의 열쇠는 분명히 의지를 가지고 나를 유혹하고 있었다. 잠시 생각을 위해 책상 앞 의자에 앉았다. 차가운 가죽이 부드럽게 몸을 받아주었다. 아마도 이 집은 내가 모르는 아버지의 집일 것이다. 그렇지 않다면 나를 이곳으로 안내한 저들이 내가 이렇게 집을 뒤져보도록 그냥 두진 않았을 것이다. 물론 이 모든 것이 나를 시험하고 있는 것일지 모른다는 생각도 들었다. 열쇠 두 개는 분명 잠긴 두 방을 열어보라는 의미일 것이다. 그렇다면 왜 두 개의 문만을 잠그고 열쇠를 따로 마련해 놓았을까. 그것은 쉽게 추리가 되었다. 그들은 5층에 있는 방보다 1층에 있는 문을 먼저 열길 바라지 않는 것이다. 반대였다면 이 열쇠는 분명히 1층에 있었을 것이다. 그러나 5층의 방을 잠가 놓지 않았다면, 나는 고민 없이 저 문을 열었을 것이다. 굳이 이런 선택을 하게 만든 이유는 무엇일까. 나를 여기로 데려온 이들과 이 저택을 신뢰할 수 있는지에 대해 고민했다. 이 모든 것을 준비해 놓은 사람들의 뜻대로 행동해야 할 것인가. 아니면 그 의도를 반대로 해석해야 할 것인가. 그들의 진짜 의도는 과연 무엇일까.

나는 열쇠 꾸러미를 만지작거렸다.

저장 하시겠습니까?*

➡ 예

　아니오

나는 정면에 보이는 방문을 열지 않았다.

함정이 아니라면 이렇게 거추장스러운 일을 꾸밀 필요가 없었을 것이다. 만에 하나 함정일 가능성을 염두에 두고, 이 일을 준비한 사람의 의도대로는 움직이지 않기로 결심했다. 의심함으로써 우리는 진리에 도달한다**,라는 말도 있지 않은가. 나는 주저 없이 1층으로 내려갔다. 그러나 막상 문 앞에 서자 이 문을 열어도 될지 고민했다. 잠시 동안이었지만, 정신적으로는 마치 오랜 시간을 머물러 있었던 듯 느껴졌다. 하지만 이 상황에서 문을 열지 않을 사람은 아무도 없을 것이다.

문을 열자 그 앞에는 지하로 내려가는 계단이 있었다. 항상 하나의 선택 뒤엔 또 다른 선택을 위한 고민이 이어진다. 어두컴컴한 지하로 이어진 계단은 낯설지 않았다. 언젠가 한번 이

---

* 흔히들 인생에는 세이브 포인트가 없다고 이야기한다. 하지만 그것은 대부분의 사람들이 세상의 간극에 있는 지점들을 발견하지 못했기 때문이다. 어떤 사물, 상황, 계기에 따라 사람들은 누구나 상황에 대한 결과를 다시 선택할 수 있다. 그는 그 지점을 발견했다. 스스로가 인식하지 못했다고 해도 말이다. 그러나 그 지점을 발견했다고 해서 항상 돌아올 수 있는 것은 아니다.
** 물론 마르쿠스 키케로는 최후에 목이 잘렸다. 하지만 그것은 키케로가 의심을 하지 않았기 때문은 아니다.

곳에 와본 적이 있는 것 같았다. 기시감이라 치부하기에는 너무나 선명했고, 그 뒤로 두려움과 의심이 따라왔다. 지하실로 이어지는 문을 연 뒤부터 수많은 눈들이 나를 보고 있는 것만 같았다. 그 시선은 마차에서 느꼈던 것과 비슷했다. 나는 인적 드문 늪에서 개구리를 닮은 정체불명의 생명체들이 수많은 눈으로 나를 주시하고 있는 상상을 했다. 이 계단을 내려가면 다시는 올라오지 못할지도 모른다는 생각이 들었다. 하지만 그 기시감의 정체를 알고 싶었다. 나는 금방이라도 꺼질 듯한 촛불 하나만을 믿고 계단을 내려가기 시작했다.

계단에 발을 디딜 때마다 자욱한 먼지가 날렸다. 나선형 계단은 무척이나 길어서 다시는 돌아올 수 없는 레테의 강*을 건너는 것만 같은 기분이 들게 했다. 아니 차라리 그쪽이 지금보다 훨씬 유쾌할지도 모른다는 생각마저 들었다. 시선들은 그 좁은 계단과 상관없이 끈적끈적하게 벽을 타고 따라오는 듯 느껴졌고 마치 온 사방의 벽들이 시선으로 이루어져 있는 것 같았다. 뒤돌아 불을 비추면 돌로 만들어진 벽들이 무수히 많은 눈을 뜨고 나를 주시하고 있을 것만 같았다. 계단이 끝나자 지하라고 생각할 수 없는 넓은 공간이 펼쳐졌다. 먼지 쌓인 수많은 끔찍한 물건들이 전시되듯 배치되어 있었다. 물건들

---

* 레테의 강물을 마시면 모든 기억을 잃어버린다고 한다. 그런 강이라면 상상할 수 없을 정도로 뒤틀려 있을 것이 분명하다. 그렇다면 잃어버린 기억을 다시 찾기 위해서는 어떻게 해야 하는 것일까.

은 단지 자리를 잡고 있는 것만으로도 소름이 끼쳤는데, 물건들을 두껍게 덮고 있는 오래된 먼지가 그 끔찍함을 배가시키고 있었다. 항문을 서서히 파고들며 고통을 주기 위한 유다의 의자라든가, 서서히 고통을 주는 것이 목적이라는 점은 비슷하지만 고통보다는 온몸에 구멍을 뚫어 피를 빼내는 것에 더 관심이 많은 아이언메이든과 같은 기구들이 서로 자신의 유용성을 뽐내듯 나열되어 있었다. 그리고 당연히 인간을 한순간에 보낼 수 있는 자비로운 도구들 또한 빠지지 않았다. 가장 인상적이었던 것은 방에서도 간단히 사람의 목을 자를 수 있는 간이 단두대였다.*

안쪽으로 더 들어가자 돌로 만들어진 거대한 제단이 보였고, 그 제단 주위에는 수백 개는 되어 보이는 양초가 밝혀져 있었다. 제단 뒤로 예의 그 뱀들의 모양이 조각상으로 서 있었다. 비로소 나는 이곳에 왔던 적이 있다는 사실에 확신을 가졌다. 이곳에서 무엇인가 소중한 것을 잃었다. 이 자리에 더 머물러서는 안 된다고 생각했지만 그럴 수 없었다. 이곳에서 잃었던 소중한 것이 무엇인지 알아야만 했다. 제단 뒤 양쪽의 어둠 속에 각각 문이 숨겨져 있다는 것을 나는 알고 있었다. 더 이상 어떤 고민도 하지 않았다. 오른쪽 문을 열자 그

---

* 그러나 결국 그 모든 끝은 죽음일 테니 어쩌면 이런 것들은 그에게 무의미한 구분일지도 모르겠다.

안에는 수많은 책들이 빼곡하게 꽂혀 있었다. 대부분이 알 수 없는 언어로 써진 책들이었다. 하지만 아직 내 것인지 확신할 수 없는 기억은 그 중 나에게 필요한 책이 어떤 것인지 어렵지 않게 알려주었다. 기억이 지시하는 책을 뽑아 들었다. 그 책의 표지는 검은 가죽으로 되어 있었다. 그것은 마치 피부조각을 꿰매어 서로 얼기설기 짜깁기 한 듯 패치워크* 양식의 기괴한 질감을 가지고 있었다. 나는 그 질감에서 인간의 피부를 떠올렸고, 심지어 친근하게 느껴지기도 했다. 표지에는 어떤 제목도 쓰여 있지 않았다. 그 책을 집은 후 기억이 조금씩 되살아나고 있었다. 나는 저 제단에 누워 있었고 누군가 앞에서 이 책을 읽었다. 그리고 나는 어린 시절의 기억을 잃었다. 내 앞에서 이 책을 소리 내어 읽던 그림자. 그렇다. 나는 기억해 냈다. 이 책을 내 앞에서 읽었던 그 그림자는 다름 아닌 나의 아버지였다. 나는 그로 인해 기억을 잃고 그의 아들로 살아왔다. 이유는 알 수 없었다. 나는 본디 어떤 인간이었을까. 아니 지금 나에게 떠오르고 있는 기억들은 정말 나의 것일까. 책을 펼쳐 보자 안에는 어떤 문자도 쓰여 있지 않았다. 한 장 한 장 재질이 다른 가죽으로 만들어진 책장은 각각 다른 사람의 피부로 엮어진 것 같았다. 책의 마지막장은 유난히 그리운 느낌

---

* 오래전 인간을 짜 맞춰 만든 괴물이 있었다. 그 괴물은 자신의 육체가 된, 수많은 인간들이 가지고 있던 증오의 페르소나 때문에 자기 자신이 무엇인지 결국 알 수 없었다고 한다.

이 들었다. 나는 책을 덮고 상의 안쪽으로 집어넣었다. 가슴에 닿은 책에서는 마치 살아 있는 인간의 피부가 몸에 닿은 것 같이 희미하지만 따뜻한 온기와 생명력이 전해졌다. 이 책은 스스로 잊고 있던 나 자신에 대해서 더 많은 비밀을 알려줄 수 있을 것이다. 건너편 방에서 웅성거리는 듯한 소리가 울리기 시작하여 나는 그 방에서 나왔다. 어느덧 나를 보고 있는 보이지 않는 시선들이 늘어났다. 웅성거리는 소리는 멈추지 않았다. 그 소리의 의미를 알아들을 수는 없었지만 나에게 호의적이지 않은 것만은 확실했다. 소리가 울리는 제단 뒤 반대쪽 방의 문을 열었다. 그 안에는 시체들이 빽빽하게 늘어서 있었다. 그 문이 열리는 순간 안쪽에서 울리던 웅성거리는 소리가 멈추었다. 그 정적은 마치 인위적으로 조작된 것만 같아 나를 초조하게 만들었다. 그 시체들에는 한결같이 머리가 없었다. 나는 무심코 내 목을 더듬었다. 시체들의 목에 있는 그 깔끔한 절단 흔적은 분명 단두대에 의한 것이었다. 누군가 사형수들의 시체를 이곳으로 가져온 것일까. 방안 어둠 속 깊은 곳에서 잠시 멈추었던 웅성거리는 소리가 다시 시작되고 목 없는 시체들이 나를 바라본 것만 같은 느낌이 들었다. 나는 문을 닫으며 뒷걸음치다가 뒤돌아 뛰기 시작했다. 웅성거림은 점점 커지며 내 뒤꿈치를 따라왔다. 계단을 뛰어 올라오는 중에 지하에서는 뭔가가 걸려 넘어지는 큰 소리들이 나기 시작했다. 나는 그것이 시체들이 따라오며 내고 있는 소리가 아니기를 빌었다. 물론 아래로 다시 내려가 확인하고 싶은 생각은 추호도 없었다. 계단을 뛰어 올라오며 절대 뒤를 돌아봐선 안 된다고 생각했다. 뒤를 돌아본다면 에우리디케*를 끌고 들어갔던 지옥의 손아귀에 잡혀 영원히 다시 지상으로 올라오지 못할 것만 같았다. 다행히 내가 열고 내려온 문은 변함없이 열려 있었다. 1층으로 올라온 뒤 그 문을 다시 닫고 열쇠로 잠갔다. 이 집에서 빨리 나가고 싶었기 때문에 바로 현관문으로 뛰어가 손잡이를 돌렸으나 문은 열리지 않았다. 밖에서 문손잡이를 강제로 고정시켜 놓은 듯했다. 나는 창문을 통해 주위를 둘러봤다. 보이지 않는 수많은 시선들이 창밖에서도 느껴졌다. 어차피 1층에 있는 창문들에는 쇠창살이 쳐져 있어 쉽게 뚫고 나갈 수 없을 것이다. 나를 이곳에 머물게 한 그들이 집 주변을 지키고 있음이 분명했다. 이 자리에 오래 머물 수는 없었다. 어느덧 지하실에서 올라온 그것들은 지하실 문을 부숴버릴 듯 두드리고 있었다. 다행히도 석문은 견고했고 쉽게 열리지는 않을 것이다. 그러나 밖에 머물러 있는 시선들이 언제 안으로 들어와 문을 열어주고 시체들과 합류할지 몰랐다. 그 시선들은 언제든 이 집에 들어와 나를 잡

---

* 물론 뒤를 돌아본 것은 에우리디케가 아니라 오르페우스였다. 그녀는 타인의 판단에 의해 운명이 결정 되었다. 그러나 자신을 끌고 가는 그 손의 정체를 눈으로 보지 못했던 것은 오히려 다행이었을지도 모른다. 단지 그들의 눈에 비춰진 서로의 마지막 모습은 자신을 바라보는 상대의 절망적인 얼굴뿐이었다.

을 수 있을 것이다. 나는 다시 위층으로 올라가기 위해 중앙 계단으로 향했다. 그 자리에는 불을 밝히며 올라갈 때는 의식하지 못했던 초상화가 걸려 있었는데 얼굴이 하얗게 지워져 있었다. 마치 얼굴을 다시 그리려는 것처럼 말이다. 잘 정돈된 이 집에서 유일하게 그것만이 어긋나 있었다. 나는 도망칠 방법을 생각해내야만 했다. 5층에 다시 가면 뭔가가 있을지도 모른다는 생각에 계단을 계속 뛰어 올랐다. 내가 갈 수 있는 길은 단 하나인 것만 같았다. 이 상황에서 위로 올라가는 것은 분명 현명한 판단이 아니라 생각되었지만* 다른 선택은 없었다. 나는 좀 전에 열지 않았던 그 방문 앞에 섰다. 그들은 이 문을 먼저 열고 나서 지하실 문을 열길 바랐을 것이다. 그렇다는 것은 이 문 뒤에 위험은 없다는 것일지도 모른다. 어찌 되었든 나는 이 문을 연 뒤 지하로 내려가야 하니 말이다. 그렇다면 그들은 왜 나를 굳이 이 문에 먼저 보내려고 한 것일까. 그것이 무엇이든 나를 이 집에서 내보내주는 길은 아닐 것이다.

나는 결국 문을 여는 것을 관두기로 했다.

아래층에서는 벌써 소란이 가까워지고 있었다. 지하실 문이 부서진 것인지 아니면 밖에서 집을 감시하던 시선들이 집안

---

* 공포물에서 위층으로 올라가는 것은 전쟁터의 병사가 동료에게 애인의 사진을 보여주는 것과 함께 가장 흔히 사용되는 사망플래그 중 하나이다. 그가 이것을 알고 있는지는 알 수 없지만 말이다.

으로 들어온 것인지 알 수 없었다. 방에는 무기가 될 만한 것은 하나도 없었다. 창밖을 내다봤다. 정면에 마구간이 보였고 말들은 아무 일도 없다는 듯 쉬고 있었다. 그들은 마구간 주변을 지키고 있는 것 같지는 않았다. 나는 절대 훌륭한 기수는 아니었지만 마구간까지만 뛸 수 있다면 이 집에서 도망갈 수 있는 가능성이 생길 것 같았다. 다행히 마구간까지의 거리는 그리 멀지 않았다. 단지 밖에서 몸을 숨기고 있을 시선들이 문제였다. 촛불을 넘어뜨려 집에 불을 질렀다. 중앙계단이 목재로 만들어져 있으니 불은 삽시간에 건물 전체로 번질 것이다. 아래층으로 날듯이 뛰어 내려오며 벽에 걸린 램프들을 벗겨 불을 붙인 후 창 밖으로 던졌다. 여기저기서 짐승들이 우는 것 같이 그르릉거리는 소리가 났다. 하지만 여전히 그 시선들은 모습을 드러내지 않았다. 나는 마구간의 반대쪽으로 램프를 집중적으로 던졌다. 그들이 이 단순한 미끼에 걸리길 빌 뿐이었다. 저택 주변의 마른 풀들에 불이 붙었다. 나는 2층까지 내려왔고 더 내려가는 것은 위험하리라 판단했다. 지하의 그것들이 문을 열고 나오지 못했더라도 1층에 내가 나갈 수 있을 만한 곳에는 분명히 시선들이 지키고 있을 것이 분명했다. 커튼을 뜯어 의자에 감싸 불을 붙이고 마구간 반대편으로 던졌다. 무엇인가 자리를 잡느라 풀을 스치는 소리가 일순 스쳤지만 다시 인위적인 정적이 흘렀다. 나는 재빨리 반대쪽으로 뛰어가 창문을 열고 밖으로 뛰어내렸다. 땅에 닿는 순간 발목이 욱신거렸다. 내 몸이 땅에 떨어지며 구르는 소리와 함께 반대편으로 멀어져 쏠려 있는 시선들이 다시 이쪽을 향하고 있는 것이 느껴졌다. 살면서 그렇게 적의를 담은 노골적인 시선을 느껴본 적이 없었기 때문에 더욱 두려워져 발목이나 등의 상태 같은 걸 신경 쓸 여유는 없었다. 큰 공포에 고통을 느낄 틈도 없었다. 나는 뒤도 돌아보지 않고 절룩거리며 마구간으로 뛰었다.

그 이후의 일은 잘 기억나지 않는다. 내 품 속에는 그 알 수 없는 가죽으로 표지를 감싸고 있는 단 한권의 책이 남았을 뿐이고, 그 책은 지금도 나에게 말을 걸 듯한 기묘한 표정으로 나를 유혹한다. 이제 이전에 살던 도시로는 돌아갈 수 없었다. 나는 모든 사람들의 시선이 두려웠다. 길에서 마주치는 모든 사람들이 나를 잡으러 온 사람들 같이 느껴졌다. 단지 그 책의 의미를 파악하기 위해 그날 이후 절뚝거리게 된 다리를 끌고 그 끝을 알 수 없는 여행을 하고 있다. 언젠가 이 모든 이유를 알 수 있을 것이라 생각하며.

normal ending

로딩 하시겠습니까?*

➡ 예

　아니오

　나는 정면에 보이는 방문을 열었다.

　굳이 일부러 잠가 놓은 이 방에 무엇인가가 있을 것이라 생각하고 안으로 걸음을 옮겼다. 이곳에는 분명 아버지가 나를 위해 준비해 놓은 깜짝 놀랄 만한 선물이 있을 것이다. 아니면 내가 사형 집행인으로 살아가는 데 필요한 중요한 정보가 있을지도 모른다. 어느 쪽이든 나는 이 방문을 열지 않을 도리가 없었다.** 하지만 그런 기대와는 달리 먼지가 자욱하게 쌓여 있는 넓은 방에는 단지 거대한 침대 하나만이 여유롭게 자리 잡고 있었다. 자연스럽게 침대로 다가갔고 침대 위에 놓인 먼지 쌓인 한 권의 붉은 책을 발견했다. 그 책에 제목은 없었으며 겉표지에는 역시 머리가 두 개 달린 뱀의 무늬가 초록색 양각으로 표지를 꾸미고 있었다. 누군지 몰라도 이 문양을 마냥 좋아하는 것이 아니라면, 가문을 상징하고 있거나 다른 큰 의미를 지니고 있음이 분명했다. 그러나 나는 이 문양에 대해

---

* 세상은 어떤 결과에 대해 다시 한 번 선택의 기회를 주기도 한다. 그 이유가 결과에 대한 불만인가 아니면 단순한 호기심인가는 중요하지 않다. 단 그 결정의 지점을 다시 선택하기 바로 전의 기억이 유지되는지는 밝혀지지 않았다. 당연한 이야기지만 다시 선택한 결과가 이전보다 나을 것이라는 보장은 전혀 없다.
** 그가 아닌 당신이라고 예외는 아니었을 것이라 생각한다.

아는 것이 전혀 없었기 때문에 가문에 관련된 문양은 아닐 거라고 단정했다. 손을 뻗어 그 책을 쥐었다. 책의 표지에 앉은 먼지를 털어내려는 순간 뻐근한 기분이 들었고 몸이 잘 움직이지 않았다. 마치 책을 잡고 있는 손목을 타고 뱀 두 마리가 허물을 벗으며 올라오는 것 같은 환각이 보였다. 나는 스스로의 움직임을 의식하지 못하고 있었다. 의지와 상관없이 그 책의 먼지를 깨끗하게 털어내고 책장을 넘기기 시작했다. 내 눈동자는 활자를 훑고 있었고 내 혀는 급기야 그 문자를 소리 내어 읽고 있었다. 내가 모르는 문자였음에도 말이다. 물론 소리 내어 읽으면서도 의미를 전혀 이해할 수 없었다. 하지만 책장을 넘기면 넘길수록 내 몸은 더욱 움직일 수 없게 되었고, 몸의 통제권을 완전히 잃어버리자 오히려 온몸의 힘이 한순간 빠져나간 듯 편해지는 느낌이 들기까지 했다. 내 몸에는 의심할 것 없이 누군가가 들어와 있었다. 스스로 몸을 컨트롤할 수 없게 된 나*는 열쇠고리를 들고 문 밖으로 나갔다. 나는 책상 뒤에 숨겨져 있는 종을 찾았다. 나는 일정한 패턴으로 종을 친 뒤 계단을 내려갔다. 방에 울리는 종소리는 크지 않았지만 종 뒤로 연결되어 있는 파이프가 이 소리를 다른 곳에 전달해 줄 것이다. 어디서 나타났는지 검은 망토를 둘러 쓴 하인들이

---

* 이때 이미 그의 몸은 자신의 것이 아니었기 때문에 나라고 생각하는 것은 옳지 않았다. 사람들이 자신의 몸에 대해 소유권을 강하게 주장해야 하는 경우는 종종 발생한다. 물론 대부분의 경우, 사람들은 어떤 이유들에 의해서 그 소유권을 주장하기를 포기한다.

스누퍼를 들고 내가 올라오며 켜 놓은 램프의 불을 연기가 나지 않도록 끄고 있었다. 그들이 걸친 망토에 붉은 실로 새겨진 두 마리의 뱀 문양이 이제야 눈에 들어왔다. 1층까지 내려갔을 때, 현관 정면에 있던 석관은 어디론가 치워졌고 입구에 하나 남은 촛불만 빛나고 있었다. 나는 1층 구석으로 가 잠겨 있는 그 허름한 문 앞에 섰다. 문은 이미 열려 있었다. 이 상황이 내가 아래의 문을 먼저 들어와선 안 되는 이유였을 것이란 생각이 들었다. 문 안에는 어둠과도 같은 계단이 이어져 있었다. 나는 그 어둠을 밟고 계단을 내려갔다. 마치 허공을 걷고 있는 것만 같은 기분이었다. 이 계단을 내려가면 다시 올라 올 수 없다는 것을 본능적으로 알 수 있었지만 몸은 내 말을 전혀 듣지 않았다. 나는 내려가지 않기 위해 노력하며 절망에 가득 찬 비명을 지르려 했다. 하지만 내 목과 혀는 자신들과는 상관없는 일이라는 듯 내 의지를 무시했다. 나는 분명 끌려 들어가고 있었지만, 내 두 발은 빛 한줄기 비치지 않는 그 어둠 속을 눈 감고도 수없이 걸어왔다는 듯 자연스럽게 걷고 있었다.

지하에 도착하자 잘 정리된 수많은 고문 도구들이 보였다. 그 고문 도구들을 보고 겁에 질렸지만, 여전히 아무것도 할 수 없었다. 이왕 죽을 것이라면 고통 없이 죽고 싶었다. 내 몸은 점검하듯 주위를 훑어봤다. 나는 구석에 있는 소형 단두대를 발견했고 구원을 청하듯 그것을 바라봤다. 단두대의 삼각

날은 잘 관리되어 날카롭게 빛났다. 하지만 이미 눈은 내 것이 아니었기 때문에 그 작은 바람조차 오래 이루어질 수는 없었다. 고문 도구들을 지나 안쪽으로 더 들어가자 그 끝에 수많은 촛불로 둘러싸인 제단이 있었다. 두 마리의 뱀이 서로 꼬여 있는 모양의 석상이 서 있었고, 그 앞 돌로 된 제단 위에는 아버지의 시체가 누워 있었다. 하지만 나는 아버지의 시체까지 걱정할 여유는 전혀 없었다. 지금 당장 내가 시체가 될 판이었으니 말이다. 나는 오른쪽 뒤로 숨겨져 있는 문을 향해 들어갔다. 그곳에는 무수히 많은 책들이 꽂혀 있었다. 책들의 대부분은 내가 의미조차 파악할 수 없는 문자로 제목이 쓰여 있었다. 나는 그중에서 검은 책 하나를 꺼냈다. 이 모든 행동들은 이미 준비되어 있는 것처럼 자연스럽게 이루어졌다. 나는 아버지가 누워 있는 제단 앞으로 가서 검은 책을 읽기 시작했다. 책을 읽으면 읽을수록 내 몸과 나는 완전히 분리되고 있는 것 같았다. 내 몸에서 떨어져 나가 제단 위 허공에 떠 있는 것만 같았다. 나는 몸을 버리고 영혼의 상태로라도 이 상황에서 도망가고 싶었지만, 내 영혼조차도 자유롭게 움직일 수 없었다. 나는 보이지 않는 운명의 끈에 묶여 그 어떤 것도 할 수 없었다. 내 몸은 책을 읽는 것을 멈추고 제단 옆에 있는 손도끼를 집었다. 제단에 누운 아버지의 양쪽 발목을 손도끼로 거칠게 내려쳤다. 발목의 피부가 지저분하게 떨어져 나갔다. 거의 부러뜨릴 듯 발목관절을 뜯어냈다. 그러고 나서 땅에 떨어져 있던 더러운 압박붕대를 주워 상처부위에 감아 지혈을 했다. 소독 같은 건 처음부터 생각하지 않았을 것이다. 이미 죽은 육체의 피가 아직도 굳지 않고 흘러나오는 것이 신기했다. 이 모든 것이 어떤 저주에 의해 일어나는 일인 것만 같았다. 나는 내 육체를 돌아보고 싶었으나 그 조차도 나에겐 허용되지 않았다. 아버지의 발목을 자른 내 육체는 책의 남은 부분을 다시 읽기 시작했다. 나의 의식은 점점 희미해졌고 어디론가 빨려 들어가는 것만 같았다. 이렇게 끝난다고 생각하니 육체가 없는 영혼임에도 불구하고 억울함에 눈물이 흘러내릴 것만 같았다. 나는 양 다리에서 불 같이 뜨거운 고통을 느끼고 정신을 잃었다.

정신을 차리자 나는 벌거벗은 채 팔다리가 밧줄에 묶여 공중에 매달려 있었다. 아래에는 유다의 의자가 놓여 있었다. 나는 어디에서 시작되고 있는지조차 짐작할 수도 없는 극심한 고통을 느꼈다. 의자의 모서리가 항문에 살짝 파고들어 있었다. 나는 주변을 살펴보고 싶었으나, 목에도 굵은 밧줄이 묶여 있어 고개를 돌릴 수 없었다. 간신히 의자 양쪽으로 늘어진 내 두 다리의 끝을 보고 나의 두 발이 잘렸다는 것을 알 수 있었다. 지혈은 잘 되어 있었으나 고통을 감출 도리는 없었다. 나는 뒤늦게 비명을 지르고 싶었으나, 공포가 나를 얼어붙게 만들어 전혀 움직이거나 소리를 낼 수 없었다. 의자의 뾰족한 모서리가 항문을 더 파고드는 것은 상상하기조차 싫었다. 온몸이 땀에 젖어 있었고 거친 숨을 내쉬고 있었지만 육체는 정신보다 빠르게 진정해 갔다. 만약 내가 매달려 있는 밧줄이 조금이라도 더 늘어진다면 나는 지금과는 비교할 수도 없는 고통을 피하지 못하고 아주 천천히 견뎌야 할 것이다. 그때 문이 열렸고 나의 얼굴을 가진 사람이 계단에서 내려왔다. 나는 정면에 있는 나를 보고 혼란스러운 감정에서 벗어날 수가 없었다. 내가 나의 앞에서 웃으며 서 있었다. 은색 모발, 은색 눈동자* 그리고 건장하게 단련된 젊은 몸. 나는 지금의 내 얼굴을 보고 싶었다. 물론 나는 두 다리가 없는 나의 몸으로 지금 내 얼굴을 충분히 짐작할 수 있었다. 하지만, 나는 그럼에도 내 얼굴을 두 눈으로 분명히 확인하고 싶었다.

그동안 수고했네. 자네는 기대에 걸맞게 자라줬어.

나는 아무런 말도 할 수 없었다.

자네는 모르겠지만, 그래도 기회를 남겨놨는데 잡지 못해 아쉽게 되었네.

내 얼굴을 가진 자는 나에게 선심을 쓰듯 말했다.

소원을, 소원을 하나만 들어주세요.

---

* 자신의 모습이 은색 모발에 은색 눈자였는지 스스로는 기억해낼 수 없었다. 아마도 그는 눈앞의 모습이 자신이라고 착각하고 있을지도 몰랐다. 하지만 나는 어디에선가 이미 그의 모습에 대한 이야기를 했을 것이다.

나는 고통을 참으며 힘들게 말했다. 그는 잠시 고민을 하더니 말했다.

미리 말하지만, 자네는 이제 여기서 나갈 수 없다네. 그것만 아니라면 기꺼이 들어주도록 하지.

물론 이 육체의 양발이 잘려 있었을 때 그런 것쯤은 충분히 짐작할 수 있었다.

기억을, 내 기억을 돌려주세요.

그는 웃으며 되물었다.

어떤 기억 말이지?

나는 힘겹게 말을 이었다.

당신을 만나기 전 내 진짜 기억. 당신의 아들이 아니라 내가 나였던 기억.

그는 단지 희미하게 웃었다.

그것이 나의 마지막 기억이었다.

bad ending*

---

* 한 번 번복했던 선택에 대하여. 다시 반복하여 선택의 지점으로 돌아갈 수 있는지는 밝혀지지 않았다. 하지만 그가 완전히 의식을 잃은 지금 선택의 지점으로 돌아간다는 시도 자체가 불가능하다는 것이 안타까울 뿐이다. 아마도 그에게 이전 선택에 대한 기억이 남아 있었다면 조금 더 나은 결과에 닿았을 수도 있었을 것이다.

패치워크

나는 당신들의 '작품'이다.
미친 개, 악령이 깃든 귀신들린.
나를 뭐라고 불러도
나는 당신들의 거울일 뿐이다.
— 찰스 맨슨

소년이 난쟁이가 되리라 생각한 사람은 아무도 없었다. 태어났을 때 소년은 다른 아기들보다 세 배나 무거웠다. 결국 소년은 어미의 배를 가르고 나서야 세상의 빛을 볼 수 있었다.

그것이 소년의 첫 살인이었다.

하지만 그 순간 소년의 울음소리는 세상에 태어난 여느 아기들과 전혀 다르지 않았으리라 생각된다.

 소년의 아비는 족장이었고 위대한 사냥꾼이었다. 아비는 아내를 잃었지만 우량한 아들을 보며 자신의 지위와 명예를 이어받을 만한 자식이 태어났다고 믿었다. 소년이 기는 것을 배우기도 전에 돌칼을 쥐어주었고, 두 발로 일어서기도 전에 사냥에 데려갔다. 처음으로 살아 있는 동물의 가죽을 벗겨냈던 날, 소년은 돌칼로 어미의 배를 가르고 나오는 꿈을 꾸었다. 어미의 배는 거대한 벌레가 안쪽부터 파먹은 과일처럼 검은 구멍이 뚫려 있었다. 소년은 꿈속에서 본 그 장면을 자신이 태어날 때 실제로 있었던 일로 믿게 되었다. 소년은 아비의 기대에 부응하듯 다른 아이들에 비해 덩치가 큰 강골로 자라났다. 아비는 그런 소년을 자랑스러워했다. 아내의 배를 가르고서라도 태어나야 할, 장차 영웅으로 자랄 아이라 말했다. 소년은 자라면서 또래의 다른 아이들을 수족처럼 부리기 시작했다. 자신의 말을 거부하는 아이가 있으면 무리에서 철저하게 소외시켰다. 아이들은 힘으로 소년을 당할 수 없었고 어른들은 오히려 소년의 행동을 영웅적인 것이라 칭찬했다. 아이들은 소년을 혐오했다. 아이들에게 소년이 혐오스러웠던 가장 큰 이유는 다른 아이들이 자신을 혐오한다는 것을 눈치채지 못한다는 점이었다. 정작 소년은 아비가 마을 사람들에게 존경받듯 자신도 아이들에게 존경받고 있다고 굳게 믿었다. 하지만 그 시간들이 그리 길지는 않았다. 이 모든 일들은 소년이 열 살이 조금 넘었을 때까지의 이야기일 뿐이다.

 소년은 열 살이 넘으며 키가 자라지 않았다. 하지만 소년의 머리와 등판은 계속 자라났고 소년의 육체는 우스꽝스럽게 변해갔다. 아비는 그런 소년을 보며 조금 성장이 느린 것뿐이라고, 곧 아들의 건장한 등판처럼 키도 자라날 것이라 말했다. 소년 역시 자신이 결국 아버지와 같은 모습으로 자라게 되리라 의심하지 않았다. 그러나 열다섯 살이 되어 성인식을 치러야 할 즈음에도 소년의 키는 그대로였다. 멈추지 않고 커진 머리와 어깨에 비해 왜소한 다리는 그 몸을 충분히 지탱하지 못했고 항상 비틀거렸다. 등은 앞으로 심하게 굽어 있어 두 팔을 뻗으면 쉽사리 땅에 닿았다. 허리가 점점 굽어 머리가 다른 아이들의 허리 아래로 떨어지게 되자, 결국 아비도 자신의 아들에 대한 희망을 버렸다. 그 체념의 순간 아비의 얼굴에서 위대한 사냥꾼의 모습은 사라졌다. 어쩌면 그 순간 자신의 손으로 갈랐을지 모를 피가 홍건한 아내의 따뜻한 자궁을 생각하고 있었을지도 몰랐다. 소년의 아비는 이제 더 이상 소년을 사냥에 데려가지 않았고 서서히 아들을 외면했다. 혼자가 된 소년 역시 세상을 향한 문을 닫기 시작했다. 그러나 어린 시절 소년에게 지배당했던 아이들은 소년이 세상에 대해 방관자가 되려는 것을 쉽게 허락하지 않았다. 아이들은 소년을 괴롭히기 시작했다. 소년의 아비는 그 사실을 몰랐거나 알았다고 해도 외면했을 것이다. 나약한 소년을 자신의 자식이라 인정할 수 없었다. 소년의 아비는 아무것도 먹지 않아 뼈에 가죽만 붙은 모습으로 말라갔다. 강인하던 족장의 육체는 순식간에 무너지며 쪼그라들었다. 족장은 더 이상 부족의 일을 돌보지 않았다. 때마침 그해 가을에는 심한 가뭄이 들었고 전례 없는 기아가 찾아왔다. 사람들은 이 모든 것이 난쟁이로 태어난 소년 때문에 저주를 받은 것이라고 수군거렸다. 부족의 남자들은 족장을 찾아가 소년을 죽여야만 부족이 살아날 수 있다고 끊임없이 건의했다. 아비는 그 말들을 조용히 듣고만 있었다. 한편에선 부족을 위해 다른 족장을 뽑아야 한다는 말이, 조용히 바람을 타고 수풀 속을 날카롭게 스치곤 했다. 소년의 아비는 침묵했다. 그리고 그 누구의 얼굴도 마주하고 싶어 하지 않았다.

 소년의 아비는 앙상하게 뼈만 남은 몸을 이끌고 홀로 사냥에 나가 오랫동안 돌아오지 않았다. 남겨진 소년은 집에 틀어박혔다. 어쩔 수 없이 거리로 나가기라도 하면 아이들은 소년의 면전에 돌을 던지며 어미의 배를 가르고 나온 놈, 아비를 미치게 만들어 부족을 굶주리게 만든 놈이라는 독설을 날렸다. 아이들의 덩치는 어느덧 어른들과 비슷해졌다. 하지만 어린아이들 특유의 잔인함은 아직 남아 있었고 소년을 괴롭히는 강도는 나날이 심해져갔다. 어른들은 소년과 관계되면 저주를 받는다고 아이들을 말렸다. 하지만 아이들은 어른들의 말을 귓등으로 흘렸고, 소년을 나무에 거꾸로 매달거나 구덩이를 판 뒤 묻어두고는 했다. 어른들은 그것을 보고도 못 본 척 했다. 아이들은 소년을 묻어 놓은 사실을 깜박 잊고 다음 날까지 방치하곤 했다. 소년은 새벽 이슬에 젖으며 울부짖듯 신을 저주했고 그럴수록 마을 사람들은 더더욱 소년을 외면했다.

먼 하늘이 붉게 물들었다. 소년은 붉은 하늘에 홀린 듯 조용히 집을 나섰다. 아이들은 집을 나서는 소년을 보고 거리를 유지한 채 따라왔다. 소년이 보고 있는 붉은 하늘은 아이들에게 보이지 않는 듯 했다. 아이들 중 누구도 하늘을 의식하지 않았다. 숲에 다다르자 아이들은 기다렸다는 듯 요란한 소리를 내며 소년을 사냥하기 시작했다. 그 순간 소년은 본능적으로 네 발로 뛰기 시작했다. 소년은 두 발로 뛰는 것을 포기하고 나서야 지금의 짐승 같은 모습이 자신에게 더 편한 것을 깨달았다. 걸음마보다 사냥을 먼저 배운 소년은 아이들보다 숲에 익숙했다. 짐승처럼 낮고 작은 소년의 체구는 빽빽한 나무들 사이로 도망치는 데 도움이 되었다. 마치 네 발로 뛰기 위해 그런 모습으로 진화한 것만 같았다. 짧은 순간 소년은 다시 아이들보다 우월해진 것 같은 기분을 느꼈다. 하지만 어디선가 빠른 속도로 날아온 돌에 맞고 정신을 잃었다.

며칠간의 사냥 끝에 집으로 돌아온 아비는 아들의 얼굴과 마주쳤다. 아들의 왼쪽 눈두덩이 보라색으로 크게 부풀어 눈이 거의 떠지지 않았다. 눈동자를 구분할 수 없는 작은 구멍, 그 깊이를 가늠할 수 없는 검은 눈이 빛을 삼켰다. 아비는 아들의 얼굴에서 고개를 돌렸다. 소년은 고개를 돌린 아비를 그저 초점 없이 바라보고 있었다. 몇 달이 지나도 눈두덩의 붓기는 빠지지 않았다. 불룩하게 튀어나온 왼쪽 눈은 퇴화한 듯 더 이상 떠지지 않았다. 소년을 괴롭히던 아이들은 자신들의 행위를 잊고 소년의 검은 눈 속에 악마가 자라고 있다고 말했다. 다행이라면 아이들은 더 이상 소년을 괴롭히지 않았는데 그것은 죄책감이라기보다는 슬슬 소년에 대한 흥미를 잃었기 때문일 것이다. 하지만 아비는 아들로 인해 자신의 얼굴이 모욕당했다고 느꼈다. 아들을 영웅이라고 칭했던 자신의 말들이 어디를 가나 우스꽝스럽게 희화화되어 전해지는 듯 여겨졌다.

그날 밤 아비의 기척이 평소와 미묘하게 달랐다. 소년은 무리에서 떨어져 벌판에 홀로 남은 초식동물처럼 깊이 잠들지 못했다. 아비가 소년의 잠자리 근처에 왔을 때 소년은 깨어 있었다. 자신의 아비가 믿을 수 없는 행동을 실행에 옮기려는 순간, 잠시나마 소년은 이대로 잠이 드는 것도 좋을 것이라 생각했다. 지금 아비의 손에 잠들면 이 겨울이 지나 봄이 왔을 때 누군가가 다시 깨워줄 것만 같았다. 그렇게 잠에서 깨어나면 지금과 달리 영웅적인 모습으로 자라 있을 것만 같았다. 하지만 본능은 자신을 내리찍는 아비의 둔탁한 무기를 피하게 만들었다. 소년은 아비와 눈을 마주쳤다. 왼쪽 눈의 작은 구멍은 희미한 달빛에 반사되어 검다 못해 하얗게 빛났다. 그 눈을 본 아비는 지금까지 참아온 모든 것을 폭발시키듯 굉음을 지르며 소년에게 달려들었다. 그것은 공포에 질린 짐승의 울음소리였다. 소년은 집 밖으로 도망쳤다. 두렵기 때문은 아니었다. 오히려 자신이 아비를 해치게 될까 무서웠다. 아비는 소년을 쫓아 나오지 않았다. 하지만 소년은 멈추지 않았고, 숲으로 달리고 또 달렸다. 아비가 자신을 냉정하게 사냥하고 있지 않은 것에 대해 조금은 감사의 마음도 들었다. 멀리서 들리는 아비의 울부짖음이 소년의 등에 끈질기게 따라붙었다. 소년은 거대한 나무를 타고 올라가 굵은 가지 위에 숨었다. 잠들어도 누가 다가오는지 볼 수 있도록 오른쪽 눈꺼풀을 잘라냈다. 잘라낸 눈꺼풀에서 흘러내린 붉은 피가 밤새 눈동자를 덮으며 굳어갔다.

 아침 해가 뜨기 전, 아비는 무엇인가에 홀린 듯 먼 하늘을 보며 다시 사냥을 떠났다. 지난밤의 일을 본 사람은 아무도 없었지만, 모두가 알고 있었다. 남자들은 회의를 열어 새로운 족장을 뽑아야 한다고 의견을 나누었다. 하지만 지금까지 살아 있는 족장의 의견을 무시하고 다른 족장을 뽑은 적이 없었기 때문에, 회의에서는 아무것도 결정하지 못했다.

소년은 며칠 뒤 마을로 돌아왔다. 마을 사람들은 소년을 보고 욕지거리를 하며 담(痰)을 뱉었다. 오른쪽 눈꺼풀을 잘라내고 닦지 않아 굳어버린 피는 얼굴 절반을 뒤덮어 범벅이 된 채 말라붙어 있었고, 눈꺼풀을 잘라낸 눈 역시 흰자위의 핏줄이 모두 터져 검붉게 물들어 있었다. 짐승처럼 동그랗고 크게 벌어진 채 감기지 않는 오른쪽 눈은 불룩하게 튀어나와 감겨 있는 왼쪽 눈과 대비되어 더욱 기괴하게 보였다. 눈동자를 구분할 수 없는 양쪽 눈은 카멜레온처럼 소년이 어딜 보고 있는지 알 수 없게 만들었다. 사람들은 악마가 있다면 저런 눈을 하고 있을 거라 믿어 의심치 않았다. 소년은 사람들의 악의를 묵묵히 견디며 자신의 집으로 숨어들었다. 소년의 아비는 허울뿐이라도 아직 족장이었고, 족장의 집은 신성한 곳이기 때문에 사람들은 더 이상 소년을 쫓지 않았다.

마을 사람들은 사냥에서 돌아온 족장을 보고 또 한 번 충격에 빠졌다. 두 눈동자는 동공이 타버린 듯 하얗게 변해 있었고 눈꺼풀은 고정되어 닫히지 않았다. 말라 갈라진 피부가 온몸을 뒤덮고 있었다. 갈라진 틈으로 피와 고름이 스며 나왔다. 족장은 산 너머에 피의 비가 내리고 있으니 신의 분노를 피해 이 땅을 버리고 멀리 도망가야 한다고 말했다. 자신은 피의 비를 보고 눈이 멀어버렸으나 이렇게 살아 있는 것만으로도 신의 은총이라며 땅에 머리를 박고 대지에 감사의 기도를 드렸다. 마을 사람들은 족장이 완전히 미쳤다며 그의 말을 무시했다.

아비는 시력만이 아니라 모든 세계를 잃어버린 듯했다. 소리도 잘 듣지 못했고 걷다가 넘어지기 일쑤였다. 이 마을을 떠나야 한다고 계속 중얼거렸으나 결국 어디로도 떠나지 못했다. 마을을 찾아 돌아온 것만으로도 기적에 가까웠다. 영혼이 타버리고 껍데기만 남은 사람이 있다면 그런 모습일 것이다. 마을 사람들은 족장이 소년을 죽이려고 했던 것을 알고 있었기 때문에, 반대로 소년이 앞을 보지 못하는 아비를 죽여주기를 내심 바라고 있었다. 소년이 족장을 죽여준다면 신에게 새로운 족장을 신탁 받을 수 있게 될 것이다. 그러면 소년은 아비이자 족장을 살해한 죄를 물어 나무에 목을 매달면 될 것이다. 그러면 이 마을에 들어온 화(禍)가 모두 정리되는 셈이었다.

몇 개의 달이 뜨고 몇 개의 달이 진 뒤, 마을에 찾아온 것은 피의 비가 아니라 피처럼 붉은 옷을 입은 사람들이었다.

소년은 그들의 모습을 먼발치에서 보았을 뿐이지만, 단숨에 그들에게 매료되었다. 그들의 옷은 기껏해야 아마사(亞麻絲)를 엮어 만든 자신들의 옷과는 달랐다. 최근 소년은 그나마도 제대로 걸치지 못한 채 헐벗고 있었다. 그들의 옷에서는 동물의 피부처럼 연한 기름기가 흘렀다. 태양빛이 미끄러지며 은은하게 반짝이는 망토는 작은 바람의 움직임에도 부드럽게 물결치며 살아 숨 쉬는 것처럼 보였다. 그 숨결 가운데에는 붉은 태양이 사방으로 빛을 뻗는 모양의 무늬가 새겨져 있었다. 그들의 키는 소년의 부족보다 머리 두 개는 더 컸고, 건장한 어깨는 신이 내린 영웅들을 연상시켰다. 그들은 말을 타고 당당하게 마을의 입구로 들어왔다. 마을을 한 바퀴 둘러보고 나서는 위압적인 태도로 마을 중심의 공터에 멈췄다. 마을 사람들은 그들의 주위로 자연스럽게 모여들었다. 그들은 주위를 둘러보며 피의 비로 황폐해진 이 대지에 사는 수많은 사람들을 구원하기 위해 찾아온 신의 군대라고 자신들을 소개했다. 마을 사람들은 족장이 말했던 피의 비를 떠올렸고, 족장에게 몰려가 신의 군대가 왔으니 그들을 맞이하라고 재촉했다. 하지만 족장은 이를 거부했다. 오히려 그들이 재앙을 몰고 왔기 때문에 받아들여서는 안 된다고 말하며 사람들을 집 밖으로 내쫓았다. 쫓겨난 사람들은 다시 붉은 옷의 사람들에게 몰려와 족장은 정신이 나가서 판단을 못한다고 전했다. 그들은 족장을 대신해 결정권을 갖고 있는 자를 찾았다. 사람들은 서로 눈치만 보았다. 결국 족장 아래에서 부족의 일을 나누어 수행하던 남자들 중 한 명이 앞으로 나섰.

"부족의 미래를 결정하는 것은 누구도 족장 대신 할 수 없습니다. 지금의 족장이 살아 있는 한 우리는 새로운 족장을 신탁 받을 수 없습니다."

마을 사람들은 그들이 족장을 죽여주기를 기대했다. 그 이야기를 들은 붉은 옷의 사람들은 자기들끼리 모여 의견을 나누었고, 그리 오래 걸리지 않아 입을 열었다.

"너희의 신은 본디 우리의 신과 같을 지어니, 우리가 신의 대리인으로서 죄를 사할 것이다. 너희의 족장에게 안식을 내릴 영웅은 없는가."

마을은 침묵에 휩싸였다. 아무리 신의 뜻이라고 해도 자신들 손으로 족장을 죽이는 것은 간단히 생각할 문제가 아니었다. 족장이야말로 오랫동안 부족을 수호하던 신의 대리인이 아니었던가. 그 침묵의 순간, 사람들 틈에 묻혀 눈에 띄지 않던 소년이 앞으로 걸어 나왔다. 붉은 옷의 사람들은 소년의 얼굴을 보고 노골적으로 인상을 찌푸렸다. 그제야 마을 사람들은 소년을 발견했다. 인파는 소년을 중심으로 자연스럽게 바다가 갈라지듯 길을 터주었다. 그 중심에서 부자연스럽게 어깨를 펴고 홀로 서 있는 소년의 왜소한 모습은 그의 비장한 각오와는 달리 징그러우면서 우스꽝스럽고 기괴해 보였다.

"이 아이는 무엇인가."

붉은 옷의 사람들은 놀란 기색을 능숙하게 숨기고는 짐짓 위엄을 잃지 않은 목소리로 말했다. 마을 사람들은 서로 눈치만 보았다. 좀 전의 남자가 어쩔 수 없다는 듯 다시 입을 열었다.

"그 아이는 족장의 아들인데, 보시다시피 악마의 자식으로 스스로 어미의 배를 가르고 태어났습니다. 심히 불길한 것을 보여드려 죄송합니다."

그렇게 이야기를 하면서도 마을의 어느 누구 하나 소년을 끌어낼 생각을 하지 않았다. 붉은 옷의 사람들은 마을 사람들이 소년을 두려워한다는 것을 쉽게 알 수 있었다. 그들은 마을 사람들을 둘러보며 말했다.

"비록 이렇게 흉측하게 태어났으나 그의 눈동자는 우리들의 신과 같은 붉은색이 아니더냐. 너희들 중 아무도 하지 못하는 신의 일을 자진하는데 우리가 어찌 이 아이를 외면할 수 있겠는가."

마을 사람들은 시선을 피할 뿐 어느 누구도 입을 열지 못했다.

"진정 네가 너의 아비에게 안식을 줄 수 있겠는가."

소년은 말없이 집을 향해 돌아섰다. 집으로 향하는 소년의 눈은 카멜레온처럼 제각각이어서 어디를 보는지, 무슨 생각을 하는지 알 수 없었다.

집으로 돌아온 소년은 소중하게 간직해온 돌칼을 꺼냈다. 그 돌칼은 사냥을 나갈 수 없게 되었을 때 땅을 파고 깊숙한 곳에 묻어 놓았던 것이다. 어쩌면 다시는 손에 잡을 일이 없을

지도 모른다고 생각했던 물건을 쥐고 아비의 앞에 섰다. 아비는 언젠가는 이런 날이 올 것이라 예견했던 것처럼 투명해진 눈으로 아무런 동요 없이 소년을 바라보았다.

"드디어 악마들 편에 서버렸구나."

아비는 실로 오랜만에 소년에게 말을 건넸다. 소년은 아비에게 무엇이라도 대답하고 싶었지만, 오랫동안 대화를 해보지 못한 소년의 굳은 혀는 조금도 움직이지 않았다. 소년의 생각이 혀끝에서만 맴돌고 있을 때, 아비는 천천히 손을 내밀어 더듬으며 돌칼이 쥐어진 아들의 손을 찾아 꼭 쥐었다. 소년은 그런 아비의 행동을 그냥 보고만 있었다. 아비는 아들의 손에서 돌칼을 자연스럽게 뺏어 손에 쥐었고, 소년은 순순히 아비에게 돌칼을 넘겼다. 아비는 소년이 보는 앞에서 돌칼로 스스로의 목을 찔렀다. 아비는 즉사하지 못하고 앞으로 고꾸라져 꿈틀거렸다. 소년은 괴로움에 몸부림치는 아비를 숨이 멈출 때까지 바라보고 있었다. 아비의 숨이 완전히 멎자, 소년은 그제야 아비에게 천천히 다가갔다. 고통에 가득 찬 아비의 얼굴은 훌륭하게 일그러져 있었다. 소년은 아비의 목에서 돌칼을 뽑아냈다. 돌칼이 꽂혀 있던 구멍에서 끝없이 피가 흘러나와 바닥을 붉게 물들였다. 소년은 그렇게 닮고 싶어 했던 아비의 얼굴 가죽을 돌칼로 벗겨냈다.

그것이 소년의 두 번째 살인이었다.

밖으로 나온 소년의 얼굴 위에 고통으로 일그러진 족장의 얼굴 가죽이 씌워져 있었고, 본래 눈코입이 있어야 할 구멍에선 붉은 피가 흘러내렸다. 소년의 눈은 족장의 눈이 있던 구멍 속에서 더욱 어둡게 빛났다. 그런 소년의 모습을 보고 아이들은 울었고, 여자들은 손으로 아이들과 자신의 눈을 가렸다. 건장한 사냥꾼들조차 소년에게서 나는 피비린내를 피해 슬금슬금 뒷걸음질 쳤다. 붉은 옷의 사람들은 그런 소년을 보고 놀라긴 했지만 흡족한 미소를 지으며 모두에게 말했다.

"우리의 말은 신의 말과 같으니 우리의 말만 잘 듣는다면 아무것도 걱정할 필요가 없을 것이다. 오늘은 모두 집에 돌아가고, 내일 정오가 되기 전에 열 살이 넘은 모든 남자들은 마을 뒤의 숲속에 지어 놓은 신의 집으로 모여라. 새로운 족장을 신탁 받게 될 것이다. 그때 아이들과 여자들은 절대 집에서 나오면 안 될 것이다."

그들은 그렇게 말하고 산으로 사라졌다. 사람들은 모두 불안한 눈으로 소년을 힐끔거리며 자신들의 집으로 돌아갔다. 마을 공터엔 오직 소년만이 오랫동안 홀로 남아 있었다.

숲에는 어느새 지어 놓았는지 붉게 칠해진 거대한 목조 건물이 있었다. 붉은 옷의 사람들은 마을의 남자들을 모두 그곳에 들어가게 했다. 소년도 그곳에 찾아갔으나 그들은 키가 작은 소년이 열 살이 안 되었을 것이라 생각하고 마을로 돌려보냈다. 소년은 마을로 돌아오다 못내 아쉬워 다시 산속에 지어진 집으로 발길을 돌렸다. 소년이 다시 그곳에 도착했을 때 건물은 본래의 색보다도 더욱 붉게 타오르고 있었다. 짐승이 익어가는 냄새와 비명 소리가 엉켜든 불길이 하늘을 가득 채웠다. 소년은 수풀에 숨어 비명 소리들을 하나하나 구분해가며 자신을 괴롭히고 외면했던 사람들의 얼굴을 떠올렸다. 그는 무릎을 꿇고 얼굴을 땅에 묻었다. 붉은 옷의 사람들이야말로 진정한 신의 사자라고 생각했다. 그들이 드디어 죄 지은 사람들을 벌하러 내려온 것이라 생각하며 감사의 기도를 올렸다.

다음 날 붉은 옷의 사람들이 마을로 내려와 여자들을 모아 놓고 말했다.

"남자들은 모두 영광스러운 임무를 위해 신의 곁으로 떠났다."

소년은 공터 한쪽에 쭈그려 앉아 그렇게 말하는 붉은 옷의 사람들을 보고 있었다. 여자들은 마을에 남은 소년을 힐끔거렸다. 붉은 옷의 사람들은 자신들을 이 땅의 죄를 사할 신의 사자라 말했다. 이 땅을 구원할 신의 사자들은 어느덧 죄를 사할 신의 사자로 바뀌어 있었다. 그들은 이곳의 사람들이 죄의 값을 모두 치르기 위해 자신들을 주인으로 모시고 봉사해야만 한다고 말했다. 남은 사람들은 자신들이 어떤 죄를 지었는지 알지 못했지만, 붉은 옷의 사람들에게 죄를 반성해야만 했고 그들의 재산으로 나누어졌다.

"너희들은 이제 살아 있는 동안 신의 아이를 낳는 일을 하게 될 것이다. 그리고 남자아이들은 먼 여행을 떠나 신을 위해 일하게 될 것이다."

몇몇의 아이들은 어미와 떨어지기 싫어 발버둥 쳤다. 주인들이 강제로 아이들을 떼어내려는 찰나, 어디선가 나타난 소년이 아이들에게 다가가 억센 손으로 목덜미를 잡고 하나씩 끌고 왔다. 주인들은 그런 소년을 용감한 신의 대리인으로 추켜세웠다.

머나먼 길을 떠나는 아이들은 도망갈 수 없게 노예처럼 서로 손과 손이 묶였다. 오직 소년만이 포박당하지 않았고 묶인 아이들의 행렬을 감시하는 역할을 맡게 되었다. 행군은 고되었다. 평소 몸이 약하던 아이들은 남들보다 빨리 자유를 얻고 포박에서 풀려날 수 있었다. 자유를 얻은 아이들의 장례는 높은 하늘에서 아이들의 행렬을 안타깝게 지켜보던 독수리들이 대신 치러주었다. 드넓은 평야에서만 자라온 아이들은 험한 산길에 접어들자 더욱 힘들어했고, 쓰러지는 아이들이 늘어갔다. 소년은 그런 아이들을 더욱 모질게 재촉했지만 주인들은 더 이상의 손실을 원하지 않았기 때문에 걷는 속도를 조금 늦춰주었다. 아이들에게는 그런 주인들의 따뜻한 배려가 그저 감사할 따름이었다. 오랜 행군 끝에 산 중턱의 어느 분지에 다다랐다. 그 분지에는 나무가 한 그루도 자라지 않았고 주변에는 온통 검은 돌들이 쌓여 있었다. 분지 가운데에는 목조로 만들어진 이층집이 하나 있었고, 집 앞에는 땅속으로 들어가는 구멍이 하나 있었다. 구멍 주변에는 몇몇의 아이들이 있었고 그들은 땅속에서 바구니에 담겨 나오는 검은 광물을 땅 위로 쌓으며 정리하고 있었다.

소년은 자신이 특별하다고 생각했다. 하지만 광산에 도착하자 주인들은 끌려온 다른 아이들의 무리와 함께 소년을 지하로 내려보냈다. 아이들이 일하는 갱도는 너무나 협소해 덩치가 큰 주인들은 들어갈 수 없었다. 아이들은 갱도에서 나가지 못하고 그곳에서 먹고 자고 싸며 검은 광물을 캐내 밖으로 밀어 올렸다. 단지 각 구역을 관리하는 역할을 하는 아이들만이 가끔 땅 위로 올라와 광물을 정리했다. 관리자들은 땅 위로 올라갈 수 있는 특권을 잃지 않기 위해, 예전에는 자신의 형제 또는 친척이었을지도 모를 다른 아이들을 모질게 학대했다. 그들은 마치 누가 더 잔인한가 내기를 하는 듯 보였다. 대부분의 경우 주인들은 아이들이 더욱 열심히 일하게 만들기 위해 관리자들의 잔인함에 대하여 상을 내렸으나 만에 하나 아이가 죽기라도 하면 신이 내린 귀한 노동력을 낭비했다며 심하게 질책했다. 괴롭힘은 늘 죽지 않을 정도로만 유지되었다. 관리자들이 식량을 공정히 나누어주지 않아 많은 아이들이 영양실조에 시달렸다. 더구나 협소한 공간에서 이루어지는 채굴작업은 무척이나 위험했다. 하지만 안전교육 같은 게 있을 리 없었기 때문에 갱도사고는 매일같이 일어났다. 죽는 아이들이 늘어갔지만 관리자들은 인력이 줄었다는 것을 숨기기 위해 시체를 숨기고 남은 아이들에게 더욱 혹독하게 작업을 시켰다. 아이들은 하나둘 동료의 목숨을 통해 살아남는 요령을 깨우칠 수밖에 없었다. 아이들은 검은 광물로 불을 피우는 법을 알게 되었고 차가운 갱도에서 체온을 유지하기 위해 종종 외진 막장에 불을 피웠다. 가스가 고여 있는 곳에서 불을 붙이다 폭발사고로 불타 죽는 아이들이 속출하면 붉은 옷의 사람들이 오두막에서 죄를 태우던 냄새가 갱도를 가득 채웠다. 사고의 희생양은 관리자들도 예외는 아니었고, 관리자가 죽으면 그 그룹에서 가장 힘 센 아이가 관리자를 자청했다.

좁은 갱도에서 나오지 못하고 계속 성장한 아이들은 등이 굽어 짐승처럼 거의 네발로 기다시피 했다. 주인들은 아이들을 혈거인(Troglodyte)이라 부르며 아예 태생이 다른 동물처럼 취급했다. 소년 또한 짐승처럼 변해가는 다른 아이들을 보며 다시금 자신이 신에게 선택받은 존재라 생각했다. 이날을 예견한 신이 자신의 성장을 멈추게 한 것만 같았다. 동굴 속에서 소년은 그 기이한 행색 때문에 처음부터 관리자들의 기피 대상이 되었다. 그 덕에 괴롭힘을 당하지도 않았다. 소년은 자신이 당연히 관리자가 되어야 한다고 생각했기 때문에 자신을 처음부터 관리자로 두지 않은 주인들에게 서운한 감정을 느끼기도 했다. 하지만 이 또한 신의 시험이라 생각했고, 신에게 인정받을 수 있는 기회만을 엿보고 있었다. 아이들은 광산 속에서 오래 살지 못했다. 대부분이 이삼 년을 넘기지 못했으니 열두세 살을 넘기지 못했을 것이다. 나이를 먹어감에 따라 자연스럽게 채워지는 아이들만으로는 작업량을 따라가기 힘들었다. 갱도를 조금 넓히는 것만으로도 아이들의 수명은 몇 년이라도 늘 것이었다. 하지만 수명이 느는 만큼 아이들이 자랐을 때의 위험도 있었다. 덩치가 커진 아이들이 주인들의 말을 고분고분 들을지도 의문이었다. 물론 신의 이름으로 죄를 씻고 있다는 믿음 덕에 덩치가 커지더라도 쉽사리 반란이 일어나지는 않을 것이다. 하지만 눈높이가 같아졌을 때 어떤 일이 일어날지는 알 수 없는 노릇이었다. 신과 죄 그리고 믿음에 의해 순치된 아이들은 언제나 붉은 옷의 주인들을 경외심을 가진 눈으로 올려다보았고, 그들의 발에 차이거나 그들의 채찍에 맞음으로서 보다 빨리 죄를 갚을 수 있다고 믿었다.

  소년이 기다린 시간은 그리 길지 않았다. 한 자루의 돌칼을 깎아 만들 시간만이 필요했을 뿐이다. 소년은 항상 자신의 구역을 담당하는 관리자 아이와 단둘이 있을 기회를 기다렸고 그 기회는 어렵지 않게 찾아왔다. 소년은 그 순간을 놓치지 않고 관리자의 목에 돌칼을 찔러 넣었다. 그 행동은 순식간에 이루어졌다. 관리자는 앞으로 고꾸라지며 소년의 어깨를 양손으로 잡고 버텼다. 자연스럽게 관리자의 얼굴은 소년의 얼굴과 맞대고 노려보고 있는 꼴이 되었다. 관리자는 기도가 막혀 비명조차 지르지 못했다. 소년은 돌칼을 뽑아내며 관리자를 땅으로 밀어 쓰러뜨렸다. 관리자의 구멍 뚫린 목에선 비명 대신 피가 쏟아져 나왔다. 그 모습을 보고 소년은 아버지를 떠올렸다. 그렇게 신에게 버림받은 자들은 비참하고 고통스러운 죽음을 맞이할 뿐이었다. 땅에 쓰러진 관리자는 소년의 얼굴을 원망이 가득 찬 눈길로 올려다보고 죽었다. 소년은 관리자의 얼굴 위로 쪼그려 앉았다. 그러고는 돌칼로 살아 있는 관리자의 얼굴 가죽을 벗겨냈다. 불의의 상황을 구경하러 몰려든 아이들이 보는 앞에서 관리자의 가슴살을 베어내 씹어 먹고는, 주위를 둘러싼 아이들에게도 관리자의 팔과 다리의 살점을 베어내 던져주었다. 모두 소년의 검은 눈을 마주보지 못했다. 하지만 소년이 뒤돌아 그 자리를 뜨자 굶주려 있던 아이들은 처음의 머뭇거림과 달리 금세 쥐 떼처럼 달려들어 아직 생명이 꺼지지 않은 관리자를 뜯어 먹기 시작했다. 소년은 관리자의 얼굴에서 벗겨낸 가죽을 자신의 가면 아래 기워 엮었다.

그것이 소년의 세 번째 살인이자 최초의 살인이었다.

소년은 관리자가 된 이후 자신의 관리 아래 있는 아이들의 이마에 돌칼로 X표시를 했다. 그 표시를 새겨 넣음으로써 자신이 진정한 신의 대리인이 된 것처럼 생각했다. 시간이 갈수록 아이들은 이마에 표시가 새겨지는 것을 영광스럽게 생각했다. 표시가 새겨진 아이들은 다른 구역의 아이들에 비해 우위에 놓일 수 있었고 그것은 하나의 선택받은 계급이 된다는 것을 의미했다. 소년에게 저항하거나 잘못 보인 아이들은 산 채로 얼굴 가죽이 벗겨졌다. 어느덧 가면 아래로 엮은 얼굴 가죽들이 소년의 어깨를 덮고 가슴팍까지 내려왔다. 소년은 자신이 신을 대리해 아이들의 죄를 덜어주고 있다고 생각했다. 자신이 관리하는 구역에 결원이 생기면 소년은 당당하게 다른 갱도로 걸어 들어가 마음에 드는 아이의 이마에 자신의 표시를 새겨 넣었다. 그 행위만으로 그 아이는 자신의 소유가 되었고 그 아이를 관리하던 관리자는 아무런 저항도 하지 못하고 자신의 인력을 빼앗겼다. 소년이 담당하는 구역의 작업량은 항상 최고 수준을 유지했다. 소년은 관리자들 중에서도 주인들의 신뢰를 가장 크게 받게 되었다. 소년에 대한 다른 관리자들의 불만은 나날이 커졌으나 아무도 나서서 소년에게 저항하지 못했다. 더구나 소년의 아래에 있는 아이들은 소년을 등에 업고 다른 구역에 횡포를 부리기도 했다. 소년은 새로 관리자가 되는 아이라든가 자신의 아래에 새로 일하러 온 아이들을 세심히 관찰했다. 그중에 자신에게 앞으로 위협이 될 거라 판단되는 아이가 있으면 기습해 아킬레스건을 끊거나 충분히 자라기 전에 얼굴 가죽을 벗겨버린 후 살을 발라 포(脯)로 만들었다. 소년은 손쉽게 갱도를 장악했다. 소년은 자신의 세계가 어릴 적처럼 다시 선명해지고 있다고 느꼈다. 소년은 이 탄(炭)의 지옥에서 진정한 주인이었으며 나약한 아이들은 축사의 돼지처럼 다음이 내 차례만은 아니길 빌며 그의 발을 핥았다. 주인들도 소년을 통해 광산의 아이들을 통제하는 것이 자신들에게 편하다는 것을 알고 있었다. 얼마 지나지 않아 소년 홀로 주인들의 말을 아이들에게 전달하게 되었다. 그러자 소년은 자신이 주인들과 동등한 위치에 있다고 생각하게 되었다.

하늘은 맑았으나 먼 곳에서 돌풍이 불어오고 있었다. 바람은 분지에 들어와 회오리가 되어 구석구석을 훑으며 사라졌다. 구름은 거센 바람이 모두 흩어버린 듯, 동그란 도넛 모양으로 커지며 사라졌다. 구름 하나 없는 맑고 높은 하늘 때문이었는지, 산의 요철(凹凸)들에 가려 보이지 않아야 할 먼 하늘에 드리워진 검은 그림자가 선명하게 보였다. 흐느적거리며 퍼지는 검은 그림자는 구름이라기엔 기괴했다. 마치 거대한 붕(鵬)이 하늘을 뒤덮으며 날아오는 것 같았다. 며칠에 걸쳐 가까이 다가온 구름은 자연적이라고 할 수 없는 불투명한 흰색을 띠고 있었고, 분지 전체를 완전히 덮어 하늘을 어둡게 가렸다. 그것은 그냥 하늘에 떠 있는 것이 아니라 땅 위에 아주 가는 흰색 가루로 된 비를 뿌리고 있었다.

 소년이 지상으로 올라왔을 때 어두운 흰색 구름 사이로 태양빛이 가늘게 새어나오고 있었다. 소년은 홀린 것마냥 그 빛을 바라보며 아름답다고 생각했다. 미세한 태양빛과 함께 흘러내리는 하얀 빗줄기는 소년의 머리와 어깨에 옅게 쌓였다. 그 가루에서는 아무런 향도 맛도 느껴지지 않았다. 지상을 둘러본 소년은 침묵을 넘어선 순수한 정적을 느꼈다. 그 정적의 중심이 주인들의 나무막사라는 것을 느낄 수 있었다. 그리고 그것은 생명의 고동이 사라진 순간을 의미했다. 해가 사라진 하늘, 세상에 쌓여가는 흰색 가루의 비, 그리고 세상의 정적. 소년은 조금씩 주인들의 집으로 다가갔다. 집에 가까워질수록 공기에 드리워진 죽음의 그림자가 짙어졌다. 집 밖에 묶여 있는 거대한 개는 집을 향해 쉴 틈 없이 짖었다. 어떻게든 자신을 구속하고 있는 쇠사슬을 끊어버리고 싶어 버둥거렸는지 가죽으로 된 목걸이가 목덜미를 파고들어 피가 흥건하게 배어나왔다. 개의 발작에 가까운 공포는 그대로 소년에게 전해졌으나 소년의 마음은 오히려 고요해졌다. 소년은 창문 아래로 다가갔다. 창문은 소년이 들여다보기엔 너무 높은 곳에 있었지만 살짝 열린 창틈으로 희미한 피 냄새가 풍겨오고 있었다. 피 냄새가 점점 진해지며 묘한 흥분과 함께 소년의 입속에 비린내 나는 침이 고여 갔다. 소년은 망설임 없이 주인들이 사는 집의 문을 활짝 열었다. 피비린내가 소년의 몸을 뜨겁게 감싸 안았다. 개는 짖는 것을 그만두고 땅에 바짝 엎드려 이빨을 드러내고 으르렁거렸다. 소년은 당당하게 집안으로 들어가 테이블을 둘러싸고 쓰러져 있는 몇 명의 주인들을 발견했다. 주인들의 피부는 온통 갈라져 피투성이였고 입에서 내장을 토해내고 죽어 있었다. 그들이 쓰러져 있는 테이블 위에서부터 흘러내린 끈적끈적한 피는 검붉은 타르처럼 변해 바닥에 응어리져 있었다. 소년은 굳이 이층에 올라가 다른 주인들의 생사를 확인할 필요성을 느끼지 못했다.

　소년은 주인들이 계속 부재할 경우 바로 자신이 이곳의 주인이 될 수 있을지도 모른다는 생각을 했다. 다시 주인들이 돌아온다면 그들을 기다리며 이곳을 지키고 있었다고 이야기하면 될 것이다. 소년은 광산 이외의 곳에서 살아본 적이 없었기 때문에 갱도 속의 아이들에게 자유를 준다거나 어떻게 가야 하는지도 모르는 고향을 찾아 떠난다는 선택은 할 수 없었다. 아니, 애초에 고향은 소년이 돌아갈 곳이 아니었다. 소년은 대략 일곱 개의 달이 뜨고 질 때마다 식량 배급이 온다는 것을 떠올렸고 배급일이 얼마 남지 않았다는 것을 짐작할 수 있었다. 소년은 죽은 주인의 시체에서 열쇠 꾸러미를 찾아 지하에 있는 식량 창고로 향했다. 갱도에 있는 아이들에게 식사를 다 지급한다면 하루나 이틀 만에 창고는 바닥을 보일 것이 분명했다. 소년은 자신이 이곳의 신이 될 수 없음을 알았다. 잠시 스스로 주인이 되려고 했던 생각에 대한 반성과 함께 신의 사자로서 무슨 일이 있어도 주인들을 기다려야만 한다고 생각을 고쳐먹었다. 갱도 속의 아이들을 한 명씩 나오게 할 수 있다면 그들은 훌륭한 식량이 될 터이지만 딱히 한 명씩 올라오게 할 방법은 생각나지 않았다. 소년은 지상으로 올라오는 사다리를 끊어버렸다. 소년은 식량 배급을 받기 위해 광산 입구로 모인 관리자들에게 주인들의 죽음을 숨겼다. 그리고 그들에게 식량의 보급이 늦어져 며칠 굶을 수도 있다고 말했다. 식량의 보급이 늦어진 적이 이번이 처음은 아니었기에 관리자 아이들은 단지 낙담한 채 다들 자리로 돌아갔다. 하지만 소년은 아마도 앞으로 오랫동안 식량을 넣어줄 수 없을 것이라 생각했고 자신도 저장된 식량이 떨어졌을 때를 대비해야 한다고 생각했다.

식량의 보급이 끊어지고 소년이 갱도로 내려오지 않자 갱도 속의 아이들도 지상에서 무엇인가 큰일이 생겼다는 것을 자연스럽게 눈치 챌 수밖에 없었다. 하지만 소년은 아이들의 부름에 전혀 답하지 않았고 침묵했다. 아이들은 점점 움직일 힘조차 사라졌기 때문에 더 이상 일하지 않았다. 빛이 없는 곳에서의 생존에 대한 공포와 서로에 대한 공포가 점점 커졌다.

땅속의 아이들은 서로를 잡아먹어야 살아남을 수 있다는 것을 본능적으로 알고 있었다. 결국 아이들은 일주일 만에 허기에 쓰러진 아이 하나를 잡아먹었다. 수많은 아이들에게 말라 비틀어진 허약한 아이는 전혀 양에 차지 않았고 그나마도 힘없는 아이들은 먹지를 못했다. 그렇게 힘이 없어 먹지 못하는 아이들부터 잡아먹힐 것이 분명했다. 조금이라도 더 먹기 위해 싸움이 일어났고, 상처를 입어 약해지면 역시나 고기가 되었다. 그런 일이 반복되자 힘 있는 아이들은 서로 싸우는 것보다 하나의 세력으로 뭉치는 것을 선택했다. 그들은 힘을 모아 약한 아이들을 가축처럼 한곳에 가두어 놓고 하나씩 잡아먹기 시작했다. 하지만 이대로 힘이 없는 아이들을 전부 잡아먹게 된다면 살아남은 자신들 중에서 고기가 될 사람을 가려내야 할 것이다.

그 상황에 대한 의논을 위해 힘 있는 아이들은 모였고 누군가 말을 했다.

"지상의 주인들은 우리를 버리고 사라진 것 같아. 그런데 왜 우리는 아직도 이곳에 있지?"

아이들은 그 말을 한 아이를 일제히 주목했다.

"그야 사다리가 끊어져 위로 올라갈 수 없기 때문이잖아."

그러자 처음 말을 꺼낸 아이가 다시 말했다.

"우리는 평생 땅을 파왔잖아. 위로 올라가는 길을 직접 파서 올라가면 되잖아."

그러자 평소 말수가 적어 이야기를 듣고만 있던 한 아이가 부르르 떨며 소리쳤다.

"싫어! 밖으로 나가고 싶지 않아. 이건 분명 신이 우리를 시험하고 있는 거야. 지금 우리가 도망간다면 지금까지 우리가 씻어낸 죄는 어떻게 되는 거지?"

아이들은 모두 그 말을 하는 아이를 보며 침묵했다. 하지만 단 한 가지, 식량으로 쓰고 있는 아이들을 다 잡아먹게 된다면 다음 차례가 누가 될지 이미 결정된 것 같았다.

소년은 주인들의 시체에서 살을 발라 건조 식량으로 만들었다. 그리고 남은 뼈는 식량 창고 한쪽에 쌓아두었다. 소년이 기다리고 있는 주인들은 모든 종류의 달이 뜨고 난 뒤에도 돌아오지 않았다. 어느덧 하늘에 오랜 기간 머물러 있던 흰색 구름은 완전히 사라졌다. 소년은 미진(微震)을 느끼고 땅에 귀를 댔다. 말발굽 소리가 가까워졌다. 항상 보급품이 오던 방향이었다. 소년은 주인들이 이 상황을 바로잡기 위해 돌아오는 것이라 믿어 의심치 않았다. 식량도 거의 떨어져가고 있던 터라 순치된 개가 먹이를 기다리는 것처럼 주인을 그리워하고 있던 참이었다. 땅속의 아이들은 소년보다 먼저 말발굽 소리를 느꼈고 먹이를 줄 주인들이 돌아오고 있다고 생각했다. 아이들은 밑밥을 뿌리는 낚시꾼 주위에 몰려드는 생선들처럼 광산의 입구로 모여들었다. 소년은 아이들이 도망치지 못하게 가둬두었다는 것에 대해 주인들에게 상을 받을 거라 생각했다. 만약 그가 아이들을 가두어두지 않았다면 신의 노동력은 지상으로 올라와 주인들의 물건을 아수라장으로 만들고 산으로 들어가 들짐승이 되었을 것이 분명하다고 믿었기 때문이었다.

그들은 머리부터 발끝까지 백의를 두르고 있었다. 그들이 타고 있는 말에 씌운 마구 또한 온통 흰색으로만 이루어져 있었다. 단지 부분적으로 금색 장식들이 달려 있었고, 그들의 가슴과 등에는 날개를 펼치고 있는 독수리가 금색 실로 수놓아져 있었다. 그들의 너무나 하얀 피부를 본 소년은 그들의 몸속엔 자신과 같은 붉은 피가 흐르지 않을 것이라 생각했다.

백의의 사람들은 사람 얼굴 가죽을 뒤집어쓰고 가슴 아래로 얼굴 가죽들을 주렁주렁 달고 있는 소년의 모습을 보자마자 기도하듯 중얼거리며 채찍으로 때리고 포박을 했다. 태양이 내리쬐는 공터에서 얼굴 가죽으로 된 소년의 가면을 벗겼다. 그들은 소년의 양 눈을 보고 이 아이는 악마라고 단정 지었다. 눈꺼풀이 없는 오른쪽의 눈은 강렬한 햇살을 받아 눈물이 끝없이 흘러 나왔다. 백의의 사람들은 그런 소년의 모습을 보고 자신들의 존재만으로도 악마가 회개하고 있다고 생각했다. 그들은 붉은 옷의 주인들과 전혀 다른 말을 구사했다. 주인들에 비해 말의 리듬이 빨랐으며 억양이 부드러웠다. 어디에서도 들어보지 못한 음들로 부정확하게 뭉뚱그린다는 인상이 강하게 들었다. 소년은 그들에게 자신의 공로를 울먹이는 말투로 반복해서 이야기했으나 그들은 소년의 말을 듣지 않았다. 그들은 창고에서 살이 깔끔하게 발려진 뼈 더미를 발견했다. 소년이 쌓아둔 주인들의 뼈였다. 그들은 광산 입구로 사다리를 내려 갇혀 있던 아이들을 모두 지상으로 올라오게 했다. 오랫동안 지상에 나오지 못했던 수많은 아이들은 태양에 노출되자 눈이 멀었다. 그나마 관리자로 지상 작업을 해봤던 아이들은 지상으로 올라오며 두 눈을 감싸 쥐었기 때문에 동공이 타는 것을 모면했다. 광산 속에서 일하던 아이들은 이미 인간이라 부를 수 없었다. 얼굴은 흙과 같은 색을 띄고 있었으며 옷은 걸치지 못했다. 등은 심하게 굽어 거의 네 다리로 기고 있었고 똑바로 서지 못했다. 손과 발은 짐승의 것처럼 단단하게 단련되어 발굽처럼 굳어 있었다. 백의의 사람들은 아이들의 몰골을 보자마자 한 번도 들어 본 적이 없는 어떤 단어를 반복해 말했고, 몇몇은 무릎을 꿇고 두 손을 모은 채 하늘을 향해 그 단어를 외치기도 했다. 백의의 사람들은 광산에 갇혀 있던 아이들 앞으로 소년을 끌고 왔다. 아이들은 투명한 눈동자로 적의를 발산하며 백의의 사람들에게 소년이 산채로 아이들의 얼굴 가죽을 벗기고, 제물로 삼았던 일들에 대해 저주하듯 떠들었다. 백의의 사람들은 소년의 두 팔을 높은 작대기에 매달았다. 소년을 당장 처형해야 한다는 쪽과 다른 모두가 이런 악마처럼 되면 안 된다는 것을 만천하에 알리고 공개 처형해야 한다는 쪽으로 나뉘었다. 그들은 더 높은 사람들과 상의하기 위해 서신을 보냈고 소년은 오랜 기간 태양 아래 매달려 눈물을 흘렸다.

 소년의 얼굴에는 다시 가면이 씌워졌다. 가면은 소년의 기괴한 양쪽 눈이 더욱 잘 보일 수 있도록 눈의 구멍이 더욱 크게 도려내져 있었다. 너덜너덜해진 가면에 아비의 표정은 전혀 남아 있지 않았다. 그렇게 소년은 작대기에 매달린 채 한 번도 가보지 못한 머나먼 곳들을 여행하게 되었다. 기나긴 여행은 천천히 진행되었고 소년을 매달고 있는 밧줄이 손목을 파고들어 뼈가 앙상하게 드러났다. 상처는 곪아 썩어 들어갔고, 벌레가 파먹고 있었다. 소년의 행렬을 기다리던 사람들은 돌을 던졌다. 돌에 맞은 소년의 육체는 여기저기 찢어지고 아물었다가 다시 곪아터지는 것을 수차례 반복했다. 소년의 육체는 자신의 가면처럼 여러 사람의 육체를 꿰매어 엮어 놓은 것 같이 갈라졌다. 길고도 긴 성스러운 여행의 끝자락에서 저 멀리 거대한 백색의 성(城)이 보이기 시작했다. 성문으로 향하는 길에는 거대한 나무들이 줄지어 있었고 가지들에는 새하얀 꽃들이 바람에 목을 내걸고 위태롭게 매달려 있었다. 그 나무들의 아래에는 흰옷을 입은 사람들이 빽빽하게 줄지어 서 있었다. 그들은 소년을 보며 큰 함성을 질렀는데 소년에게 그 함성은 자신을 반기는 환호성처럼 느껴졌다. 꽃들은 사람들의 함성에 맞춰 봉오리째 뚝뚝 떨어져 내렸다. 소년의 눈은 이제 더 이상 제구실을 하고 있지 못했다. 소년은 희미하게 보이는 길에 깔린 하얀 꽃봉오리들이 자신을 신의 곁으로 인도하고 있다고 생각했다. 백색의 성에 도착하자 하늘을 찌를 듯 높이 서 있는 육중한 성문이 열리기 시작했다. 소년의 등장과 함께 떨어지는 꽃잎이 잠시 멈춘 듯한 정적, 그리고 그 정적을 한순간 걷어내는 터질 듯한 환호가 소년에게 쏟아졌다. 그 함성들은 지금부터 일어날 일에 대해 무한한 기대를 담고 있었다. 얼굴을 드러낸 원형 경기장은 반대편이 잘 보이지 않을 정도로 넓었다. 소년은 그동안 잊고 있어 기억조차 잘 나지 않는 어릴 적 고향을 불현듯 떠올렸다. 이 광장은 어릴 적 그렇게 넓게 생각했던 마을보다 훨씬 넓게 느껴졌다. 경기장의 한가운데에는 장작이 뼈 더미처럼 쌓여 있었다. 그 중심에 하늘을 뚫고 올라갈 것 같이 생긴 장대가 꽂혀 있었다. 사람들은 앙상하게 뼈가 드러난 손목을 끌어올려 소년을 장대 높이 매달았다. 뼈가 드러난 손목에선 마른 피가 굳어 더 이상 흘러내리지 않았고 살에 파고든 구더기가 꼬물거리고 있었다. 최후의 순간까지 소년의 머리에 씌워진 얼굴 가죽은 벗겨지지 않았다. 백의의 사람들은 소년의 얼굴 가죽을 처형의 마지막 순간까지 남겨두었다. 소년은 다행스럽게도 마지막 순간을 자신의 가장 소중한 전리품과 함께할 수 있었다. 하늘에 매달린 소년은 더 이상 고개를 들 힘도 없었지만 굳이 고개를 들지 않아도 광장을 둘러싸고 있는 백의의 사람들을 한눈에 내려다 볼 수 있었다. 입구의 반대쪽에 있는 작은 문이 열리며 하얀 고깔처럼 생긴 복면을 쓴 네 명의 사람들이 각각 횃불을 들고 나왔다. 그들은 장작더미의 네 방향에 둘러섰다. 그러자 주위 사람들의 열기는 더욱 거세어졌다. 그들이 동시에 장작더미의 끝부분에 횃불을 던지는 순간, 소년은 사람들의 환호의 본질이 무엇인지 알 수 있었다. 그것은 순수한 악의였다. 불길이 장작을 타고 기어 올라오자 소년은 겨우내 차갑게 얼어버린 몸이 따뜻하게 녹고 있는 듯한 기분이 들었다. 소년은 이내 나른한 졸음을 느꼈다. 이제야 비로소 잠들 수 있었다. 불길은 장작을 완전히 타고 올라와 언제나 검은 광물의 가루가 묻어 있던 소년의 육체를 한순간 감싸 안았다. 언덕처럼 쌓여진 장작은 몇 날 며칠이나 타올랐고 백의의 사람들은 소년으로 변신한 악마가 오랫동안 불타며 살아 있었다는 소문을 퍼뜨렸다. 그 소문 속에서 소년은 자신이 원했던 신의 사자로 영원히 살아 있을 수 있게 되었다.

그것이 소년의 마지막 살인이었다.

바바 예투*

주(蛛)는 아득히 먼 곳에서 자신을 부르는 소리에 잠에서 깨어 천막 밖으로 나갔다. 원형의 붉은 달이 그녀를 내려다보고 있었다. 주는 오랜 시간이 지났음에도 잊지 않고 자신을 찾아준 신의 눈동자에 감동해 눈물을 흘렸다. 주는 무릎을 꿇고 바닥에 엎드려 기도를 올리기 시작했다.

주의 천막은 마을과 거리를 두고 떨어져 있었다. 마을을 따라 일정한 간격으로 둘러싸고 있는 횃불을 따라 순찰하던 보초들은 주의 행동을 크게 신경 쓰지 않았다. 하지만 주가 기도를 시작하자 붉은 달은 왼쪽부터 아주 천천히 사라지기 시

---

* 스와힐리어로 '나의 아버지'라는 뜻이다. 《시드마이어의 문명 Ⅳ(Sid Meier's Civilization Ⅳ)》의 주제곡이다. 《문명 Ⅴ》의 중독성이 인터넷에서 하나의 밈(Meme)이 되면서 이전 시리즈의 음악임에도 불구하고 뒤늦게 게임보다 더 큰 인기를 얻었다.

작했다. 밤은 더욱더 깊고 어두워졌다. 주의 기도 때문에 달이 사라지고 있는 것인지, 달이 사라지고 있기 때문에 주가 기도를 시작한 것인지는 알 수 없었다. 뒤늦게 주의 모습을 발견한 보초들이 뿔피리를 불며 잠들어 있는 마을 사람들을 깨웠다. 하나둘 횃불을 들고 집 밖으로 나왔다. 어느새 마을은 대낮보다 더 뜨겁게 빛났다. 사람들은 기도하는 주를 먼발치서 조용히 지켜만 보았다. 그 누구도 주를 향해 기도를 멈추라고 소리를 지르거나 돌을 던지지 못했다. 섣불리 행동하면 주의 저주를 받아 달이 사라지듯 자신들의 얼굴도 사라지게 될 것만 같았다. 주가 오랜 시간에 걸친 기도를 멈추자 달은 다시 왼쪽부터 조금씩 모습을 드러냈다. 주가 자신의 천막으로 들어간 이후에도 사람들은 경계를 늦추지 않고 천천히 모습을 회복해 가는 달을 바라보고 있었다. 시간이 지나 달이 완전히 둥근 모습으로 돌아간 이후에도 사람들은 한참 동안 그 자리에 머물러 있었다. 그들은 언제부터 주가 그곳에서 살아왔는지 알지 못했다. 단지 그들이 알고 있는 것은 주가 언제 죽어도 이상하지 않을 정도로 작게 쪼그라든 할망구라는 것이었다. 그들은 하루라도 빨리 자신들의 앞에서 주가 사라져주길 신에게 기도했다.

사람들은 주를 늙은 마녀, 저주 받은, 귀신들린 또는 그녀의 검은 피부와 못생긴 얼굴을 빗대 살아 있는 시체 등으로 불렀다. 그러나 주는 이제는 아무도 불러주지 않는, 바바가 지어준 자신의 이름으로 불리고 싶었다. 하지만 마을 사람 그 누구도 주와 말을 하지 않았으니 주의 이름을 알고 있는 사람은 없었다.

원형의 달이 천천히 눈을 깜박이듯 사라졌다가 다시 나타난 그 밤, 주에겐 그리운 기억들이 되살아났고 자신이 오랫동안 미뤄왔던 일을 비로소 실천할 때가 되었다고 생각했다. 이제야 오랫동안 잃어버렸던 이름을 다시 찾을 수 있을 것이라 믿었다. 더 이상 시간을 지체할 수 없었다. 주는 자신의 수명이 얼마 남지 않았다는 것을 알고 있었다. 아니 이미 주의 수명은 오래전에 끝났을지도 모른다. 살아 있지도 않으면서 숨 쉬고 있는 스스로가 부끄럽게 생각되었다. 주는 분명 그런 자신을 책망하기 위해 신이 그녀를 불러 친히 계시를 내린 것이리라 생각했다. 그날 밤 주는 실로 오랜만에 편히 잠들었고 마치 신이 자신을 지켜주고 있는 것만 같은 기분을 느낄 수 있었다.

다음 날부터 주는 오랫동안 나가지 않았던 숲에 약초를 찾으러 나가기 시작했다. 홀로 숲에 나가는 것은 마을의 건장한

장정들도 꺼리는 일이었지만 주는 개의치 않았다. 어차피 주가 살아가는 장소는 마을의 울타리 안에 속하지 못했다. 저녁에는 천막 옆에 약초를 보관하기 위한 구덩이를 팠다. 달이 사라졌던 그날 밤 이후 마을 남자들은 잠시나마 주의 행동을 주시했었다. 하지만 다행히 그 관심이 오래가지는 않았다. 아니 오히려 그들은 주의 존재를 잊으려 노력했다. 그 누구도 자진해서 주에게 다가오길 꺼렸다. 심지어 주가 숲에 나가 있는 동안에도 주의 천막에 접근하는 사람은 없었다. 주의 물건을 건드리면 달의 모양이 바뀌기 전에 온몸이 검게 썩어 들어가며 죽는다는 말이 전해져 내려왔다. 밭의 농작물과 식량 창고를 습격하는 야생동물들이 울타리의 보호도 받지 못하는 주의 천막을 습격하지 않는다는 사실이 그 소문에 힘을 실어주었다.

✛

주는 마을에 한 명밖에 없는 의술사의 집에서 자랐다. 어릴 적부터 사람들과 어울리는 것이 금지되었다. 의술사는 양지에서 마을을 다스리는 족장과는 달리 보이지 않는 음지에서 마을을 지탱하는 사람이었다.

의술사는 결혼을 할 수 없었다. 신의 대리인으로서 인간과

결혼을 할 수 없다는 것이 이유였지만 너무나 중요한 힘을 가지고 있는 의술사가 족장의 자리를 넘볼지 모른다는 생각에 자식을 두지 못하게 한 것이 분명했다. 의술사는 평생 약초만을 공부하고 다루었고 가족은커녕 인간과의 유대조차 형성하지 못했다. 단 하나, 마을의 어린아이 중 아직 다섯 살이 넘지 않은 아이 한 명을 자신의 후계자로 둘 수 있었다. 후계자로 선택된 아이는 그 순간 부모와 떨어져 의술사와 살게 되며 서로에게 유일한 가족이 되었다. 아이의 부모는 자신의 아이가 의술사의 후계자가 되는 것을 거부할 수 없었고 후계자로 지명 받는 순간 아이는 이미 자신들의 아이가 아닌 신의 아이가 되었다. 의술사는 가족이 된 아이에게 신의 언어를 가르쳤다. 일상적인 대화 이외에 약초와 의식 그리고 신에 대한 이야기들은 그 언어만을 사용해야 했다. 그로 인해 사람들은 의술사를 더욱 비밀스러운 존재로 인식했고 여러 가지 비법들은 의술사를 통해서만 남을 수 있었다. 대부분의 의술사들은 자신들의 선대가 그렇게 했듯 아이에게 약초를 다루는 지식만 가르쳤다. 그들은 부모의 사랑을 받아보지 못했기 때문에 사랑을 주지도 못했다. 당연한 이야기지만 주는 의술사를 바바라 불렀다. 바바는 항상 약초를 만졌고 주는 옆에서 바바를 바라보았다. 바바는 한쪽 귀가 뭉그러져 흔적도 남아 있지 않았고 온갖 약초를 다루다보니 손톱이 모두 녹아 빠진 후 다시 나지 않았다. 검게 문드러지고 갈라진 손끝만이 바바의 역사를 증명하고 있었다. 그러나 바바는 아주 가끔 주를 보고 누런 이를 드러내며 활짝 웃었고, 그 표정은 주가 기억하는 바바의 가장 최초의 모습이었다.

주는 바바가 약초를 다루는 모습을 무엇 하나 놓치지 않았다. 언제나 바바와 함께였다. 언젠가 자신이 바바를 대신하여 의술사의 역할을 해야 한다는 것에 대한 자각은 없었다. 하지만 주는 바바의 지식을 충실히 익혀나갔다. 주는 어릴 때부터 멀리서 미세하게 풍기는 풀들의 향을 쉽게 구분할 수 있었다. 그런 주의 타고난 재능을 바바가 미리 알아본 것일지도 몰랐다. 바바는 주를 데리고 며칠 동안이나 약초를 구하러 떠나기도 했다. 의술사가 마을을 비우는 것은 무척이나 위험한 일이었다. 하지만 특정 시기에만 구할 수 있는 동식물들을 구하기 위해 의술사는 자리를 비울 수밖에 없을 때가 있었다. 그럴 때면 족장은 휴식의 주간을 선포했다. 의술사가 자리를 비웠을 때 다친다는 것은 사냥꾼들에게 목숨의 위험과 직결되는 심각한 일이었다.

오랫동안 야영을 하면서 바바는 주에게 야생에서 살아남는 법을 가르쳤다. 동물들이 싫어하는 여러 약초와 향으로 위험을 경고하고 마지막에는 독을 바른 트랩을 설치한다. 하지만 독이 묻은 트랩까지 와서 걸리는 동물은 거의 없었다. 주는 여러 가지의 향만으로도 대부분의 위험에서 벗어날 수 있다는 것을 알게 되었다. 하지만 숲의 위험과는 별개로 주는 숲 자체를 좋아했다. 위험한 동물들도 그 속에 포함되었다. 그래서 주는 항상 모든 동물들이 독에 걸리지 않고 아무 일도 없었던 것처럼 지나쳐 주길 바랐다.

주의 몸은 너무나 나이 들어 오랜 시간 약초를 구하러 다니기에는 약해져 있었다. 주는 환각 효과를 주는 약초를 잘게 갈아 그 즙을 입에 물었다. 마치 어린 시절로 돌아간 듯한 착각과 함께 몸이 가벼워졌다. 이미 주의 몸은 상당히 많은 수의 약물을 사용하여 간신히 버티고 있는 꼴이었다.

'왜, 나는 좀 더 일찍 결심을 하지 못했던 것일까.'

주는 자신의 몸이 조금이라도 더 잘 움직일 수 있을 때 실행을 결심하지 못했던 것을 후회했다. 두 눈에 오래전에 말라버린 줄 알았던 눈물이 고였다. 오랜 시간 지켜봐온 부족의 익숙한 얼굴들, 오래전 유대가 끊어진 그들을 구하지 못한 것이 너무나 안타까웠다. 이 현실이 그들에게 구원이 될 수도 있다면 인정해야 한다고 생각했기 때문에 주는 침묵했었다. 하지만 어쩌면 그들에 대한 애정이 부족했기 때문이었을지도 모른다. 과연 그들은 구원을 받았을까? 주는 눈물을 닦으며 고개를 저었다. 이미 신이 주에게 계시를 내리지 않았던가. 세상의 모든 생명체를 낳은 신이 눈을 감았다가 뜨는 것을 말이다. 신의 시선이 사라지지 않게 하려면 오래전 마을에 들어온 마귀들을 물리치는 수밖에 없었다. 주는 평생 신에게 버림받았다고 생각했지만, 이제야 마음이 편해졌다. 결국 이 세계를 구원할 수 있는 것은 자신밖에 없었다.

달이 사라졌던 밤 이후 마을은 동요에 빠졌다. 늙은 마녀가 이제 악마를 등에 업고 본격적으로 마을을 위협하고 있다고 생각했다. 그럴수록 마을 사람들은 더욱더 신에 의지했다.

"이미 죽어 악마가 된 노파가 이 마을에 재앙을 가져오고 있습니다. 우리의 신은 믿음을 필요로 합니다. 저 노파는 머리카락을 수천의 뱀으로 변신시킬 수 있고, 눈이 마주친 사람을 돌로 만들며, 자신에게 손을 댄 사람을 순식간에 썩은 시체로 만들 수 있습니다. 하지만 우리가 그 악마에게, 그 공포에 굴복한다면 우리의 자식들에게는 어떤 미래도 존재하지 못할 것입니다."

주교는 파란 눈에 금발 그리고 하얀 피부를 가진 늙은 남자였다. 주교는 이 마을에서 태어난 사람이 아니었다. 주교는 이 마을 사람들이 한 번도 가보지 못한 먼 곳에 있는 신의 나라에서 왔다.

"하지만 우리는 그 악마에게 손을 대서는 안 됩니다. 그것이야말로 그 악마가 우리에게 원하는 것입니다. 우리는 그 악마를 용서하고 신의 심판을 기다려야 합니다."

만약 주의 선대가 죽을 때의 이야기가 전해져 내려오지 않았다면 주교는 주를 어떻게 해서든 제거하려고 했을 것이다. 하지만 그는 주를 두려워했다. 당장 오늘 숨이 멎을지 모르는 노파 때문에 모험을 하는 것은 피하고 싶었다. 단지 신이 그 노파를 하루라도 빨리 지옥으로 끌고 갔으면 좋겠다는 생각뿐이었다.

주는 숲에서 수많은 꿈을 꿨다. 모든 꿈에는 자신에게 그다지 따뜻했다고 말할 수 없는 바바가 나왔다. 그리고 잊고 있던 바바의 마지막 모습이 떠올랐다.

이미 해는 노을만 남기고 사라졌지만 달은 붉게 빛났다. 동그란 달은 점차 더 어두운 그림자에 가려지듯 조금씩 사라졌다. 아주 천천히 달이 사라지는 동안 완전한 밤이 찾아왔고 세상은 어둠속으로 빠져들었다. 어린 주는 바바의 품에 기대었고 바바는 떨리는 주의 어깨를 감싸 진정시켜주었다.

"아이야, 걱정하지 말거라. 이 세상이 사라진다고 해도 신은 다른 세계를 준비해 놓았을 거란다."

주를 진정시키려고 한 말이었지만 주는 바바의 말을 듣고도 진정할 수 없었다.

"그 새로운 세상에도 우리의 자리가 있을까요?"

주는 고개를 들어 바바의 얼굴을 바라보며 떨리는 목소리로 물었다.

"물론이지, 네가 신을 꿈꾸길 멈추지 않는다면 신도 너를 꿈꾸는 것을 멈추지 않을 거란다."

주는 눈을 감았다. 신을 꿈꾸길 빌며 잠을 불러들이려 노력했다. 바바는 작은 목소리로 노래를 불러주었고 그 노래는 의외로 신의 언어가 아닌 부족 사람들이 일상적으로 사용하는 말이었다. 주는 바바의 품이 따뜻하다고 느끼며 깊은 잠에 들 수 있었다.

이방인들은 말을 타고 마을에 나타났다. 그들은 붉은 옷을 입고 있었고 그들이 타고 있는 말 역시 하나의 몸처럼 붉은 천을 두르고 있었다. 주는 사람이 동물의 등에 타고 있는 것을 처음 봤기 때문에 이방인들이 반인반수의 괴물이라고 생각했다. 이방인들이 입을 열자 주는 그들이 의술사의 말을 쓴다는 것을 알았다. 주는 이방인들도 자신과 같은 의술사들일지 모른다고 생각했다. 이방인들 중 가장 높이 보이는 사람은 마을 사람들에게 무엇인가를 말했지만 당연히 마을 사람들은 그가 무엇을 말하는지 전혀 알아들을 수 없었다. 마을 사람들은 단지 서로의 얼굴만을 마주보며 무엇을 해야 할지 몰랐다. 하지만 그 말을 알아들었을 것이 분명한 바바는 침묵을 지켰다. 덩치가 크고 용맹하던 족장이었지만 이방인들 앞에서는 꼬마처럼 왜소했다. 이방인들 중 한명이 말을 몰아 앞쪽으로 나왔다. 그는 말에서 내리지 않고 소리치듯 말했다.

"이 곳 족 장 당 신 인 가."

그는 마을 사람들과 같은 언어로 말했다. 그는 천천히 최대한 또박또박하게 말했지만, 단어가 끊기는 부분의 구분이 없었기 때문에 오히려 의미를 파악하기 어려웠다.

"그렇소. 당신들은 누구시오."

비로소 족장은 이방인들에게 대답했고, 이방인들은 족장에게 말했다.

"우 리 신 의 사 자 이 다."

그 말과 함께 족장의 뒤로 마을 사람들의 수군거림이 지나쳐갔다.

주는 멀리서 그 이야기를 듣고 있었다.

'신이 사자를 보내 우리를 새로운 세계로 인도하려는 것일까. 새로운 세계로 간다면, 나도 다른 사람들처럼 평범한 삶을 살 수 있는 것일까.'

주는 온갖 독초를 만져 손톱이 검푸르게 변해버린 자신의 손을 펼쳐보았다.

이방인들은 족장에게 내일 새벽에 태양이 뜨기 시작하면 마을의 모든 남자들은 동쪽 언덕 너머에 지은 신전으로 모이라고 말했다. 다음 날 마을의 남자들은 이방인들의 말을 따라 신전으로 향했지만 바바는 자신의 집이 신전이라며 이방인들의 말을 듣지 않았다.

주는 유난히 후각이 발달해서 멀리서도 그 냄새를 맡을 수 있었다. 그것은 고기를 통째로 모닥불에 익힐 때의 냄새와 비슷했지만 지금까지 느껴보지 못한 역한 비린내가 미묘하게 섞여 있었다. 주는 그 역한 냄새에서 슬픔과 절망 그리고 공포를 맡을 수 있었고, 이유를 알 수 없는 눈물이 흘러내렸다. 남자들은 다시는 마을로 돌아오지 않았다. 이방인들은 남자들이 신의 나라를 향해 먼저 떠났다고 말했다. 그건 적어도 거짓말은 아닐 것이다.

이방인들은 의술사가 자신들의 말을 어기고 아직 마을에 남은 것을 알게 되었다. 그리고 의술사가 음지에서 마을을 지탱하는 것을 알고 있었지만 마을 사람들에게 의술사의 영향력은 없다는 것도 알게 되었다. 의술사의 중요성을 알고 소중히 아꼈던 것은 족장과 그의 용맹한 사냥꾼들뿐이었지만 이제 그들은 신의 나라로 떠나고 없었다. 이방인들은 마지막으로 남은 남자인 바바를 찾았다.

바바는 본능적으로 위험이 다가오고 있음을 알았고 자신의 모든 지식과 기술을 사용하여 신전을 지키기로 결심했다. 이방인들이 바바의 신전을 둘러싸자 바바는 주에게 알 수 없는 동물의 위로 만든 주머니를 넘기며 마을의 중심에 있는 우물에 뿌리라고 말했다. 주머니를 받아든 주는 그 속에 어떤 걸쭉한 느낌의 액체가 묵직하게 채워져 있는 것을 알 수 있었다. 주는 서둘러 우물로 향했다. 바바는 주의 등에 대고 절대로 뒤를 돌아보아서는 안 된다고 말했다. 하지만 후각이 유난히 예민했던 주는 뒤를 돌아보지 않을 수 없었다. 그것은 인간의 피부가 화살개구리의 독에 닿아 녹아내리는 냄새였다. 뒤를 돌아본 주의 시선 끝에서 신전은 이미 불타고 있었다. 주는 우물에 가는 것을 멈추고 신전을 향해 뛰었다. 가까이 갈수록 흙이 불타는 냄새에 피비린내가 섞여 진동하고 있었다. 신전 주위에는 발목이 잘렸거나 머리카락이 가죽과 함께 벗겨진 이방인들과 두 눈을 독 묻은 손으로 비비다가 녹아 쏟아져 나온 안구, 커다란 구덩이에서 피를 쏟고 있는 이방인들이 서로 엉켜 뒹굴었다. 불타고 있는 신전의 정면에는 거대한 창에 가슴을 꿰뚫린 바바가 아직 숨이 멎지 못한 채 서 있었다. 주는 바바와 눈이 마주쳤다. 폐를 관통당한 바바는 말을 할 수 없었다. 하지만 눈빛은 마치 '왜 돌아왔느냐'고 이야기하는 듯했다. 바바는 주에게 맡긴 임무가 이루어지지 못한 것을 알았다. 바바는 이미 쓰러진 이방인들에게 분풀이하듯 독약을 뿌렸다. 이방인들의 살이 타며 연기가 피어올랐고, 발목이 잘린 이방인들은 두 팔로 몸통을 질질 끌 듯 땅을 기어 바바에게서 멀어지려 애썼다. 바바의 발밑에는 창을 타고 흘러내린 피가 작은 웅덩이처럼 고이며 굳어갔다. 바바는 창을 지지대 삼아 몸을 지탱하며 간신히 넘어지지 않고 버텼다. 주는 들고 있던 가죽 주머니를 떨어뜨렸다. 가죽 주머니 속에 담겨 있던 액체는 밖으로 쏟아지는 것과 동시에 지면을 검게 녹이며 땅속으로 파고들었다. 주는 쓰러져 있는 이방인들과 바바가 설치한 덫을 피해 바바에게 다가갔다. 주는 바바를 안았다. 바바는 그런 주를 보며 누런 이를 드러내며 활짝 웃었다.

✤

그렇게 오래전의 기억.

지금 주가 천막을 치고 혼자 있는 곳도 예전에는 마을의 울타리 안에 있었다. 하지만 이방인들은 그 사건 이후 울타리를 다시 만들었고 마을 사람들에게는 의술사가 사람들을 모두 죽이려고 한 악마였다고 교육했다. 그날의 참상을 본 마을 사람들은 그 공포의 광경을 기억하기 때문에 이방인들의 말을 순순히 믿었다. 족장이 악마를 제압하여 그 힘을 의술사로 이용하고 있었고 족장이 신의 곁으로 떠나자 악마가 이 마을을 지배하려고 했던 것으로 이야기는 전해졌다. 그렇게 바바는 악마가 되었고 주의 부족은 악마의 힘을 이용해온 죄 많은 사람들이 되었다. 주는 악마의 자식으로 그곳, 바바가 장렬히 전사한 곳을 지키게 되었다.

이방인들은 동료의 시체들을 걷어가지도 않았다. 주는 오랫동안 썩어가는 시체의 중심에 있었다. 주는 주위의 시체들에게 다가가 썩어가는 얼굴을 한참 동안 들여다보기도 했고 아직 숨이 완전히 끊어지지 않은 사람에게 바바가 마지막으로 쥐어주었던 병에 들어 있는 약물을 시험해 보기도 했다. 그중 몇몇은 죽지 못하게 강제로 오랫동안 숨을 붙여 놓기도 했다. 작은 동물들에게만 할 수 있었던 실험을 인간에게 할 수 있는 것은 행운이기도 했다. 주는 시체 몇 개의 배를 가르기도 했고 내장을 모두 꺼내 모양을 살펴보기도 했다. 즉사하지 못하고 버려진 이방인들은 그렇게 천천히 죽어갔다. 그 모습은 마을 사람들에게 마녀라는 별명을 얻기에 충분했다.

바바가 죽은 뒤 주는 말을 잊게 되었다. 이방인들이 지배한 마을에서는 해가 지는 순간이 아닌 해가 뜰 때 신을 찬양하는 노래가 울리게 되었다. 그 노래는 언젠가 바바가 자신을 위해 불러주었던 노래였다. 바바는 그 노래를 부족의 언어로 불렀었지만 그들은 신의 언어로 부르고 있었다. 주는 바바가 죽은 이후 신의 말을 쓰지 않았다. 의식적으로 자신의 마을 사람들이 쓰던 언어로 스스로에게 말을 걸고 대답했다. 주는 습관처럼 숲에 나가 약초를 구하고 천막 주위를 방어했다. 이방인들은 의술사에게 당했던 경험이 있었기 때문에 섣불리 행동하지 않았다. 한두 번 주를 죽이기 위해 용맹한 자들이 주의 뒤를 밟았지만 어떤 행동을 하기도 전에 야생동물에게서 자신을 보호하려는 덫에 걸려 비참한 최후를 맞이했다. 하지만 이방인들의 눈에 그 사건은 주가 자신들을 공격하려는 것으로 보였다.

✦

혼자였던 주는 스스로가 누구인지에 대해 고민할 시간이 충분했다. 주는 시간을 잊었다.

사내아이들은 열 살이 넘으면 최소한의 노동력으로 사용될

허약한 아이들만 남겨지고 모두 신의 나라로 보내졌다. 선택 받지 못한 아이들은 무척이나 아쉬워했다. 모두가 신의 나라로 떠나고 싶어 했다. 하지만 주는 시간이 지날수록 이방인들의 말을 좀 더 확실하게 이해할 수 있게 되었고 보조들의 대화로 인해 신의 나라로 가는 아이들의 미래를 짐작할 수 있었다. 나이든 노파들도 아이들처럼 신의 나라로 보내졌다. 그러나 아이들이 가는 신의 나라와 노파들이 가게 되는 신의 나라는 달랐다. 여자들은 평생 이방인들의 아이를 낳다가 더 이상 아이를 낳을 수 없는 나이가 되면 농작물을 키워야 했고 더 이상 농장 일을 할 수 없게 되면 신의 나라로 갔다. 주교는 노파들을 모아 놓고 인자한 미소를 지으며 그동안 열심히 했다고 잘했다고 칭찬을 했다. 그러면 노파들은 주교의 친절에 눈물지으며 이제야 신의 곁으로 갈 수 있게 되었다고 감사의 기도를 드리고 또 드리며 머리를 조아렸다. 이방인들은 울면서 신을 찬송하는 노래를 불렀고 신의 은총에 힘입어 가슴속이 기적으로 가득 참을 느꼈다. 주는 몇 번인가 마을 사람들에게 아이들을 보내면 안 된다고 소리쳤지만 마을 사람들은 주의 말을 듣지 못한 척 했다. 주는 노파들이 신의 나라로 보내어지는 것을 막기 위해 이방인들을 덫에 빠뜨린 적이 있었다. 하지만 주를 보는 노파들의 눈빛은 마치 악마를 대면한 것 같았다. 그들은 주를 향해 울부짖으며 기도를 올리고 또 올렸다. 이제야 간신히 신의 나라에 다다를 수 있게 되었는데 주에 의하여 좌절당했다며 눈빛에 분노와 공포를 가득 품었다. 간혹 용감한 사람들은 주를 모욕하거나 저주했다. 하지만 모두가 주에게서 멀어지려 했고 주의 말을 믿기는커녕 듣지도 않았다. 주는 자신의 어떤 말도 사람들에게 전해질 수 없다는 것을 알았다. 주는 모든 것을 포기했다. 그리고 침묵했다. 먼저 신의 나라로 보내어진 사람들이 어떻게 되었는지도 모른 채, 자신들이 어디로 보내지는지도 모른 채 살아가는 사람들을 지켜보고만 있을 수밖에 없었다.

✜

붉은 옷의 이방인들이 오고 난 후 달을 보는 이는 주밖에 없었다. 저 달과 아침에 뜨는 태양은 다른 신일까. 그렇다면 자신을 움직이고 있는 것은 어느 쪽일까.

주는 평생을 찾아 헤매던 약초를 발견했다. 어젯밤 사라졌던 신의 눈동자가 지상에 마지막 선물로 내려준 것만 같았다. 주는 약초 잎을 조심스럽게 뜯어 냄새를 맡았다. 잎에서 나는 향으로 그것이 그날 마지막으로 바바가 주에게 맡겼던 그 약물의 재료라는 것을 알 수 있었다. 잎을 뜯자 손끝의 피부가 얇게 벗겨졌다. 하지만 주는 신경 쓰지 않고 그 약초의 향을 쫓아 보이는 족족 약초의 뿌리까지 뽑았다. 이미 손톱이 하나도 남아 있지 않던 주의 손끝이 갈라져 피가 스며 나왔다. 하지만 주는 고통을 느끼지 못했다. 약초는 주의 피를 먹고 자루에 차곡차곡 담겼다.

바바는 항상 주에게 말했다. 해독제가 없는 독은 사용해서는 안 된다고. 그 약병을 주에게 주었던 바바에게 해독제가 있었는지는 알 수 없었다. 하지만 주는 이 독에는 해독제가 없어도 상관없다고 생각했다.

주가 오랜 시간 자리를 비우자 마을 사람들은 주가 다시 돌아오지 않기를 바랐다. 악마의 나라로 떠났거나, 아니면 초원에서 객사하여 야생동물의 먹이가 되었길 빌었다. 주가 그렇게 쉽게 죽을 리 없다는 것을 잘 알고 있었지만 오히려 그랬기 때문에 오랜 시간이 지난 후 주가 돌아왔을 때 마을 사람들의 실망은 이만저만 큰 것이 아니었다. 그들은 항상 주를 욕하고 저주했지만 주의 귀에 들리지 않도록 노력했다. 주가 내리는 저주를 받고 싶은 사람은 아무도 없었다.

주는 마을 사람들을 원망하진 않았다. 단지 자신이 알고 있는 것들을 알리지 못한 채 수많은 세월이 흘렀고 자신의 이야기를 믿어줄 누군가가 없다는 것이 아쉬울 뿐이었다. 아니 그것은 시간, 기억 그리고 착각이 혼재하여 오는 감정이었다. 애초에 주의 말을 믿어줄 사람은 아무도 없었다. 바바가 악마가 된 그 순간부터 말이다. 주는 바바의 행위를, 악마가 되면서까지 하려고 했던 그 업을 외면하고 살았던 자신에게 환멸이 들었다. 외면하면서도 마을에 속하지 못하고 단지 존재하는 듯 존재하지 않는 듯 존재하지 못하는 듯 자신은 마녀가 아니라고 부정하지도, 부정하지 못하지도 못하는 영원의 시간을 살아왔다. 바바의 죽음에서 시간은 멈췄지만 주의 시간은 찰나도 흐르지 못했고 그 멈춰진 찰나가 너무나 길게 느껴져 단지 신을 원망하고 또 원망해왔던 것뿐이다.

주는 바바와 지냈던 신전을 떠올렸다. 바닥을 고르고 모양이 좋은 돌을 골라 천막 주위에 둘렀다. 주는 붉은 꽃을 갈아 그 빛깔로 돌에 그림을 그려 넣었다. 무엇 하나 바바의 신전에 미치지 못하지만 주의 마음속에는 그 신전이 되살아나 돌아온 듯 느껴졌다. 주는 오랫동안 입 밖으로 내지 못했던 자신들의 언어를 떠올리려 애썼다. 바바가 불러주었던 그 노래를 되짚어 생각해내려 했다. 화석화된 혀는 쉽사리 노래를 기억해내지 못했다. 하지만 돌 사이에 묻힌 과거를 캐내듯 언젠가 살았던 거대한 동물의 뼈를 발굴해내듯 아주 천천히 노래로 혀를 씻었다. 노래가 되살아날수록 진정 그것이 바바가 믿었던 신인가, 이 노래를 불러도 되는 것인가,라는 의문이 강하게 가슴 속을 파고들었다. 주는 몇 번이나 의식을 잃었고 그때마다 노래를 되살려내는 것을 그만두려고 했지만 다시 정신을 차리면 자신도 모르게 그 노래를 흥얼거리고 있었다. 혀는 이미 자신의 것이 아니었다. 마치 바바가 주의 혀를 빌어 노래하듯 모든 노래를 기억해냈을 때 주는 다시금 신을 원망했다. 어찌하여 이방인들을 우리에게 보냈나이까, 가슴속 깊이 외쳤지만 한마디도 소리가 되어 공기를 울리진 못했다. 두 눈에선 하염없이 눈물이 흘러나왔다.

모든 노래를 떠올려낸 주는 이방인들이 마을에 와서 처음 했던 말이 생각났다.

'너희의 신은 우리의 신과 같을지니.'

주는 어쩌면 이방인들조차 아무 의미 없이 너무나 쉽게 내뱉었을지도 모르는 그 말의 의미를 알게 되었고, 신을 원망하고 부정하게 되었다. 주는 바바가 자신에게 부탁했지만 실행하지 못한 그 찰나 뒤의 세상을 맞이할 준비가 되었음을 알았다.

주는 이방인들의 신이 눈을 뜰 때, 자신의 신이 눈을 감는 방향으로 엎드려 기도를 올렸다. 그들의 신과 자신의 신이 같을지라도 그것을 인정하고 싶지 않았기 때문이었다. 주는 그날의 바바가 자기에게 맡겼던 의지를 이방인들의 위로 만든 주머니에 담아 옷 속 깊은 곳에 간직하고 있었다. 주는 마을 주변을 감시하는 보초를 피해 마을로 들어갔다. 수십 년 간 마을을 순찰하는 보초의 습관을 보아왔기 때문에 마을에 들어가는 것은 그리 어려운 일이 아니었다. 다시 주는 거대한 돌에 그려진 그림 같이 취급되고 있을지도 몰랐다. 주는 손쉽게 우물에 도달할 수 있었다. 당시엔 선조가 시켰던 행동의 의미를 몰랐지만, 이젠 자신이 무엇을 할 것인지 확실히 이해하고 있었다. 그렇기 때문에 과연 지금 자신이 하려는 행동이 정말 옳은 것인가에 대해서는 확신할 수 없었다. 우리 모두 같은 신의 자식이라면 이렇게 이방인들을 위해 일방적으로 희생당하는 것이 옳은가. 우리는 왜 진실을 알리고 하지 않는가. 아니 과연 우리가 희생당하고 있긴 한 것인가.

어느 누구도 다른 생명체를 죽일 권리는 없다. 오래전 바바는 수많은 이방인들을 죽이고 악마가 되었다. 이제는 주가 악마가 될 차례였다. 지니고 있던 주머니를 열어 마을의 우물에 쏟아 넣고 우물 앞에 있는 단상에 올라갔다. 그 단상은 이방인들이 와서 세운 것이며, 마을 사람들에게 교리를 가르친 곳이며, 바바를 본뜬 악마의 형상을 한 인형의 목이 매달려 있는 곳이었다. 주는 심호흡을 크게 하고 노래를 부르기 시작했다.

바바 예투 예투 울리에,

빙구니 예투 예투 아미나!

바바 예투 예투 울리에,

움지나 라쿠 리투쿠즈웨

우투페 레오 차쿨라 체투 투나초히타지

우투사메헤 마코사 예투 헤이!

카마 나시 투나비요와사메헤 왈리오투코세아

우시투티에 카티카 마자리부 라키니

우투오코에 나 율레 뮐워부 밀렐레˙

  보초들은 노래를 듣고서야 우물 앞 단상에 올라가 있는 주의 모습을 보았다. 당황한 보초들은 뿔피리를 불어 모두를 깨웠다. 사람들은 양 떼 같이 우물가로 몰려들어 주를 바라봤다.

---

* 〈바바 예투〉의 가사이다. 원문은 알파벳으로 되어 있으나 스와힐리어가 독자적인 문자를 가지고 있었던 것은 아니기 때문에 여기에서는 그냥 한글로 표기했다. 위키백과의 해석을 참고하자면 아래와 같다.

'우리 우리 아버지,
하늘에 계신 아버지 아멘!
우리 우리 아버지,
그 이름이 거룩히 빛나시도다

오늘 우리에게 일용할 양식을 주시고
우리에게 죄 지은 자를
우리가 용서한 것처럼 우리 죄를 용서하시고
우리를 유혹에 빠지지 않게 하시고, 다만
영원토록 악에서 구하소서'

그들은 주의 모습을 보고 혼란에 빠졌다. 주는 노래를 반복해서 불렀다. 그것은 분명 신을 찬양하는 노래였지만 자신들의 언어를 잊어버린 사람들은 노래의 의미를 알 수 없었다. 주가 부르는 노래는 마녀의 주문이자 저주였다. 주는 무방비 상태였지만 주에게 다가오는 사람은 없었다. 주의 저주를 듣지 않아야 한다고 생각했지만 그 누구도 귀를 막진 않았다. 오히려 사람들은 우물을 큰 원으로 둘러쌌다. 자신들의 잃어버린 언어로 부르는 주의 노래에 홀린 듯 귀를 기울였다. 마치 주를 둘러싸고 있던 멈춰진 시간이 모두에게 전염된 것만 같았다.

 마을의 주교는 이 상황이 길어질수록 자신의 권위가 땅에 떨어질 것을 염려해 보초들에게 저 악마를 향해 창을 던지라고 소리를 질렀다. 주교는 눈이 붉게 핏발서도록 소리를 질렀지만 모두들 뒷걸음질 치기만 했다. 잔잔하면서도 웅장한 주의 노래에 대비되어 오히려 주교의 모습이 광기에 들린 듯 보였다. 주교는 보초 중 한 명에게서 창을 빼앗아 들고 주를 향해 뛰어들었다. 사람들은 그런 주교의 모습을 보고 탄식을 뱉었지만 아무도 주교를 말리거나 도우려 하지 않았다. 난생 처음 창을 잡아본 주교는 치렁치렁한 자신의 옷자락을 밟고 넘어졌다. 하지만 그런 주교의 모습을 보고 그 누구도 웃지 않았다. 주교는 신을 저주하는 단어를 연신 내뱉었지만 그 단어는 주의 노래에 묻혀 다행히 신에게 들리지 않았다. 주교는 다시 창을 잡고 일어나 주에게 다가갔다. 주는 전혀 움직이지 않았다. 두 팔을 벌린 모습은 마치 주교를 안아주려는 모습처럼 보이기도 했다. 주교의 두 눈엔 두려움이 가득 차 있었다. 하지만 주교는 물러날 곳이 없다는 듯 두 눈을 감고 다시 힘껏 주에게 창을 겨누었다. 그 순간 온 힘을 다해 박차고 나가지 않으면 영원히 주에게 도달하지 못할 것만 같았기 때문이었다. 주교의 어설픈 창 솜씨는 주의 옆구리를 찔렀다. 살아 있는 생명체를 처음 찔러본 주교는 물컹한 감각에 놀라 창을 놓치고 엉덩방아를 찧었다. 주교는 주저앉은 채로 여전히 신을 저주하는 단어로 울부짖으며 엉덩이를 뒤로 밀어 물러났다. 주는 마치 바바가 그러했던 것처럼 자신의 옆구리에 꽂혀 덜렁거리는 창을 양손으로 잡고 쓰러지지 않았다. 창을 타고 하염없이 피가 흘러 발밑에 고이며 굳어갔다. 주는 고통을 느끼지 못하는 듯 심장이 멈춰버리기 전까지 피를 토하면서도 노래를 멈추지 않았다. 마지막 한 방울의 피가 창을 따라 흐르는 순간, 다시 시간이 흘러 주는 자신이 찰나 너머의 세상에 도달했음을 알았다.

그렇게 주는 비로소 눈을 감을 수 있었다.

그랑기뇰●
⋮

나는 잠들지 못한다. 시계 알람은 언제나 한 시간 단위로 울린다. 시멘트가 드러난 지하실 벽은 습기처럼 무거운 알람으로 가득 찬다. 그 순간 머릿속에도 무엇인가가 가득 차오르며 안쪽에서 쪼아대기 시작한다.

이미 오래전에 생각하는 것을 멈췄다. 시간은 흔들린다. 그날 이후 잠들지 않으려고 노력하는 것만이 유일한 삶의 방식이 되었다. 잠이 들면 막이 오르며 공연이 시작된다. 일단 공연이 시작되면 그때처럼 아무것도 할 수 없다. 그저 망연자실하게 무대 위를 지켜보고 있을 수밖에 없다. 마치 의자에 묶인 채

---

* 이 이야기는 유럽 대륙을 휩쓴 희대의 공연 '황색의 왕(원작 Robert W. Chambers, 「The King in Yellow」, 1895.)'과 내용이 완전히 동일하지는 않으나 그 현상과 직간접적으로 연관이 있을 것으로 추정된다.

끌 수 없는 영상을 바라보고 있는 것만 같다. 꿈속에서는 눈을 감아도 아무런 효과가 없다. 내 힘으로는 그 이야기를 멈출 수 없다. 그저 이야기가 더 진행되기 전에 운 좋게 잠에서 깨어날 수 있도록 기도할 뿐이다.

아버지는 그날 상연된 공연의 관객이었다. 인접한 중소도시에서 사업을 하던 작은아버지는 아버지의 얼마 되지 않는 생명보험금을 위해 나를 떠맡았다. 소문에 그는 도박 빚에 시달리고 있었다고 한다. 그게 사실이든 아니든 조금의 돈이라도 절실했던 상황이었던 건 확실했다. 그는 내 상태를 보고는 주저 없이 정신병원에 집어넣었다. 나는 병원에서도 잠들지 않기 위해 애썼지만, 의사와 간호사들은 반대로 나를 재우기 위해 애썼다. 그들은 꿈과 싸워 이겨내야 한다고 무표정하게 말했다. 아마도 그들은 내 꿈 이야기를 전혀 믿지 않았을 것이다. 단언컨대 그 병원의 의사는 돌팔이였다. 항상 나를 재워서 조용히 만드는 것만을 생각하고 있었다. 어쩔 수 없이 매일 수면제를 먹고 억지로 그 공연을 반복해서 관람할 수밖에 없었다. 그건 고문과 같았다. 수백 번이나 반복해 관람했음에도 매번 그것은 새로운 장면으로 변형되어 나를 괴롭혀왔다. 절대로 그 공연에 익숙해질 수 없었다. 그러나 병원에 수감된 지 대략 2년 만에 작은아버지가 더 이상 병원비를 내지 못해 정신병원에서 쫓겨날 수 있었다. 그동안 작은아버지가 병원비를 얼마나 아까워했을지는 달리 짐작할 필요도 없었다. 하지만 아마 내가 작은아버지였어도 나를 정신병원에 처넣었을 것이다. 정신적 문제가 있다는 것은 결국 핑계일지도 모른다. 지금의 나는 병원에 있을 때와 변한 것이 없지만 이렇게 병원 밖으로 나오지 않았는가. 그 이후 머물지 못하고 항상 떠돌고 있을 수밖에 없지만 말이다. 나를 보호해줄 공간은 어디에도 없다. 어차피 물리적인 공간은 그 꿈을 막아주지 못할 것이다. 꿈속에 남아 있는 그 공연을 지워버리지 못한다면, 언제까지나 이렇게 두려움에 떨어야만 할 것이다. 공연이 상연되는 것을 피하기 위해서 한 시간 단위로 알람이 울리는 것이야 그리 큰 문제는 아니었다. 가장 문제가 되는 것은 그 순간 나 자신이 초식동물이라는 것을 자각했다는 것이다. 스스로가 초식동물이라는 것을 알았을 때, 육식동물이 예기치 못한 곳에서 언제나 노리고 있다는 것을 알았을 때 초식동물은 무엇을 할 수 있을까. 정답은 잠들지 않는 방법밖에 없었다. 잠들지 않고 끊임없이 주위를 둘러보며 도망갈 길을 살피는 것만이 최선의 선택이다. 초식동물은 육식동물이 될 수 없기 때문이다.

지금부터 하게 될 이야기는 나에게 어떻게든 잊고 싶은 기억이다. 그럼에도 불구하고 나는 이야기를 해야만 한다. 대학로의 어느 어두침침한 골목길 안에서 〈황색의 왕〉이라는 제목이 붙은 빛바랜 연극포스터를 보았을 때 나는 아무 생각도 할 수 없었다. 제목이 같다고 해서 그것이 내가 어린 시절에 본 그 공연과 같은 것이라고 단정할 수는 없었다. 하지만 그 포스터의 구석에 누런 거적때기를 걸친 구더기 같은 남자의 그림자가 희미하게 그려져 있는 것을 보았을 때 나는 그 그림자가 분명 '그'일 것이라 확신했다. 의심의 여지는 없었다. 항상 꿈에 나타나 나를 바라보는 그림자 속의 눈동자를 어떻게 알아보지 못할 수 있겠는가.

*

유치원에서 그를 처음 만났다. 나는 도시에서 시골로 이사를 온 탓에 마을에 친구가 없었다. 외아들로 혼자 자라 낯선 아이들과 넉살 좋게 잘 어울리지도 못했다. 아이들은 말투가 다르다고 나를 놀리고 따돌렸다. 자유 시간에는 몰래 빠져나와 화단에서 꽃잎이나 이파리를 뜯으며 시간을 보냈다. 집에 돌아갈 수는 없었다. 마음대로 집에 돌아갔다가는 아버지에게 먼지 나도록 맞을 것이 분명했다. 나는 소극적이고 주눅 들어 있었고 항상 남의 눈치를 살폈다. 그러던 어느 날, 나와 비슷한 체구의 아이가 화단 끝에 서 있는 것을 보았다. 태양을 등진 모습이 마치 그림자가 서 있는 것만 같았다. 그와 눈이 마주쳤다. 그림자 속에서 오직 붉은 눈동자만 뱀처럼 반짝였다. 그는 내가 있는 쪽으로 걸어왔다. 나는 어색하게 시선을 피했다. 나뭇잎을 뜯던 손을 멈추고 그가 지나가기를 기다렸다. 하지만 그는 보란 듯이 내 옆에 멈춰 서서 말했다.
"내가 더 재미있는 걸 알아. 따라와."
그는 나를 내려다보며 웃고 있었다. 그의 웃는 얼굴은 어딘가 기묘하게 일그러져 있었다. 그 기묘함에서 두려움과 동시에 호기심을 느꼈다. 나는 그저 고개를 끄덕거릴 수밖에 없었다. 훗날 생각해보면 그 웃음은 그에게서 본 처음이자 마지막 웃음이었다. 그는 나를 학교 담장 뒤편으로 이어진 언덕 너머 공터로 데려갔다. 교사들은 항상 그곳에 무서운 동물들이 산다고 말했다. 풀을 조금 헤치고 들어가자 걷기 편한 길이 나왔다. 지금까지 본 적 없는 식물이 빽빽하게 자라고 있었다. 그 식물은 무척이나 커서 내 키의 두세 배는 될 것 같았고, 단풍잎처럼 생긴 이파리는 마치 손바닥 같았다. 그는 나에게 말했다.
"여기서 이걸 뜯는 게 더 재미있을 거야."
나는 그에게 말했다.
"선생님이 여기에는 무서운 게 산다고 그러셨는데."
그는 나를 보지도 않고 말했다.

"이 시간에는 괜찮아. 하지만 혼자 오지는 말도록 해. 잡히면 큰일 날 수도 있으니깐."

나는 두려웠지만, 더 이상 묻지 않고 그가 시키는 대로 묵묵히 이파리를 뜯었다. 막연한 두려움이 드는 낯선 장소였지만 그와 함께 있어서인지 기묘하게 안심이 되었다. 그 식물을 뜯을 때 손에 묻은 수액에서는 독특한 냄새가 났다. 이파리를 뜯는 것은 묘하게 중독성이 있었다. 오후 내내 식물들 사이에 묻혀 잎을 뜯었다. 거대한 미로 속에 숨어 있는 것 같았다. 그는 내가 뜯은 잎을 가방 속 자루에 가득 주워 담았다. 그 후로 우리는 시간만 나면 함께 식물의 잎을 뜯었다. 그는 항상 뜯은 이파리들을 가방 가득 담아 갔다. 그러나 나는 아무것도 묻지 않았다. 그것이 어떤 의미가 있는 건지 모르겠지만, 나는 그것에 의미를 부여하지 않았다. 그와는 아무 이야기를 하지 않아도 편했고, 처음으로 친구가 생긴 기분이었다는 것만이 중요했다.

어느 날 아무 생각 없이 그에게 물었다.

"왜 나를 여기에 데려와주는 거야?"

그는 묵묵히 이파리를 담으며 말했다.

"그야 나에 대해 아무에게도 이야기할 것 같지 않아서지."

그에게 질문을 했던 그날 이후로 그는 내 앞에 다시 나타나지 않았다. 지금 생각해 보면 그라는 개인에게 관심을 보였기 때문이라 어렴풋이 짐작될 뿐이다. 나는 그날 이후로도 오랫동안 유치원 화단에서 그를 기다렸다. 유치원을 마치고 국민학교에 들어간 이후에도 한동안 그가 있을까 두리번거리며 길을 걸었다. 하지만 그가 나를 데려가던 학교 뒤편 언덕 너머에는 올라가지 못했다. 그곳은 내가 혼자 기웃거리기에는 너무나 무서운 곳이었기 때문이다.

*

내가 다시 그를 의식한 것은 국민학교 6학년 때였다. 나중에 알게 된 것이지만, 그와 나는 이미 몇 번이나 같은 반이었던 적이 있었다. 지금까지 그를 알아보지 못한 것이 이상했다. 그는 극단적으로 눈에 띄지 않게 생활하고 있었다. 지금까지 그런 아이가 우리 학교에 있다는 것조차 의식하지 못할 정도로. 그렇게 조용히 살아가던 그는 학교에 숙제로 낸 일기 때문에 한순간 유명해졌다. 그는 일기를 특이한 방식으로 쓰기 시작했다. 아니, 처음부터 그래왔지만 지금까지 어떤 교사도 관심이 없었던 것일지도 모른다.
그 일기는 예를 들면 이런 식이었다.

> 너는 오늘 집으로 가다 문방구에 들른다. 일 년 전에 너를 물었던 거대한 개가 으르렁거린다. 너는 개와 눈이 마주치지 않게 고개를 돌

려 피한다. 서둘러 준비물을 산다. 5월이지만 눈이 내린다. 너는 빨리 여름방학이 왔으면 좋겠다고 생각한다. 여름이 온다면 조금 따뜻해질 것이다. 그리고 시체는 빨리 썩어 없어질 것이다.

사람들의 눈에 띄지 않으려고 했던 그의 평소 행동을 보았을 때 그런 일기를 숙제로 낸 것은 이상했다. 어느 날 아침 담임은 그에게 교단으로 나와 아이들 앞에서 일기를 읽게 했다. 그는 담임에게 읽고 싶지 않다고 조용하지만 명확히 의사 표시를 했다. 하지만 그의 말을 들어주는 것이 교사로서의 권위가 무너지는 일이라 생각했던지 담임은 더욱 위압적이고 엄숙하게 일기를 읽으라고 명했다. 그가 말을 듣지 않으면 평소 담임의 성격으로 보아 바로 귀싸대기가 올라갈 것이 분명했다. 이미 담임의 손은 허리춤에서 채찍처럼 꿈틀거렸다. 그것은 확실히 칭찬이라기보다는 괴롭힘에 가까웠다. 아이들은 서로 눈치를 보며 고개를 숙이고 침묵했다. 그는 삭막한 공기 속의 아이들 앞에서 일기를 읽어 나갔다.

너는 오늘 집으로 돌아가며 평소 다니지 않던 길로 향한다. 언덕을 올라 철도를 따라 걷는다. 조금 돌아가게 되지만 풍경이 좋다. 언젠가는 이 철도를 따라 머나먼 곳으로 떠날 수 있을까. 너는 썩은 나뭇가지를 주워 지팡이처럼 짚는다. 이 길은 사람들이 오랫동안 다니지 않은 듯 수풀이 무성하다. 죽은 개의 시체가 보인다. 지팡이로 개의 시체를 뒤집는다. 하늘을 향해 뒤집힌 단면은 썩어 문드러져 구더기들이 꿈틀거린다. 땅으로 스며든 부패액에서 풍기는 썩은내가 사방으로 퍼진다. 썩은내에 질겁해 지팡이를 버리고 도망친다. 너는 뒤돌아보지 못한다.

그의 일기를 처음 들었을 때 아이들은 침묵했다. 하지만 그가 아침에 일기를 읽는 것이 일과가 되자 눈치를 보지 않고 그를 비웃는 아이들이 하나둘 생겼다. 담임은 엄숙한 얼굴을 하고 있었지만 아이들이 그를 비웃는 것에 대해 딱히 눈치 주지 않았다. 그는 그렇게 매일 아침 모욕당하면서도 일기를 평범하게 쓸 생각은 없어 보였다. 그는 묵묵히 모욕을 견디며 자신의 일기를 읽어 나갔다. 그는 그렇게 자신을 너라고 부르며 오랫동안 일기를 읽었다. 자신을 전혀 이해하지 못하는 사람들 사이에서 그렇게 스스로를 고립시켰다. 물론 나 역시 그를 오해했을 뿐 이해하지는 못했을 것이다. 어느덧 평범하게 아이들과 어울리고 있던 나는 그에게 다가가 아는 척할 시점을 놓쳐버렸다. 몇 년 간 모르는 척하다가 갑자기 말을 건다면 이상할 것 같았다.

너는 오늘 아무것도 안 했다. 그러나 일기를 써야 한다. 지난번 언덕에서 본 죽은 개의 냄새를 계속 상상한다. 죽은 개를 좀 더 자세히 보지 않은 것을 아쉽게 생각한다. 조금만 일찍 찾아갔다면 역한 냄새가 덜했을 텐데. 아니, 조금만 숨을 참았다면 더 자세히 볼 수 있었을 것이다. 하지만 잠시 눈에 보인 그 모습, 하얀 뼈와 썩은 창자 그리고 탐스럽게 살찐 구더기들.

일기의 내용은 점점 파국으로 치달았다. 하지만 여전히 그는 담임의 명령으로 매일 아침 일기를 읽을 수밖에 없었다. 그를 비웃던 아이들도 점점 그의 일기를 불편해했고, 일기의 내용대로 썩은 시체에서 구더기라도 본 것처럼 그를 피해 도망쳤다. 하지만 처음부터 그에게는 친구가 있었던 적이 없으니 그는 별로 외롭지 않았을 것이다. 국민학생이었던 우리들은 그가 읽고 있는 글이 어떤 의미였는지 전혀 이해하지 못했다. 물론 지금의 내가 그가 쓴 일기의 의미를 이해하고 있다는 것은 아니다. 그 공연을 본 후 잊고 있던 일기의 내용들이 하나씩 떠올랐고, 지금은 아주 선명하게 기억났다. 물론 이 모든 것이 기억 속에서 다시 만들어졌을지도 모른다. 다행히도 일기가 더 파국적인 내용으로 전개되기 전에 그는 국민학교를 졸업할 수 있었다. 그때의 담임은 그의 작문 실력을 향상시켜줬다고 뿌듯해할 것이다. 하지만 그는 중학교에 올라간 뒤로는 일기를 쓰지 않았다. 아마도 중학교에서는 일기를 숙제로 내주지 않았기 때문일 것이다.

> 구더기. 구더기. 네 몸을 파고드는 구더기. 구더기들은 서로를 파먹는다. 너는 구더기. 썩은 몸은 사라진다. 너는 이빨로 구더기를 씹는다. 창자는 구더기가 모두 파먹어, 뭉개진 구더기는 텅 비고 어두운 네 몸속으로 떨어진다. 몸속은 구더기로 가득 찬다. 서로를 파먹고 살아남은 한 마리의 구더기.

다행스럽게도 그는 이 일기를 아이들 앞에서 읽지 못했다. 국민학교 졸업식 날, 일기장은 자리를 비운 그의 책상에 누가 봐주기를 바라는 듯 오랜 시간 펼쳐져 있었다.

*

일기가 아니더라도 그가 중학교에서 무엇인가를 썼다는 이야기는 듣지 못했다. 그는 공부를 잘했고, 그것만으로도 모범생이었다. 중학교부터는 성적에 따라 교사들이 아이들을 대하는 태도가 크게 바뀌기 때문에 국민학교 때 그를 비웃었던 아이들도 함부로 그를 무시하지는 못했다. 그러나 정작 그 자신은 어디서도 튀려고 하지 않았다. 튀지 않으려는 정도가 아니라 그를 찾는 일조차 어려웠다. 심지어 체육 시간에 탁 트인 운동장에 같이 있어도 그를 발견하는 것은 쉽지 않았다. 축구를 하면서 공을 한 번도 차지 않은 적도 많았을 것이다. 아이들이 그를 보지 못해 패스를 하지 못했거나 아니면 그가 일부러 공이 오지 않을 만한 곳을 찾아다녔기 때문일 것이다.

중학교의 교사들은 큰 사고 없이 조용히 앉아 있는 그를 좋게 생각했다. 말수가 적어 순종적으로 느껴졌기 때문이었을 것이다. 그는 딱히 말썽을 피운 적도 없고 교사들에게 말대꾸 비슷한 것도 하지 않았다. 단지 알았다는 듯 고개만 끄덕였다. 아이들은 그런 그를 마음에 들어하지 않았다. 어떻게 보면 지나칠 정도로 순종적인 그의 모습이 마땅찮게 느껴졌을 것이다. 국민학교 때와 같이 여전히 아무도 그에게 말을 걸지 않았고 그 역시 누구에게도 말을 걸지 않았다. 나는 그에게 아는 척하지도 못하면서 몇 년째 그의 주위를 맴돌고만 있었다.

그렇게 조용하던 그가 유명해지게 되는 하나의 사건이 발생했다. 사실 그 일은 그리 큰 사건이 되지 않을 수도 있었지만, 예상치 못한 그의 반응이 일을 크게 만들었다. 그는 매달 과학 잡지를 하나 구독했는데, 어느 날 과학 선생이 그에게 그 잡지의 최신호를 빌려갔다. 다음 날 그는 교실 뒤 게시판에 붙은 어떤 사진들을 오랫동안 바라보고 있었다. 그 사진은 작은 벌레들을 전자현미경으로 촬영한 사진이었다. 파리, 벼룩, 빈대 등을 확대해 놓은 사진들은 무척이나 혐오스러워 보면 볼수록 역겹게 느껴졌다. 마치 이 세상에 존재해서는 안 될 것 같은 모양이었다. 저런 것들이 우리 일상에 보이지 않게 숨어 있다고 생각하니 더욱 소름이 돋았다. 그러나 사진을 보고 있는 그의 눈은 그것을 역겹게 생각하는 것과는 다른 어떤 것이었다. 그의 눈빛은 분노를 담고 있었다. 그는 조용히 밖으로 나갔다. 나는 눈빛에 홀린 것처럼 조용히 그를 따라 나갔다. 그는 고개를 숙이고 골똘히 어떤 생각을 하며 아주 천천히 걸었다. 그는 교무실에서 걸음을 멈췄다. 아주 침착하게 노크를 한 뒤, 문을 열고 들어갔다. 나는 복도에서 잠시 멈췄다가 교무실에 들어갈 핑계가 없을까 생각했다. 교무실 문으로 난 작은 유리로 들여다보니 그는 과학 교사에게 가고 있었다. 그는 과학 교사에게 말을 걸었고 과학 교사는 뒤돌아 웃음을 띠며 그를 맞이했다. 등지고 있는 그의 표정은 보이지 않았지만, 과학 교사의 표정이 점점 당황스럽게 변하는 것이 생생하게 보였다. 다음 날, 과학 수업이 끝나자 그는 과학 교사를 따라 교실을 나갔다. 그는 거리를 두고 과학 교사를 따르고 있었고, 나는 그와 과학 교사의 거리보다 더 거리를 두고 그 뒤를 따랐다. 하지만 과학 교사는 그가 자신의 뒤를 따라오고 있다는 것을 모르고 있거나 모르는 척했다. 내가 그의 뒤를 따라가는 것 역시 그는 모르고 있거나 모르는 척했을 것이다. 이번에도 교무실 문에 나 있는 작은 창을 통해 그와 과학 교사의 모습을 바라봤다. 그렇게 일주일간 그는 하루에 한 번 과학 교사를 찾아갔다. 그럴 때마다 과학 교사는 곤란하다는 듯 그를 돌려보냈고 그는 항상 무표정한 얼굴로 교무실을 나왔다.

그렇게 며칠이 지난 어느 날, 과학 교사는 수업을 마치고 그에게 잠시 교무실로 따라오라고 했다. 그는 아무 대답 없이 일어났다. 그는 과학 교사의 바로 뒤를 따랐고, 나는 여전히 거리를 두고 그들을 따랐다. 자연스럽게 그들을 앞질러 교무실로 들어가 과학 교사 옆자리의 수학 교사에게 다가가 질문을 했다. 수학 교사는 나를 보며 기특하다는 듯 설명을 해주기 시작했지만, 내 신경은 온통 옆자리의 과학 교사와 그에게 쏠려 있었다. 과학 교사는 그에게 어떤 잡지를 하나 내밀었다. 그는 잡지를 받아들고 천천히 책의 상태를 점검하듯 넘겼다. 그가 돌려받은 책은 중간에 몇 페이지가 뜯겨져 있었고, 표지가 너덜너덜할 정도로 흠집이 많이 나 있었다. 책을 살펴보는 그를 보며 과학 교사는 멋쩍게 웃으며 말했다.

"미안하다. 새로 하나 사주려고 했는데 구하기 힘들더구나. 하지만 이런 건 너 혼자 보는 것보다 반 애들 모두가 같이 보는 것이 좋지 않겠니?"

과학 교사는 별일 아니라는 듯 능글맞게 웃으며 그에게 말했다. 그는 책에서 눈을 떼지 않고 있었다.

"제 책에서 뜯어내지 않았다는 말은 거짓이었군요."

그의 말에 과학 교사가 무엇인가 변명하려 했지만, 그는 인사도 하지 않고 뒤돌아 교무실 출구의 쓰레기통에 잡지를 던지듯 집어넣었다. 비어 있는 쓰레기통 바닥에 잡지가 떨어지며 큰 소리가 났다. 조용한 교무실의 정적이 깨지며 모든 사람이 그를 주목했다. 과학 교사는 그 모습을 보고 아무 말도 못 했다. 오히려 나와 이야기하던 수학 교사가 그것을 보고 '저런 싸가지 없는 새끼'라고 욕을 했다. 그는 다른 선생들의 시선은 아랑곳없이 문을 열고 교무실을 나갔다. 나는 그 틈을 타 서둘러 인사하고 그를 따라 교무실을 빠져나왔다. 그는 교실로 돌아와 자신의 잡지에서 잘라내 교실에 게시한 사진들을 조심스럽게 뜯어냈다. 그리고 뜯어낸 사진을 반듯이 접어서 쓰레기통에 집어넣었다. 그러나 아마 대부분의 아이들은 그 자리에 무엇이 붙어 있었는지 모를 것이 분명했다.

이후 과학 교사는 그를 없는 사람처럼 대했다. 뒤에서는 그가 이기적이고 버릇없는 아이라고 소문을 퍼트렸다. 아니 그 소문은 옆자리에 있던 수학 교사가 낸 것일지도 모르겠다. 하지만 누가 시작했는가는 그렇게 중요한 문제가 아닐 것이다. 어차피 교사들은 하나의 생각을 공유하고 있었으니. 그와 이야기를 해본 적 없는 교사들도 그를 없는 사람처럼 대했다. 그것은 교사들 사이에서 하나의 약속이었다. 그러나 정작 그는 교사들의 그런 태도에 대해 별로 마음 상해하는 것 같지 않았다.

그는 교사들이 자기 흉을 보든 말든 아무 상관없다는 듯 학교를 빠지지 않고 나왔다. 그가 의연하게 지내면 지낼수록 교사들은 그에 대한 비난의 수위를 높였다. 그는 문제아가 되었고, 정신적으로도 문제가 있다고 소문났다. 그는 패륜아였고 범죄자였다. 그러면서도 교사들은 그의 앞에서는 그라는 학생이 처음부터 없었다는 듯 행동했다. 교사들은 그가 무엇을 하든 못 본 척했다. 그는 수업시간에도 교사들은 신경 쓰지 않고 책을 읽었다. 그가 읽고 있는 책들은 대부분 듣지도 보지도 못한 것들이었다. 물론 그중에는 가끔 누구나 알 만한 고전들도 있었지만 대부분은 내가 알 수 없는 언어로 된 책이었다.

그는 그렇게 사람들 사이에서 다시 잊히는 듯했다. 하지만 2년 뒤 다른 사건이 그를 또 한 번 소문의 중심으로 끌어들였다. 수학 교사의 차에 누군가 벽돌을 던져서 앞 유리가 모두 박살나는 사건이 벌어졌는데 교사들은 그 사건의 범인으로 그를 지목했다. 사람들 사이에서 사라졌던 그는 그렇게 다시 나타났다. 교사들이 그를 범인으로 지목한 이유는 그가 쉬는 시간마다 혼자 옥상에 올라갔기 때문이다. 하지만 그것은 핑계였을 것이다. 그가 만약 그날 학교에 나오지 않았다고 하더라도 범인은 당연하다는 듯 그가 되었을 것이다. 그때 3층 교실에 있었던 우리는 진짜 범인이 누군지 알고 있었지만 우리는 서로를 밀고할 수 없었다. 그는 자신이 한 일이 아니라고 항변하지도 않았다. 옥상에서 무엇을 하고 있었느냐는 질문에 그는 침묵했다. 교사들은 그에게 만약 범인이 아니라면 진짜 범인을 찾아오라고 말했다. 하지만 그는 달리 범인을 찾아 자신의 결백을 증명하려 하지는 않았다. 어쩌면 그것은 당연한 일이었다. 그가 범인이라는 것을 증명해야 할 것은 교사들이었지, 범인이 아닌 그가 자신이 범인이 아님을 증명할 수는 없었을 것이다. 하지만 교사들의 확신과 달리 증거는 부족했다. 범인을 알고 있는 우리는 그런 그가 고맙기도 했고 미안하기도 했다. 우리들 중 일부는 그를 비웃었지만 죄책감 때문인지 그를 괴롭히지는 않았다. 어차피 진짜 범인을 말하지 못하는 우리 모두는 공범이나 다름없었다.

그러나 그의 불행이 단지 거기에서 멈추지는 않았다. 어느 날 아이들 사이에 그의 어머니가 창녀라는 소문이 돌기 시작했다. 누군가 하교하는 그의 뒤를 밟아보았더니, 사창가의 골목에서 사라졌다는 소문이 돌았고, 아비를 알 수 없는 자식이라 저렇게 비뚤어진 것이라고 뒤에서 수군거렸다. 모든 소문이 그렇듯, 진짜인지 아닌지 알 수 없었고 어디에서 시작되었는지조차 알 수 없었다. 지금까지 어떤 아이들과도 접점이 없었던 그는 다시 구설수에 올라 이리저리 휘둘렸다. 그러나 그는 침묵했고 오로지 책만 읽었다. 그리고 다시 무엇인가를 쓰기 시작했다.

*

그는 중학교에 이어 고등학교 역시 우수한 성적으로 들어갔다. 하지만 너무 작은 마을이라 고등학교 교사들 역시 그에 대한 소문을 알고 있었기 때문에 그에게 말을 거는 교사는 아무도 없었다. 그 역시 아무에게도 말을 걸지 않았다. 자연스럽게 사람들은 그에게서 흥미를 잃어갔다. 그는 사람들 사이에서 사라졌다. 다시 예전처럼 존재하지 않는 법을 알게 된 것 같았다.

1년에 한 번 나오는 교지 원고를 모을 때, 나는 우연히 교지 제작을 돕는 학생 중 하나가 되었다. 교사들 입장에서는 공부를 잘하는 것도, 못하는 것도 아닌 나 같은 학생이 그런 일을 시키기에는 적격이었을 것이다. 그리 멍청하지도 않고 순종적인 데다, 성실한 이미지의 학생 말이다. 그런 면에서 나는 교사들에게 완벽한 학생이었을 것이다.

나는 그가 보이지 않는 곳에서 항상 무엇인가를 쓰고 있었다는 것을 알았기 때문에 기회를 봐서 교지에 작품을 낼 것을 권했다. 그는 분명 옥상에서도 글을 쓰고 있었을 것이다. 그는 갑작스러운 나의 권유에 아무런 대답을 하지 않았다. 그때 나는 교지를 만드는 데 도움을 주고 있다는 것에 자부심을 느끼고 있었던 것 같다. 굳이 그에게 특정하여 권했다기보다는 모든 아이들에게 습관적으로 말하고 다녔을 뿐이다. 대부분의 아이들은 내가 뭘,이라든가 너나 실어라, 등의 시큰둥한 반응을 보였다. 그러나 의외로 그는 며칠 뒤 가방에서 두툼한 원고지 다발을 꺼내 아무 말 없이 나에게 내밀었다. 나는 그의 원고를 바로 교지 편집 고문을 하던 국어 교사에게 넘겼다. 그리고 그 원고에 대해 완전히 잊어버렸다. 그에게 원고를 권한 것이 나중에 어떤 일을 불러일으킬지 그때는 상상하지 못했다. 물론 그 모든 생각은 전부 오해일지도 모른다. 그러나 정작 그의 원고는 그때 교지에 실리지 않았다. 나는 교지 편집 고문이던 국어 교사에게 그의 원고에 대해 따로 물어보지는 않았다. 아니 솔직히 말하자면 원고를 받았다는 것조차 잊고 있었다. 그때까지 그 원고는 나에게 특별한 것이 아니었기 때문이다. 교지가 발행되고 난 이후 언제부터인지 국어 교사의 눈빛은 마치 약 먹은 사람처럼 흐릿하게 변해갔다. 그 눈빛은 어떤 광기에 사로잡혀 있었다. 그런 눈빛을 언제인가 본 적이 있는 것 같은 착각이 들었다. 무엇을 생각하는지 알 수 없었고, 수업 시간에도 오지 않기 일쑤였다. 다른 교사들과 어울리지도 않았고 홀로 학교 뒷산에 올라가는 것을 보았다는 목격담이 빈번히 들려왔다. 상담실에서 남자아이들의 바지를 벗기고 성기를 만지고 있는 것을 누군가 보았다는 소문도 돌았다. 그리고 얼마 뒤에는 인접 여고에 근무하는 미혼의 문학 교사와의 불륜에 대한 이야기로 마을이 떠들썩해졌다. 물론 둘은 자신들의 불륜을 부정했다. 같이 모텔에 들어간 것은 단지 문학적 견해에 대해 상의할 것이 있었기 때문일 뿐이었다고 변명했다. 하긴 마을 사람들이 서로를 빠짐없이 알고 있는 이 작은 마을에서 대낮에 당당히 모텔에 들어간다는 것이 오히려 그들의 결백을 증명하는 것같이 느껴지기도 했다. 모텔은 오로지 외부인들을 위한 것이었기 때문이었다. 하지만 모텔에서 남녀 단둘이 상의할 만한 것은 그리 많지 않았을 것이다. 얼마 뒤에는 그 여선생이 일하는 여고의 학생을 성추행했다는 혐의를 받았다. 국어 교사는 그 사실을 부정했으나, 학생의 부모는 차마 입에 담을 수 없는 내용이 쓰여 있다는 딸의 일기장을 증거로 국어 교사를 몰아붙였다. 국어 교사는 그 일기장의 내용조차 자기 작품의 일부라고 변명했다. 다른 교사들은 당연하다는 듯 하나가 되어 국어 교사의 명예를 위해 싸웠다. 아니 정확하게는 교사라고 명명된 자신들의 명예를 위해 싸웠을 것이다. 그들은 자신들을 의심하지 않았다. 어디에서든 국어 교사의 말을 앵무새처럼 대신해 전달했다. 그러던 어느 날 국어 교사의 아내가 사라졌고 친정으로 돌아갔다는 소문이 돌았다. 정작 힘이 되어야 할 아내의 실종으로 소문들은 정리되지 않고 교사들에게 나쁘게 돌아가려는 기미가 보이기 시작했다. 그러자 교사들은 점점 그 사건에 개입하기를 주저했다. 남의 밥그릇 때문에 내 밥그릇을 뺏기는 모험을 할 이유는 없었을 것이다. 다소 작은 명예의 실추는 시간이 지나가면 잊힐 것이 분명했기 때문이다. 이미 소문은 걷잡을 수 없을 정도로 커졌지만 그 소문에 개입한 자신들의 이름은 남아 있지 않을 것이다.
물론 그러한 논란의 와중에 성추행당한 학생은 전혀 보호되지 못했다.

교사들이 국어 교사에게 유리한 소문을 내주려고 노력한 덕분에 소문은 수습하기 어려울 정도로 커졌다. 국어 교사는 그 눈물겨운 동료애 덕에 파면될 위기에 처했다. 그때까지 곁에서 힘이 되어 남아준 사람은 아무도 없었다. 학교장은 일을 더 키우고 싶어 하지 않았고, 국어 교사를 쫓아내는 것으로 모든 일이 간단하게 마무리될 수 있을 것이라 생각했다. 누가 잘했고 잘못했는지는 중요하지 않았다. 국어 교사는 자신에게 한 번이라도 좋으니 기회를 달라고 말했다. 자신이 쓴 연극이 있으며, 그 연극이 상연되기만 한다면 모두가 자신을 이해하게 될 것이라 말했다. 학교장은 기회를 주겠지만 도움은 줄 수 없다고 딱 잘라 말했다. 국어 교사는 그것만으로도 충분하다고 말했다. 국어 교사는 마을 사람들 모두가 들어갈 수 있는 마을 회관을 빌렸다. 그리고 대대적인 홍보를 시작했다. 연극의 제목은 〈황색의 왕〉이었다. 국어 교사 자신이 직접 연출했으며,

남자주인공도 스스로가 맡았다. 여자주인공은 여고의 문학 교사와 성추행당했다는 여학생이었다. 그리고 상담실에서 국어 교사에 의해 바지가 벗겨졌다고 의심되던 남학생 세 명이 조연으로 출연했다. 성추행당했다고 의심되는 출연자들의 면면만으로도 사람들은 국어 교사에게 혐의가 없을 것이라 짐작하기 시작했다. 모든 소문의 오해가 금방이라도 벗겨질 것만 같았다. 나는 마을회관 2층 기계실에서 간단한 조명과 음향을 담당하게 되었는데, 국어 교사가 부탁했을 때 차마 거절할 수 없었기 때문이었다. 궁지에 몰린 국어 교사는 달리 도와줄 학생을 구하기도 쉽지 않았을 것이다. 학생들까지도 국어 교사와 깊게 관련되는 것을 피하려 했다. 정작 도와주기로 했음에도 나는 연극 당일까지 대본을 받지 못했다. 리허설은 없었다. 배우들끼리라도 공연에 대해 합의돼 있는지 걱정이 들었다. 말이 거창해서 조명과 음향이지 그리 넓지 않은 소강당이었기에 어차피 음향시설이라 부를 것은 없었고 목소리만 크게 낸다면 딱히 마이크가 없어도 될 것 같았다. 조명 역시 막이 끝나고 시작하는 상황에 맞게 무대의 불을 끄고 켜는 것만 잘하면 될 것이라 말했다. 나는 그때까지 실제로 연극이라는 것을 본 적은 없었지만 그런 연극이 존재할 수 있을까 의문을 품었다. 하지만 국어 교사는 자신의 성공을 전혀 의심하는 것 같지 않았다.

연극에는 그들의 사생활에 관심이 많은 대부분의 마을 사람들이 모였다. 연극이라는 것을 본 적 없는 마을 사람들의 호기심도 한몫했을 것이라 생각된다. 국어 교사는 입장하는 남자들에게 궐련을 하나씩 나눠주었다. 학생과 학부모, 교사 할 것 없이 마을회관을 가득 채웠다. 남자들은 자리에 앉자마자 궐련을 태우기 시작했다. 젖은 풀을 태우는 역한 냄새가 연기와 함께 사람들 사이에서 퍼져나갔다. 여기까지만 보았을 때 연극은 대성공이었다.
그렇게 연극의 막이 올랐다.

*

1막
⋮

연극이 시작되자 그(국어 교사)와 그녀(문학 교사)가 등장한다. 둘은 가만히 서서 서로를 바라보기만 한다. 한참 뒤 무대 가운데에 있는 소파에 나란히 앉는다. 둘은 어떤 종이를 각각 들고 있다. 그는 주머니에서 궐련을 꺼내 그녀에게 하나 건넨다. 둘은 같이 궐련을 피우기 시작한다. 둘은 들고 있던 종이를 같이 보면서 밀착한다. 그는 감싸듯 그녀의 어깨에 팔을 두른다. 그녀는 그의 허벅지 사이로 손을 집어넣는다.

객석에서 관객들이 웅성거리기 시작했다.

조명 바깥쪽 왼쪽 무대의 경계에 누런 거적때기를 걸친 한 남자가 서 있었다. 하지만 관객들 누구도 그곳에 있는 남자를 의식하지 않는 듯했다.

> 둘은 그 자세로 움직이지 않고 한참 동안 종이를 같이 바라보다가 궐련을 다 태우자 일어나 퇴장한다.
> 그리고 오른쪽에서 여학생이 무대에 홀로 나온다.
> 후드를 뒤집어쓴 세 명의 남학생들이 따라 나온다. 한 명은 여학생 뒤에 서고 두 명은 둘러싸듯 양쪽에 선다. 그리고 각각 궐련을 꺼내 물고 불을 붙인 뒤 가만히 서 있다.
> 여학생은 한참 뒤 남학생들의 궐련이 다 타들어갈 때쯤 말한다.
> "사실 그의 아내는 고향으로 돌아가지 않았어요. 뒷산 어느 나무 아래에 목매달려 살해당했답니다."
> 대사 후 여학생은 왼쪽으로 퇴장한다. 남학생들은 조금 뒤 그녀가 퇴장한 방향을 따라 퇴장한다. 무대의 조명은 꺼지고, 거적을 뒤집어쓰고 왼쪽 구석에 있던 남자는 어느덧 보이지 않는다.

1막은 그것이 전부였다. 시작 부분에서 국어 교사와 문학 교사가 서로 더듬으려고 할 때 웅성거리며 큰 관심을 보이던 사람들도 이내 지루한 듯 하품을 했지만 일어서 나가는 사람은 없었다. 단지 아기들이 합창하듯 한꺼번에 울기 시작해서 아기를 안고 온 새댁들은 집으로 돌아갈 수밖에 없었다. 하지만 뒤늦게 일을 마치고 온 남자들 덕에 사람들은 시작 때보다 더 많아졌다. 그리고 궐련을 피우는 사람도 늘어났다.

2막

막이 올라가자 무대 한가운데 밧줄이 걸려 있고 노란 거적때기를 걸친 남자가 목매달려 있다.

왼쪽에서 그(국어 교사)가, 오른쪽에서는 여학생이 무대로 나온다. 그들은 무대 중앙에 목매달려 있는 누런 거적때기의 남자를 신경 쓰지 않는다. 마치 그곳에 아무것도 없다는 듯 행동한다.

여학생은 가로등 아래 벤치에 앉아 있다. 그는 여전히 종이를 손에 들고 있다. 그는 종이에 시선을 고정하고 무대를 걷는다. 그는 여학생을 발견하지 못하고 의자에 걸려 넘어진다. 그가 들고 있던 두꺼운 종이는 공중으로 날려 무대 위로 흩어진다.

여학생은 자리에서 일어나 종이들을 밟으며 왼쪽으로 퇴장한다. 그는 종이를 줍지 않고 오른쪽으로 퇴장한다.

오른쪽에서 그녀(문학 교사)가 등장한다. 그녀는 뭔가 주저하듯 두리번거리는 모습을 보인다. 그녀는 땅에 떨어진 종이를 쓸어 담듯 줍는다. 여학생이 퇴장한 왼쪽으로 퇴장한다.

조금 뒤 그녀는 여학생의 머리채를 잡고 무대로 나온다.

오른쪽에서 그도 나온다. 하지만 그는 반대쪽에 가만히 서서 그녀와 여학생을 바라본다. 그 시선 사이에는 누더기를 걸친 남자가 매달려 있다. 그는 그 남자를 보고 있는 것 같다. 하지만 다른 배우들은 여전히 목매달린 남자를 보지 못하는 듯하다.

머리채가 잡힌 여학생은 관객들을 향해 말한다.

"이 공연을 보고만 있는 당신들은 모두 위선자야. 쓰레기 같은 인간들, 내가 당신들의 눈깔을 숟가락으로 모두 파내주겠어. 내가 다시 돌아올 때 당신들을 위해 소금을 준비할게. 눈깔이 없어지면 자기의 눈깔을 먹고 있는 것도 모르겠지. 그럼 난 당신들의 눈깔을 소금에 절여 당신들의 입속에 넣어주겠어."

관객들은 갑작스러운 여학생의 독설에 서로를 보며 웅성거렸다.

"조용히 해, 쓰레기 같은 인간들! 당신들의 운명도 그리 다르지 않으니, 뒷산에 목매달려 파묻힌 여자도 당신들이 함께하길 기다릴 거야."

그녀는 여학생을 던지듯이 무대에 쓰러뜨리고 그와 팔짱을 끼고 오른쪽으로 퇴장한다. 그는 마치 그녀에게 끌려가는 것 같이 계속 여학생을 돌아본다.

왼쪽에서 남학생들이 걸어 나온다. 그들은 합창을 하듯 말한다.

"아직 소문이 조금 부족하다."

그리고 여학생을 둘러엎고 나온 방향으로 퇴장한다.

2막은 무척이나 짧았다. 사람들은 이 영문 모를 이야기에 어떤 의미가 있을지 의심하기 시작했다. 어쩌면 앉아 있는 것이 다 부질없는 짓일지도 모른다고 생각했다. 그저 삼각관계에 놓인 교사와 학생 사이의 단순한 치정극, 그 불륜의 행위를 이상한 방식으로 변명하고 있는 것뿐일지도 모른다고 생각했다. 조금 뒤 마지막 막이 올랐다.

3막

⋮

막이 올라가자 무대 한가운데 매달려 있던 남자는 사라지고 단지 동그란 매듭의 밧줄만이 걸려 있다.

빈 밧줄 아래 매트가 깔려 있고 그(국어 교사)가 앉아 있다. 오른쪽에서 그녀(문학 교사)가 등장한다. 그녀는 알몸이다. 둘은 매트에서 격렬하게 정사를 시작한다.

객석에는 아이들도 있었지만 관객들 누구도 소리를 내지 않고 연극에 집중했다. 모두들 무대에 집중한 나머지 그 누구도 아이들의 눈을 가리지 않았다.

정사가 끝나자 둘은 옷도 입지 않고 그녀는 왼쪽으로, 그는 오른쪽으로 각각 퇴장한다.
둘이 퇴장하고 나자 남학생들이 여학생을 메고 나온다. 남학생들은 여학생을 매트에 던지듯이 내려놓고는 무대 뒤에 나란히 선다.
오른쪽에서 그가 알몸으로 다시 등장한다. 그는 무대 뒤에 서 있는 남학생들에게 다가가 바지를 벗긴다. 그들의 성기를 입과 손을 사용하여 발기시킨다. 그들은 그에 보답하듯 그의 몸을 더듬는다.
그는 매트로 다가가 여학생의 옷을 찢는다. 그리고 강간하기 시작한다. 여학생은 의식이 없는지 인형처럼 누워 저항하지 않는다. 그는 여학생을 강간한 뒤 오른쪽으로 퇴장한다.
뒤에 서 있는 남학생들의 성기는 그때까지 발기된 채 유지되고 있다. 그들은 여학생을 둘러싸고 자위를 한다. 사정이 끝나자 남학생들은 아무 일도 없었다는 듯 다시 무대 뒤로 가서 선다.

여학생은 시체처럼 누워서 가만히 있다.

오른쪽에서 그가 다시 등장한다.

남학생들은 그를 무대 중앙에 걸려 있는 밧줄에 목매단다. 그는 저항하지 않고 순순히 따른다. 매달린 그는 질식하여 발버둥치기 시작한다.

뒤에 서 있는 남자들이 합창하듯 말한다.

"소문은 충분히 전염되었다."

오른쪽에서 여전히 알몸인 그녀가 나온다. 그녀는 목매달린 그에게 다가간다. 그리고 발기된 성기를 빨기 시작한다.

누워 있던 여학생은 일어나 뒤에 서 있는 남학생들에게 다가가 장난치듯 성기를 주무르다가 거대한 칼을 꺼내 하나씩 잘라낸다. 그들은 고통을 느끼지 못하는 듯 미동도 없이 서서 합창하듯 말한다.

"우둔한 자의 생각은 소문에 바쳐질 것이다."

남학생들의 성기를 잘라낸 그녀는 죽어가는 그에게 다가온다. 그리고 손에 들고 있던 거대한 칼로 그의 목을 자르기 시작한다. 그녀의 힘이 부족해 보이자 어디선가 노란 거적때기를 뒤집어쓴 남자가 나타나 여학생이 목을 자르기 쉽게 꿈틀거리는 그의 몸통을 잡아준다. 반쯤 목이 잘리자, 그의 몸은 뜯기듯이 무대로 떨어지고 떨어진 그의 목이 무대 앞으로 굴러간다.

국어 교사의 머리가 잘려 객석으로 굴러가는 것과 동시에 관객석에서 변화가 일어나기 시작했다. 아니, 눈치채지 못했을 뿐 조금 전부터 사람들은 서로를 공격하고 있었다. 이미 관객석은 아비규환이었다. 나는 그제야 두려움이 한꺼번에 폭발하듯 밀려왔다. 2층에는 아직 누가 올라오지 않았지만, 나는 문을 잠근 것도 불안해 문 안쪽으로 무거운 기자재들을 최대한 받쳐 놓았다. 이제야 이 연극에 문제가 있다는 것을 눈치챈 것이 이상했다. 지금 생각하면 그때라도 조명을 껐어야 했지만, 나는 그럴 수 없었다. 아니 그러지 않았다.
나는 그 연극의 끝을 보고 싶었다.

여학생은 떨어진 그의 목을 소란스러운 객석을 향해 던진다. 그와 동시에 뒤에 서 있던 남학생들은 자신의 잘린 성기를 바닥에서 주워 관객들에게 던진다.

사람들은 싸우다 말고 서로 그 전리품들을 차지하기 위해 짐승처럼 달려들었다.

그녀(문학 교사)는 여전히 목 없는 그의 성기를 빨고 있다.
"그는 나에게서 앗아가 버렸네. 꿈의 행방을 결정할 힘도, 꿈에서 도망칠 힘도."

여학생은 그 말과 동시에 그가 매달렸던 피 묻은 밧줄에 머리를 집어넣는다. 여학생이 목매달림과 동시에 뒤에 서 있던 남학생들은 칼을 꺼내 자신들의 혀를 잘라낸다. 그녀는 여학생이 들고 있던 거대한 칼을 집어 들고 자신의 성기부터 배를 갈라 자궁을 들어낸다. 거기에는 간신히 인간의 형상을 하게 된 태아가 들어 있다. 그녀는 마지막으로 그 태아를 객석을 향해 던지고 쓰러진다.

무대 한가운데로 누런 거적때기를 걸친 한 남자가 걸어 나와 관객들을 향해 뱀처럼 검은 혀를 길게 늘어뜨리고 고개를 숙여 인사한다.
무대의 불이 꺼지며 막이 내려간다.

객석의 소란은 계속 이어졌다.

*

여기까지가 내가 기억하는 연극의 전말이다. 소동은 관객들이 서로를 다 죽이고 나서 한참 후에나 다른 사람들에게 알려졌다. 돌아오지 않는 가족을 찾아 마을회관에 온 사람들이 잠겨 있는 문 안쪽의 소름끼치는 비린내를 눈치채고 경찰에 신고한 것이었다. 관객들은 전부 죽었다. 시체들은 손으로 서로를 손상시켰다고는 도저히 보기 어려울 정도로 엉망으로 뜯겨 나가 있었다. 나는 1층의 시체를 거의 치우고 나서 뒤늦게야 발견되었다. 그리고 이후 앞에서 이야기한 것처럼 정상적인 생활을 할 수 없었다. 너무 많은 사람이 죽었기 때문에 작은 마을은 마비되었다. 남은 사람들은 그 일에 대해 쉬쉬했다. 어느 누구도 그날의 사건을 입에 담지 않았다. 그것은 금기였고 살아남은 사람들도 그 충격으로 마을을 떠났다. 그리고 얼마 지나지 않아 학교 뒤 언덕에 큰 불이 났고, 이후 자연스럽게 마을은 사라졌다.

그 연극의 원본은 어디서도 발견되지 않았다. 아마도 연극의 내용을 알고 있는 것은 그 자리에서 살아남은 나밖에 없을 것이라 생각되지만 어디서도, 심지어 병원에서도 이 이야기를 믿어주지 않았다. 솔직히 내가 본 것이 무엇이었는지 정확히 알 수 없었다. 하지만 그 연극의 원고를 쓴 것이 분명 '그'일 것이라는 생각은 지울 수 없었다. 그가 원고를 국어 교사에게 전해준 순간부터 국어 교사가 변했다. 그 후 다시는 그를 볼 수 없었다. 나는 한동안 병원에 있었고, 병원에서 나온 뒤에는 이미 마을이 사라져 그가 어디로 갔는지 알 수 없었다. 나는 항상 그를 찾고 싶어 했고 동시에 그와 마주칠까 두려워했다. 나는 오랫동안 정상적인 삶을 살 수 없었다. 그 사건이 꿈으로 나타났기 때문에 잠들 수조차 없었다. 다시 말하지만 이제 와서 내가 이런 이야기를 하는 것은 〈황색의 왕〉이라는 제목의 연극이 대학로에서 상연된다는 포스터를 보았기 때문이다. 나는 그 이름을 듣고 공황 상태에 빠져 움직일 수 없었다. 그 악마 같은 포스터의 한구석에 누런 거적때기를 입은 남자의 실루엣이 희미하게 있는 것을 보고 나는 주저앉았다. 만약 그 연극이 내가 어릴 때 고향에서 본 것과 같은 것이라면, 나는 연극이 상연되는 것을 필사적으로 막아야 할 것이다. 하지만 이런 이야기를 믿어줄 사람이 있을지, 내가 어떤 식으로 그것을 막을 수 있을지 자신이 없었다. 어쩌면 모르는 척 그것이 상연되는 곳에서 멀리 벗어나는 것이 최선의 선택일지도 모른다. 하지만 단 하나, 그 연극이 상연되는 곳에 가면 다시 그를 만나서 진실을 알 수 있을지도 모른다는 생각이, 나를 유혹하고 있을 뿐이다.

감상주의
:

"뭘 바라는 거예요? 검정색이 제게 잘 어울리니까 그렇죠!"

— 뤼시엔느 에므리*

　검은 옷을 입은 여자가 마당으로 들어선다. 인적이 끊긴 지 오래돼 보이는 집의 마당은 한동안 아무도 손질하지 않았는지 잡초가 무성하다. 낡은 집은 굳이 들어가 보지 않아도 허름한 내부를 쉽게 상상할 수 있었다. 오래전 그날, 여자는 왜 이런 곳을 그와 만날 약속 장소로 정했을까. 약속을 했을 무렵에는 이렇게까지 폐가는 아니었던 것일까. 여자는 거칠고 쓸쓸한 마당의 전경에 개의치 않고 비석 같은 바위에 걸터앉는다.

---

* 빌리에 드 릴아당, 「감상주의」, 『잔혹한 이야기』, 1883.

검은 하이힐을 벗은 뒤 아픈 발을 주무르며 힘들게 올라온 골목을 내려다본다. 정적만이 남아 있는 허름한 달동네에는 이제 살아 있는 사람이 아무도 없는 듯 보인다. 반복되어 늘어선 집들은 마치 공동묘지의 무덤들 같이 펼쳐져 있다. 집들 사이로 난 미로 같은 골목은 저 멀리 큰길의 번화가와 대비되어 비현실적인 흑백사진처럼 느껴진다.

시간은 흐르거나 흐르지 않는다. 여자는 제목이 없는 검은 표지의 얇은 책을 가방에서 꺼내며 그가 온 뒤의 대화를 소리 내어 연습한다.

"늦어서 미안해요."

뒤늦게 찾아온 그가 책을 읽고 있는 여자에게 말한다. 여자는 그를 보며 단지,

웃는다.

"아니에요. 몇 페이지 기다리지 않았어요."

여자는 얇은 책을 들어 보이며 대답한다.

하지만 실제로 그는 아직 오지 않았고, 그를 기다린 지 몇 페이지는커녕 몇 줄도 채 되지 못했다. 몇 줄 더 지난다고 그가 올 수 있을 것 같지는 않다. 그는 언제나 약속 시간에 늦었다. 여자는 그와 만나기로 한 날이 바로 오늘이라 기억하고 있지만, 약속 시간을 확실하게 정해 놓은 것은 아니었다. 어쩌면 그는 시간을 정해 놓지 않은 약속을 진지하게 생각하지 않거

나, 이미 잊어 버렸을 수도 있다. 아니, 애초에 여자가 그와 만나기로 약속을 하긴 했던 걸까. 여자도 자신의 기억을 신뢰할 수 없다. 여자가 얼마나 더 그를 기다려야 할지는 알 수 없는 일이다.

그렇다면 그를 기다리는 동안 다른 이야기를 해보자.

📖

나는 어둠 속에서 깨어났다. 눈앞에는 아무것도 보이지 않았다. 지금 내가 누워 있는 곳이 어떤 곳인지 알 수 없었다. 암흑의 세상은 내가 눈을 뜨고 있는지 아닌지조차 알 수 없게 만들었다. 멈춰진 시간 속에서 나는 나에 대해 생각했다. 기억나는 것은 아무것도 없었다.

시선이 서서히 돌아오자 검푸른 색 천장이 눈앞을 가득 채웠다. 무슨 생각으로 저렇게 진하고 어두운 색으로 천장을 도배했을까. 그 전에 저런 색의 벽지는 어디서 파는 것일까. 악취미,라는 생각이 가장 먼저 들었다. 곁에는 하얀 피부를 가진 나신의 여자가 내 몸에 기대듯 잠들어 있었다. 그러나 나는,

그녀가 누구인지 알지 못했다.

행여 그녀가 깨어날까 사방으로 눈동자만 돌려 방의 풍경을 훑었다. 벽 역시 천장과 같은 색으로 도배되어 있었다. 창

에는 벽지보다 더 어두운 색의 암막커튼이 쳐져, 빛이 방안으로 비집고 들어오지 못하게 필사적으로 막고 있었다. 그렇게 커튼 사이로 스며든 희미하고 푸른빛은 우울하고도 불편한 기운이 온몸을 감싸고 있는 듯 느껴지게 만들었다. 누구라도 잠에서 깨자마자 이런 이질적인 풍경의 방을 본다면 기분이 나빠질 것이라 생각했다.

이 방의 주인은 머리가 정상이 아닐 것이 분명했다.

몸을 일으키자 여자가 깨어난 듯했다. 그녀는 엉겨 붙듯 나를 끌어안았다. 그녀의 차가운 기운이 나를 감싸왔다. 그 한기는 어딘가 익숙했고 싫지만은 않았다.

"일어났어?"

그녀는 얼굴의 반쪽을 내 가슴에 묻은 채 친근하게 말을 건넸다. 가슴에 닿은 그녀의 숨이 유난히 차갑게 느껴져 소름이 돋았다.

"응, 목이 말라서."

나는 습관처럼 그녀의 머리를 쓰다듬으며 친근하게 대답해 줬다. 그녀의 머리카락은 부드러웠으나 생기가 느껴지지는 않았다. 그녀에게서 온기를 느낄 수 없었기 때문일지도 몰랐다. 그녀는 나를 감싸고 있던 팔을 풀고 다시 이불 속으로 웅크리고 들어갔다. 방이 이렇게까지 기분 나쁜 이질적 풍경이 아니었다면 나 역시 그녀를 따라 이불 속으로 들어갔을지도 모르겠다.

작은 방에는 생활의 흔적이 없었다. 황량한 공간에는 싱크대나 텔레비전은커녕 거울조차 없었다. 단지, 아주 작은 냉장고와 옷걸이가 형식적으로 구석을 한쪽씩 차지하고 있을 뿐이었다. 냉장고의 문을 열었다. 냉장고 안에는 작은 생수병만 가득 차 있었다. 생수병에 둘러져 있는 파란 라벨들은 시원하다기보다는 병적으로 느껴졌다. 나는 생수병을 하나 꺼내 마셨다.

"나도 물."

누워 있는 여자가 이불 속에서 뒤척이며 손을 내밀고 말했다. 생수병을 새로 하나 꺼내 그녀에게 건넸다.

"뭐야. 뭐 하러 새로 따. 그냥 마시던 거 줘."

그녀는 뚜껑을 따지 않은 생수병을 나에게 되밀며 말했다. 나는 입을 대고 마셨던 생수병을 그녀에게 내밀었다. 그녀는 내가 건넨 생수병을 받아 입으로 가져갔다. 나는 그 모습을 가만히 지켜봤다. 이미 한 이불에서 일어난 사이의 낯선 여자가 내가 마시던 병에 입을 대고 마시는 모습을 어색하게 생각하는 스스로가 오히려 이상하게 느껴지기도 했다.

나는 아무래도 이 방 전체를 도배하고 있는 검푸른 벽지들이 익숙해질 것 같지 않았다. 한시라도 빨리 이 방을 벗어나기 위해 씻을 요량으로 화장실 문을 열었다. 눈앞에 보이는 화장실의 타일조차도 곰팡이처럼 온통 검푸르기만 한 것을 보았을 때, 결국 나는 여자가 단단히 미쳤다고 확신했다. 이런 방의 모습을 본다면 누구라도 여자가 뭐 하는 사람인지 궁금해하기보다 이곳에서 빨리 나가고 싶은 마음이 먼저 들 것이다. 화장실에도 거울은 없었다. 오히려 진짜 문제는 이쪽일지도 몰랐다. 사람이 사는 집에 거울이 없다는 것. 이젠 벽지나 타일의 색깔 따위는 아무래도 좋았다. 나는 단지 내 얼굴을 확인하고 싶었다. 문득 지금의 내 얼굴은 내가 아는 내 얼굴이 아닐지도 모른다는 생각이 들었다. 그러나 나는 내가 알고 있어야 할 내 얼굴조차 기억해내지 못했다. 세면대에서 물을 틀었으나 아무것도 나오지 않았다. 자세히 보니 세면대는 오랫동안 쓰지 않아 바싹 말라 있었다. 나는 얼굴을 확인하는 것도, 씻는 것도 포기했다. 화장실에서 나와 옷걸이로 다가갔다. 옷걸이에는 파란 티셔츠와 청바지가 하나씩 걸려 있었다. 다른 옷은 없었다. 옷의 사이즈로 보아 보통 체형의 남자 옷이었고, 입어보지 않아도 한눈에 나에게 딱 맞을 것 같았다. 내 옷인지 확신이 들지는 않았지만 스스럼없이 입었다. 그 옷은 나에게 딱 맞았지만, 여자의 옷은 방 어디에도 보이지 않았다. 여자는 외출을 하지 않는 것일까. 아니면 외출을 할 수 없는 것일까. 옷을 입는 나에게 여자는 이불 속에서 말했다.

"어디 나가?"

그녀의 질문에 나는 그녀를 향해 고개를 돌리지 않으려 의식하며 대답했다.

"응, 볼일이 있어서."

그렇게 얼버무린 것은 그녀의 질문에서 마치 내가 나가는 것이 이상하다는 뉘앙스가 묻어 나왔기 때문일 것이다.

"별일이네."

별일이라니, 나는 얼마나 오랫동안 이곳에 있었던 것일까. 어쩌면 그런 건 아무래도 상관없었다. 그녀가 누구인지 기억나지 않았기 때문에, 다시 이 방에 돌아오는 일이 있을 것 같지는 않았다. 문은 마치 거대한 돌을 밀어내는 것처럼 무거웠다. 문이 열리며 밝은 빛이 시야에 쏟아져 들어왔다.

"안녕."

문을 나서는 등 뒤로 아주 작은 그녀의 목소리가 들렸다. 그러나 나는 그녀에게 대답하지 않았다. 방에서 나오자 멍한 머리가 조금은 나아지는 듯 느껴졌다.

그곳은 잿빛 골목이었다. 어디선가 본 적 있는 듯 익숙한 풍경이 펼쳐졌지만, 어디인지 전혀 알 수 없었다. 낮은 담장이 회색 빛깔로 뒤덮인 채 내리막길이 이어졌다. 여자의 방은 이 내리막길을 거꾸로 올라온 끝에 있었다. 순간적으로 느낀 밝은 빛은 상대적인 것일 뿐, 세상은 밝지 않았다. 오히려 무거운 구름이 하늘을 뒤덮어 숨이 막힐 것 같은 공기가 세상을 가득 채우고 있었다. 저 멀리 큰길이 보였다. 터덜거리는 발걸음을 옮기며 내리막을 걷기 시작했다. 골목은 두 갈래 또는 세 갈래로 갈라지며 수많은 골목들을 다시 만들어냈다. 하지만 먼 곳에 보이는 큰길을 향하기 위해서는 어느 골목을 선택해도 상관없는 일이었다. 골목을 빠져나가다 누군가를 마주친다면, 이곳이 어딘지 물어보면 될 것이다. 오랫동안 걸었지만 아무도 만날 수 없었다. 골목의 풍경을 천천히 둘러보았다. 단지 몇 가지 패턴의 오래된 집들을 복사해 불규칙하게 붙여놓기 한 듯 비슷비슷한 모습의 풍경들이 공동묘지의 비석처럼 계속 이어졌다. 멀리 보이는 큰길은 조금도 가까워지지 않았다. 제자리를 반복해서 돌고 있는 듯 느껴졌다. 먼 하늘의 구름마저도 인위적으로 반복해서 그려진 그림처럼 보였다.

검푸른 방의 여자에게 되돌아가,

이곳이 어디인지 물어보고 싶었지만, 돌아본 풍경 속에서는 이미 어느 것이 그녀의 집인지 알 수 없었다. 저 위 어딘가에 그녀의 집이 있을 것이다. 이제는 이 끝없이 갈라지는 골목을 되짚어 올라가도 그녀의 집에 도착할 수 있을 것이라는 생각이 들지 않았다. 나는 그녀의 방을 다시 찾아가는 것보다 저 아래 보이는 대로를 찾는 것이 더 쉽겠다고 판단했다. 나는,

그녀를 찾아 발걸음을 돌리지 않았다.

한 무리의 꼬마아이들이 골목 한쪽에 모여 있는 것이 보였다. 묘비 같이 큰 돌 위에 덩치가 큰 아이가 서 있었고, 덩치가 아주 작은 아이 하나가 그 앞에 고개를 숙인 채 무릎을 꿇고 있었다. 나머지 다수의 아이들이 그 두 아이의 주위를 둘러싸고 있었다. 나는 그 아이들에게 다가갔다. 아이들이 하고 있는 것이 놀이인지 아니면 괴롭힘인지 알 수 없었다. 아니 아이들이 하고 있는 것이 무엇인지는 나에게 중요하지 않았다. 오히려 이곳이 어디인가를 물어볼 수 있는 사람을 발견했다는 것이 더 중요했다.

"얘들아 여기는 어디지?"

아이들을 향해 크게 소리쳤다. 아이들은 내 목소리를 듣지 못한 듯 움직임이 없었고,

아무도 대답하지 않았다.

아이들에게 좀 더 가까이 다가갔다. 그렇게 많은 아이들이 모여 있음에도 아이들의 주변은 기분 나쁠 정도로 조용했다. 가슴속에서 심장이 뛰는 소리조차 큰 소음처럼 느껴졌다. 아이들의 주목을 끌기 위해 돌에 올라 서 있는 아이의 곁으로 갔다. 아이들이 일제히 나를 바라보았을 때 정면에서 아이들의 얼굴을 마주한 나는 깜짝 놀라 뒤로 넘어졌다. 아이들의 얼굴에는 얼굴을 반으로 가로지르는 커다란 입과 물고기처럼 초점 없는 눈알 두 개가 자리 잡고 있었다. 아이들은 내가 넘

어지는 것을 보고는 일제히 요란하게 웃으며 흩어졌다. 아이들의 입이 움직이지 않았기에 웃음소리는 내 착각일지도 몰랐다. 하지만 이미 사라져버린 웃음소리는 아주 익숙했기 때문에 머릿속에서 한참을 울리며 남아 있었다. 그 소리는 마치 노랫소리 같기도 했다. 흩어진 아이들과 달리 돌 위에 서 있는 아이와 그 앞에 무릎을 꿇은 아이는 조형물처럼 그 자리에 꼼짝 않고 있었다. 나는 고개를 돌리며 돌 위에 서 있는 아이를 쳐다보았다. 해를 등진 아이의 얼굴은 어두웠다. 하지만 그 어두운 그림자 속의 얼굴에는, 뱀처럼 세로로 찢어진 붉은 눈동자의 수많은 눈들이 빼곡하게 가득 차 깜빡이며 빛났다. 그 수많은 눈이 나와 마주친 순간, 각각의 시선은 내 모습을 머리부터 발끝까지 제각각 부산하게 훑어보았다. 나는 포식자에게 들킨 작은 동물처럼 작은 신음 소리도 내지 못했다. 그 아이는 모든 눈을 동시에 한 번 감았다가 뜨고는 흥미를 잃었다는 듯이 고개를 돌리고 아이들이 사라진 방향으로 미끄러지듯 천천히 사라졌다. 나는 수많은 눈을 가진 그 아이가 사라진 이후에도 석상처럼 굳어 움직일 수 없었다. 이 앞에 무릎을 꿇고 있는 아이는 분명 그 괴물 같은 아이들의 희생자일 것이라 생각했다.

"괜찮니?"

나는 떨리는 손을 아이의 어깨에 얹으며 물었다. 아이의 어깨에서 한기가 타고 올라왔다.

"여긴 우리 동네예요."

아이는 천천히 고개를 들면서 대답했다. 초등학교에는 들어갔을까 싶은 자그마한 소녀였다. 나는 맥락을 알 수 없는 소녀의 대답보다 그 얼굴을 보고 더 이상 말을 이을 수 없었다. 그 얼굴은 분명히 내가 이 소녀를 알고 있을 것이라는 느낌 또는 분위기를 강하게 풍기고 있었다. 하지만 나는 소녀를 기억해내지 못했다. 아마도 소녀는 내가 아는 누군가의 오래전 모습일지도 몰랐다. 그것도 나와 알기 전의 모습 말이다. 소녀의 분위기에서 내가 알고 있는 사람의 모습을 떠올리려 노력했다. 하지만 나는 그 익숙한 분위기, 그립고도 슬픈 분위기의 주인공을 결국 기억해내지 못했다.

"여긴 우리 동네예요."

소녀는 다시 나에게 말했다. 나는 그 말이 여기가 어디냐고 물었던 조금 전의 내 질문에 대한 답이라는 것을 그제야 눈치챌 수 있었다.

"아니 그게 그러니깐……. 이 동네 이름이 뭐냐고."

하지만 소녀는 내 말을 이해하지 못하겠다는 듯 같은 말을 되풀이했다.

"여긴 우리 동네예요."

소녀의 반복적인 대답에 어떤 말을 해야 할지 알 수 없었다.

하지만 그 덕인지 좀 전의 아이들을 보았을 때 받은 충격은 조금이나마 가신 것 같았다.

"이 동네에 어른들은 없니?"

소녀에게 질문을 하며 어쩌면 묻지 말아야 할 것을 물은 것은 아닌지 후회했다. 조금 전의 아이들과 같은 모습의 어른들이 나타난다면 나는,

어떻게 해야 할까.

"여긴 우리 동네예요. 다른 사람은 없어요. 이제……."

소녀는 그렇게 말하고는 다른 아이들이 사라진 방향과 반대 방향으로 천천히 걸으며 사라졌다. 나는 잠시 그 자리에 멈춰 서 있었다. 머릿속이 혼란스러웠다. 그러나 이내 소녀의 사라진 뒷모습을 따라 걸음을 옮겼다. 다른 아이들이 사라진 방향으로 가면 지금보다 더 무서운 것을 보게 될 것만 같았기 때문이다.

나는 어제를 생각했다.

하지만 아쉽게도 어제를 기억해낼 수 없었다. 그것은 아직 어제가 오지 않았기 때문일지도 몰랐다. 어제의 어제 역시, 기억나는 것은 아무것도 없었다. 어제는 언제부터 오지 않았던 것일까. 잠시 멍하니 멈춰 내가 누구인지 생각해내기 위해 고민하기 시작했다. 지금이 언제인지 날짜는커녕 시간조차 짐작

할 수 없었다. 어디엔가 떠 있을 태양은 대기를 채운 진한 안개와 회색 구름에 가려 위치를 짐작할 수 없었다. 왼손을 펼치자 약지에는 그 부분만 다른 사람의 피부인 듯 반지 자국이 선명하게 새겨져 있었다. 나는 한참 동안 손가락을 바라봤다. 이 자국이 누구와 나누었던 것인지는 알 수 없었다. 나는 살면서 반지를 낀 적이 없었다. 하지만 앞으로도 끼지 않을지는 알 수 없는 일이었다. 나는 내일의 나를 아직 만난 적이 없었으나, 손가락의 그 자국이 분명 싸구려 은반지의 흔적이라는 것을 의심하지 않았다. 시체 닦는 사람조차 탐내지 않을 만한, 썩은 손가락에 끼워져 있는, 검푸른 때가 끼어버린 싸구려 은반지. 누군가와 반지를 나눈다면 그 정도가 나에게 딱 어울릴 것이다. 나는 지금까지 금반지를 살 수 있을 정도의 돈을 가져본 적이 없었다. 아니 나는 내 얼굴조차 기억하지 못하니 확신할 수는 없었다.

생각을 멈추지 못하고 기계적으로 걸었다. 갈림길은 질리지도 않고 반복되었다. 나는 여전히 골목을 빠져나가지 못했고 거대한 묘지 같은 모습의 미로 속을 헤매듯 돌고 또 돌았다. 아이들과 마주쳤을 때 그 앞에 앉아 있던 소녀의 모습이 떠올랐다. 지금은 그 소녀의 이름을 기억해 낼 수 없지만, 다시 만난다면 이름을 짐작할 수 있을지 몰랐다. 불현듯 그 소녀가 그리워졌다. 미로에서 빠져나가지 못하는 시간이 길어질수록 나

는,

  그 소녀를 다시 만나고 싶어졌다.

  하지만 여전히 나는 길을 걷는 것밖에 달리 할 수 있는 것이 없었다. 멀리서도 눈에 띌 정도로 유난히 높은 건물이 희미하게 보였다. 그 건물은 거대한 검은 탑처럼 생겼다. 이 잿빛의 세상에서 눈이 부실 정도로 검게 빛나고 있었다. 그 건물은 탐욕스럽게 느껴졌다. 본능적으로 다가가면 안 된다고 생각했다. 분명 나는 그 어둠에 흔적도 남지 않고 흡수돼 녹을 것이다. 하지만 생각과 달리 다리는 자연스럽게 그 건물을 향했다. 나는 내 다리조차도 멈출 수 없었다. 건물은 다가갈수록 조금씩 작아지며 선명해졌다. 건물을 둘러싸고 있는 담장에 도착했을 때, 눈앞에서 모습을 드러낸 건물은 세 채였고, 기껏해야 3층 정도의 높이에 불과했다. 그나마도 경사진 지면에 세워져 있어서 반대쪽에서 본다면 고작 2층에 불과할 것이다. 건물을 둘러싸고 있는 낮은 담장은 끝부분이 안쪽으로 휘어, 외부의 침입을 막기보다는 내부에서 사람이 나오지 못하게 만들어진 것 같았다. 나는 그 검은 색의 담을 오를 생각은 없었다. 담 주변을 따라 걸었다. 담의 모양은 익숙했다. 나는 이 담을 어느 기억에선가 본 적이 있었다. 그렇다. 나는 분명 이 담을 아주 잘 알고 있었다. 조금만 더 걸어가면 안으로 들어갈 수 있는 구멍이 나올 것이다. 나는 어느 시대에 얼마나 수없이,

이 구멍을 드나들었던가.

아무에게도 이해받지 못한다고 생각했던 시절. 나는 다른 사람을 이해하는 것을 포기했었다. 그 이후의 삶이 나쁘지만은 않았다. 그때부터 나는 나름 나 자신의 얼굴을 잘 연기하며 살았다. 하지만 이제 와서 그 기억이 나의 것인지는 확신할 수 없었다.

조금도 주저하지 않고 익숙하게 그 구멍으로 몸을 밀어 넣었다. 나는 오래전에 짐승이었다. 아니, 나의 본모습이 짐승이 아니라 단정할 수 있을까. 알 수 없는 일이었다. 나는 그렇게 거대한 괄태충처럼 잿빛 땅 위에 검푸른 흔적을 남기며 기어갔다. 내 몸에 소금이 떨어진다면, 나는 이 세계에서 그대로 녹아서 사라질지도 몰랐다. 스스로가 사라지고 있다는 것도 모르고 그렇게 녹아 없어질 것이다. 구멍을 빠져나오자 시체가 묻혀 있어도 이상하지 않을 것 같이 생긴 재래식 화장실이 앞에 있었다. 그 재래식 화장실 안에 나는,

숨기고 싶은 소중한 것들을 얼마나 많이 버렸던가.

화장실의 색이 아직 잿빛이어서 한편으로 마음이 놓였다. 눈앞에 보이는 검은 건물은 신기루가 한 꺼풀 벗겨진 듯 윤곽이 선명했다. 선명해진 건물은 모든 빛을 다 삼킨 것만 같은 그 검은색 속에 악의라고밖에 생각할 수 없는 기운을 가득 머금고 있었다. 그 악의에 조금 주저했지만, 낯설지 않았기 때문

일까. 마치 길이 그리로만 이어져 있는 것처럼 건물로 향했다. 이 건물의 구조를 쉽게 상상할 수 있었다. 언젠가 나는 이렇게 생긴 건물에 갇혀 오랜 시간 헤맨 적이 있었다. 나는 쉽사리 건물의 입구를 찾았고, 건물 안으로 발걸음을 옮겼다.

복도를 걸었다. 복도 안은 검은 안개가 자욱했다. 어디선가 생선 썩은 비린내가 나는 것 같기도 했다. 몇 발자국 앞도 보이지 않았다. 단지 발밑의 바닥만이 어색할 정도로 선명하게 푸른 흔적을 퍼뜨리며 발길을 이끌었다. 지금 내가 있는 곳이 세 채의 건물 중 어느 건물인지는 알 수 없지만, 분명 건물들은 모두 같은 구조를 하고 있을 것이다. 서로 복사된 것 같은 구조는 어느 건물에 있어도 같은 장소, 같은 풍경 그리고 같은 악의를 나에게 보여 줄 것이다. 복도 중간쯤에 계단이 보였다. 계단은 올라가는 방향과 내려가는 방향으로 나뉘어 있었다. 나는 계단을 올랐다. 아래층과 같이 모두 똑같은 모양의 문이 반복되었다. 아니 그걸 문이라 부를 수 있을까. 문이 있어야 하는 자리에는 단지 그냥 검은 색의 허공이 가득 차 있었다. 그 검은 허공을 내 손으로 열 수 있을지 없을지는 알 수 없었다. 복도 반대편 안개 속에서 사람이 다가오는 소리가 들렸다. 발소리와 함께 뭔가를 끌고 오는 듯 '드르륵, 탁!' 하는 둔탁하고 기분 나쁜 소리가 무겁게 복도를 울렸다. 뒤돌아 도망가고 싶은 마음이 가득했으나 언제 다시 사람을 만날 수 있을지 알 수 없는 노릇이었다. 상대가 누구든 겁먹지 말고 이곳이 어디인지 물어봐야만 했다. 소리가 바로 앞까지 가까워졌을 때, 남자의 실루엣을 선명하게 확인할 수 있었다. 남자의 양손은 무릎까지 늘어져 있었다. 왼손에 든 서류철로 종아리를 때리며, 오른손으로는 검은색의 거대한 관을 끌고 있었다. 그 관을 보고 반사적으로 몸이 움츠러들었다. 하지만 큰 용기를 가지고 심호흡을 한 뒤 남자에게 말을 걸었다.

"안녕……, 하세요."

하지만 남자는 내 인사를 듣지 못한 듯 걸음을 멈추지 않고 나를 지나쳤다. 그 남자가 내 곁을 스칠 때 그의 얼굴을 확실하게 볼 수 있었다. 남자의 옆모습에는 귀가 없었다. 얼굴 양쪽으로 벌어진 곳에 자리 잡은 눈은 퇴화한 듯 죽은 생선 눈처럼 멀건 빛깔을 띠고 있었고, 커다란 입이 얼굴 아랫부분의 반 이상을 차지하고 있었다. 남자는 쉴 새 없이 무엇인가를 중얼거리고 있었으며, 지나치게 커다란 입의 양쪽 끝에서는 더러운 타액이 흘러내리며 옷깃을 더럽혔다. 남자가 중얼거리는 소리는 내가 이전에 들어보지 못한, 기괴하게 '틱틱'거리는 음의 반복이었다. 남자의 몸에서는 시취가 진동했다. 남자가 끌고 있는 관은 뚜껑이 없었고 속은 비어 있었다. 관의 크기는 내 키에 딱 맞을 것 같았다. 나는 지독한 냄새에 코를 막았다. 남자의 알 수 없는 기운에 소름이 돋았다. 남자는 나를 눈치채지 못한 것 같았다. 귀가 없는 남자를 무슨 방법으로 불러야 할지 알 수 없었다. 아니, 알 수 없었던 것이 아니라 남자를 절대로 불러서는 안 된다고 생각하고 숨죽였을 것이다. 그에게 들켜서는 절대로 안 된다고 본능적으로 느꼈던 것일까. 남자는 내가 걸어온 방향을 향해 사라졌고, 이내 계단을 내려가는 소리가 들렸다. 관이 쿵쾅거리며 떨어지는 무거운 소리에 소름이 끼쳤다. 그러나 다른 한편으로는 멀어지는 소리에 안도하는 마음이 들기도 했다. 나는 발소리를 내지 않으려 노력하며 최대한 서둘러 걸었다. 이 건물을 나가야 했지만, 무엇인가에 홀린 것인지 오래된 습관처럼 어느 문 앞에 멈췄다. 허공에 불과했지만 그 문은 다른 문들과 다르게 익숙했다. 마치 잊어버린 기억처럼. 주저하지 않고 검은 공간으로 손을 집어넣었다. 손 너머로 나는 어떤 익숙한 기억을 볼 수 있었다. 나는 용기가 나지 않았지만 검은 공간으로 몸을 집어넣었다.

역시 얼핏 보았을 땐 검은 색으로 칠해져 있는 것처럼 보였다. 그곳은 분명 어두웠지만 순수하게 검은 색은 아니었다. 미세하게 푸른색이 느껴졌을지도 모르겠다. 중앙에 하얀 의자가 하나 있었기 때문일 것이다. 의자에는 하늘색 원피스를 입은 고등학생 여자아이가 앉아 있었다. 그 소녀를 보고 검푸른 방의 그녀를 떠올린 건 왜였을까. 만약 그녀에게 나이 차이가 나는 동생이 있다면 그런 얼굴일까. 나는 그 여학생에게 다가갔다.

"저기, 학생. 여기가 어딘지 알 수 있을까?"

나는 여학생에게 말을 걸었다. 하지만 내 목소리를 들었는지 못 들었는지, 여학생은 나를 전혀 의식하지 않고 아무것도 없는 천장을 가만히 응시하고 앉아 있었다.

"이 곳은 아무 곳도 아니에요."

여학생은 한참 뒤에 입을 열었다.

"아무 곳도 아니라고?"

나는 여학생의 말을 받아 되물었다.

"이 곳은 아무 곳도 아니에요."

여학생은 허공에 시선을 고정하고 다시 말했다. 나는 그녀가 바라보고 있는 허공으로 시선을 돌리며 물었다.

"너는 누구니?"

내 질문에 여학생은 나를 향해 고개를 돌리며 대답했다.

"그들이 와요. 이곳에서 피해야 해요."

그 순간 어디선가 웅성거리는 소리가 들리기 시작했고, 교실의 벽 그 자체가 시선이 되어 나를 감시하고 있는 것 같았다. 주위를 두리번거렸지만, 오로지 내 시선이 지난 후 고개 뒤편에서만 웅성거리는 소리와 함께 나를 경멸하는 시선이 나타나는 것을 느낄 수 있었다. 소란스러운 소리는 복도 바깥에서도 들리기 시작했다. 이전에 한 번도 들어본 적 없는 알 수 없는 음이 반복되며 신경을 긁는 무수한 소리. 무거운 나무

통이 복도를 긁거나 쿵쿵거리는 소리. 파일 철이나 작대기를 허벅지에 탁탁 퉁기는 소리. 나는 이미 그들이 나를 발견했다는 것을 알 수 있었다. 조금 전 남자의 모습이 떠올랐고, 그 모습의 무리가 다가오고 있다고 생각하니 오싹해지며 몸이 떨려왔다. 머릿속에서 상상한 그들을 두 눈으로 확인할 용기는 없었다. 그들의 커다란 입은 내가 가야 할 길을 대답해 줄 수 없을 것이다. 그들은 자신들이 각자 끌고 있는 빈 관에 서로 나를 집어넣으려고 할 것이다. 여학생이 앉아 있던 곳으로 고개를 돌렸다. 고등학생 여자아이는 사라지고 하얀 의자만이 조명을 받은 것처럼 빛나고 있었다. 그녀를 찾아 주위를 둘러봤다. 한쪽 공간이 달빛을 받은 것처럼 푸른빛을 반사하고 있었다. 그곳으로 다가갔다. 보이지 않았지만 그곳에 창문이 열려 있음을 알 수 있었다. 그 창문은 아주 오래전부터 그곳에 있었을 것이다. 그 창문으로 고개를 내밀었다. 창밖으로는 바닥이 보이지 않는 건물 외벽이 아래로 끝없이 이어져 있었다. 그 속으로 나는,

주저 없이 뛰어내렸다.

얼마나 떨어졌을까. 세상은 마치 멈춰버린 것 같았다. 내가 떨어지고 있다는 것조차 알 수 없었다. 단지 바닥에 닿을 수 없다는 것. 그리고 어느 쪽이 위인지 알 수 없다는 것. 나는 추

락하는 이 세계에 속하지 못했다. 과연 그것을 추락하는 것이라 볼 수 있을까. 어디선가 차가운 바람이 불어오는 것이 느껴졌다. 그 한기는 검푸른 방에 있던 그녀의 체온을 떠올리게 만들었다. 저 멀리 아래에서 빛나고 있는 하얀 점이 보였다. 그 점은 그것이 무엇인지 내가 인식하기도 전에 나를 덮쳐왔다. 나를 받아준 것은 하얗게 색이 바랜 덤불이었다. 나는 덤불에 걸려 마리오네트처럼 허공에서 허우적거렸다. 덤불은 나를 쉽게 놓아 주지 않았고 아직도 바닥은 너무나 멀리 있는 것처럼 느껴졌다. 한참을 버둥거린 뒤에야 나는 간신히 발을 땅에 디딜 수 있었다.

뒤를 돌아봤다. 검은 건물은 눈에 닿지 않을 정도로 까마득히 먼 곳에 그림자만 희미하게 남아 있었다. 건물의 그림자는 하늘에 닿을 것 같이 높아져 있었다. 눈앞에는 아래로 내려갈 수 있는 계단이 있었다. 계단은 그 끝이 보이지 않았다. 하지만 두려움이 들지는 않았다. 아마도 그 계단의 끝에 작고 희미했지만 푸른빛이 보였기 때문일 것이다. 나는 계단을 내려가기로 마음먹었다. 나를 인도하고 있는 그 작은 빛을 놓치면 안 될 것만 같았다. 그 결정에 의구심은 없었다. 천천히 계단을 내려가기 시작했다. 얼마나 내려갔을까. 희미한 빛은 전혀 가까워지지 않았다. 아니 빛은 다가가면 다가갈수록 오히려 더 희미하게 멀어져갔다. 무릎에 힘이 부족한지 다리가 후들거렸다. 이미 오래전에 지쳐 있었던 것일지도 모르겠다. 계단은 무한히 이어져 있는 것만 같았고, 오랜 시간 체중이 실린 무릎과 발목이 아파왔다. 하지만 멈추지 않았다. 아니 멈출 수 없었다. 멀리 희미하게 빛나는 푸른빛은 지금 이 순간에도 계속 멀어지고 있었고 등 뒤에서는 검은빛이 뒤따르며 나를 삼키려 했다. 나는 그 검은빛에 발목을 잡힐까 두려웠다. 그 검은빛이 나를 따라잡아 내 몸에 닿으면 나는 영원히 그 어둠으로 끌려 들어가 다시는 돌아오지 못할 것 같았다. 나는 더 이상 돌아보지 않았다. 멈추지 않고 빠른 걸음을 재촉했고, 결국 계단을 헛디뎠다. 미끄러지는 발걸음. 나는,

아주 잠시 하늘을 날았다.

내가 그 짧은 비행을 마치고 떨어진 곳은 하얀 눈이 쌓인 공터였다. 어둠에 익숙해져 있던 나는 순간적으로 아무것도 볼 수 없었다. 마치 두 눈이 멀어버린 것만 같았다. 나는 한참 동안 눈을 감고 서 있었다. 현기증이 났다. 천천히 쓰러지며 두 손으로 땅을 짚었다. 차가운 한기가 뱀처럼 팔을 타고 어깨로 올라왔다. 한기는 오히려 반가웠다. 나는 천천히 눈을 뜨고 하얀 세상에 두 눈을 익숙하게 만들었다. 무한히 펼쳐진 공터의 지평선이 익숙해진 시선 속으로 들어왔다. 눈 위에는 아주 작은 동물의 발자국 하나 찍혀 있지 않았다. 나는 발을 내디뎌 끝이 보이지 않는 반대편을 향해 걷기 시작했다. 내가 걸은 자

리마다 오래된 상처가 아문 뒤의 흉터 같은 발자국이 단단하게 새겨졌다. 종아리까지 올라오는 눈이 발목을 잡아 금방이라도 신발이 벗겨질 것만 같았다. 부서진 눈가루가 신발 속으로 파고들었다. 조금씩 시려오던 발은 점점 감각이 굳어갔다. 하지만 신발을 벗고 발을 녹일 곳은 물론이고, 엉덩이를 붙이고 잠시 쉴 곳조차 보이지 않았다.

그곳에서 나는 그녀를 다시 만났다.

아니, 오래전의 그녀. 어쩌면 내가 그녀를 알기 전, 또는 내가 그녀의 존재를 인식하기 전의 그녀였을 것이다. 내가 그녀를 알기 전에도 그녀는 이 세계에 존재하고 있었다. 그렇다면,

그녀는 누구일까.

나는 그녀를 바라봤다. 하염없이. 그녀는 나를 눈치채지 못한 듯했다. 그녀는 마치 눈을 처음 본 강아지처럼 신기한 듯 설원을 뛰놀았다. 그녀는 혼자가 아닌 것 같았지만, 그녀와 함께 있는 사람의 모습은 나에게 그저 하얀 신기루처럼 흔들려 보일 뿐이었다. 그녀는 그런 신기루의 손을 잡고 있었다. 신기루는 바람이 불면 흩어질 것 같이 위태로워 보였다. 나는,

그런 그녀에게 다가가지 못했다.

그것은 그녀의 곁을 지키고 있는 신기루 때문이었을까. 그녀라면 이곳이 어딘지 대답해줄 수 있을까. 알 수 없는 노릇이었다. 제자리에서 움직일 수 없었다. 하늘에서 천천히 눈이 내

리기 시작했다. 눈이 점점 차올랐다. 여전히 그녀는 쌓여가는 눈 위를 뛰놀고 있었다. 마치 구름 위를 뛰노는 사람처럼. 그녀는 나와 눈이 마주쳤다. 그녀는 눈웃음을 지었다. 그녀의 눈웃음이 나를 향한 것인지 아니면 내 뒤의 무엇인가를 향한 것인지 확신할 수 없었다. 그녀 곁의 신기루는 어느새 사라지고 없었다. 그녀는 나를 향해 달려오고 있었지만 그녀와 나의 거리는 가까워지지 않았다. 나는 움직일 수 없었다. 눈이 차올라 내 발목과 무릎을 붙들고 있는 것일까. 나는 내 몸을 내려다봤다. 내 몸은 마치 신기루처럼 흐려지며 흩어지고 있었다. 그녀가 미처 나에게 도착하기 전에 나는 완전히 흩어져버리고 말았다. 내가 마지막으로 본 것은 그녀의 천진난만하게 웃는 얼굴이었다. 눈을 바라보는 그녀의 웃음과 달리 나는,

눈이 싫었다.

눈이 오면 누군가가 죽었다. 세상의 모든 소리를 눈이 흡수해 버리면, 멀리서 울리는 앰뷸런스 소리만 남았다. 나는 마을을 둘러싼 능선을 조용히 바라보며 소중한 사람이 돌아오길 빌었다. 절벽으로 돌진하는 차들. 그 차들은 가드레일을 뚫고 나가며 어떤 풍경을 보았을까. 그 풍경 너머에서, 분명 더 이상 이 세계에 존재하지 않는 소중한 사람이 손짓하고 있었을 것이다. 그래서 그들은 소중한 사람의 애처로운 손짓을 외면하지 못하고 아주 잠시 또는 영원의 시간 동안 하늘을 날았을

것이다. 그들은 그렇게 순간의 틈에 안치되었다. 눈이 만들어 낸 허상. 얼굴을 할퀴는 눈가루가 신기루처럼 운전자를 속여 소중한 사람들을 찾아 떠나가게 했다. 그러나 그건 눈의 잘못은 아니었다. 소중한 사람이 모두 사라졌을 때 나는 무엇을 했을까. 나는 아무도 만나지 않았고, 누군가에게 소중한 사람이 되지 않으려 노력했다. 그랬기 때문에 나에게 다가오지 못한 그녀에게 조금은 미안한 마음이 들었다.

단지 그뿐이었다.

양팔을 가로로 펼치지도 못할 정도로 작은 방에서 눈을 떴다. 마치 악몽을 꾼 것처럼 등이 축축했다. 천장은 상체를 일으킬 수 없을 정도로 낮았다. 눈앞의 허공에는 글씨들이 아지랑이처럼 흔들리며 외롭게 사라지고 있었다.

'어차피 타인의 마음은 이해할 수 없다.'

나는 기억해 낼 수 없었다. 아마 내가 이 글을 적었다면, 내가 지워버린 기억의 저편에서나 있었던 일일 것이다. 만약 이 글을 적은 것이 나 자신이라고 하더라도 나는 이 글을 쓴 사람을 이해하지 못할 것이다. 모든 고민의 지점은 언제나 현재형이다. 그 고민은 지금의 나와는 너무나 멀어져 공감할 수 없을 것이 분명했다. 나는 양손으로 벽을 밀며 소리를 질렀다. 눈으로 막혔던 목이 트이며 세상은 깨진 유리 파편처럼 무너져 내렸다.

유리 파편처럼 날카로운 눈이 바람을 타고 얼굴을 할퀴고 스쳐 지나갔다. 눈 덮인 넓은 공터에 검은 건물이 불타고 있었다. 눈 위에서 푸른 불꽃에 휩싸여 타오르는 건물은 아름다웠다. 건물은 작은 방들이 사방으로 무한히 이어져 있었고, 그 방에는 좀 전에 건물에서 마주쳤던 사람들이 각각 한 명씩 들어 있었다. 그들 모두는 자신의 관 위에 올라가 춤을 추고 있었다. 나는 그들을 바라봤지만, 그들의 썩은 눈은 앞을 볼 수 없어서 나와 눈이 마주치지 못했다. 그들은 온몸이 타들어가면서도 춤을 멈추지 않고 노래를 불렀다. 멀리서 앰뷸런스 소리가 들렸다. 시취가 점점 심하게 진동했지만 역하게 느껴지지는 않았다. 건물은 오랫동안 타올랐다. 앰뷸런스 소리는 점점 커졌지만, 설평선 어디에서도 구급차의 모습은 보이지 않았다. 건물은 이제 형태를 잃고 그 속의 사람들과 함께 춤을 추며 무너지기 시작했다. 그 사람들은 처음부터 불타는 건물에서 나올 생각이 없었을지도 몰랐다. 사람들은 이제 형태를 잃고 검은 그림자만 남아 희미하게 떨리고 있었다. 그들은 여전히 춤을 멈추지 않았다. 나는 그들이 나오지 못해 다행이라고 생각했다. 가슴속 깊이에서 올라온 한숨을 내쉬었다. 거의 다 타버린 검은 건물은, 내가 내쉰 한숨에 형체를 잃고 흩어졌다. 그 검은 재는 하늘로 날려 검은 눈처럼 하얀 벌판을 더럽혔다.

모든 것이 사라진 그 자리에는 이전에 어느 건물 안 의자에 앉아 있던 고등학생을 닮은 여자가 있었다. 이제야 나는 계속해서 그녀를 만나왔다는 것을 확실히 알 수 있었다. 나는 분명 그녀를 알고 있을 테지만, 지금의 그녀는 내가 모르는 어느 시대의 그녀일 것이다. 그녀는 성냥을 하나씩 그어 눈 위로 던졌다. 눈 위에 떨어진 성냥은 차가운 눈을 조금도 녹이지 못하고 꺼졌다. 그녀는 이 세계에 더 이상 태울 것이 없다는 것에 실망한 눈치였다. 나는 그녀의 곁으로 다가갔다. 하지만 그녀는 나를 전혀 신경 쓰지 않았다. 나는 그녀의 어깨로 손을 뻗었다. 내 손이 그녀의 어깨에 닿기 전에 바람이 불었다. 바람과 함께 그녀는,

눈 덮인 벌판과 함께 사라졌다.

나는 다시 골목으로 돌아와 있었다.

그녀가 보고 싶었다. 하지만 아직 나는 그녀를 만나지 못했다. 이 기억들이 내 것이 아닌, 언젠가 누군가의 마음속에 있던 파편들이라는 것을 눈치챌 수 있었다. 나는 아무렇게나 골목을 뛰기 시작했다. 어느 갈림길을 선택해도 자꾸만 그녀에게서 멀어지는 것 같이 느껴졌다. 이 세상 어디에도 그녀는 존재하지 않았다. 그러다가 어느 골목의 막다른 길에서 마치 마지막 기회라는 듯 그녀를 발견할 수 있었다.

그녀는 푸른 달빛이 비추고 있는 신기루를 앞에 두고 서 있었다. 나는 그녀에게 다가갔다.

"당신은 마치 푸른 달 같아. 손을 뻗어도 손에 닿지 않는 곳에 서 있어. 마치 나 혼자 존재하지 않는 것을 쫓고 있었던 것 같아."

그녀는 신기루에게 말했다. 그녀의 앞에 서 있는 신기루는 침묵했다. 아니 신기루에게는 입이 없으니 그 대답을 내가 듣지 못하는 것일지도 몰랐다. 그녀는 한숨을 쉬었다. 그 한숨에 신기루가 당장이라도 흩어져 사라질 것만 같았다. 신기루는 그녀에게 어떤 대답을 했을까.

"당신이 기억해주지 않는다면 이 세계는 이제 필요 없어."

그녀는 잠시 멈추었다가 입에 머물던 마지막 말을 간신히 내뱉는다.

"그럼 안녕."

그 목소리는 너무나 쓸쓸했고, 다시는 만날 수 없다는 이별의 강한 의지가 느껴지는 짧은 울림이었다. 신기루는 어떤 대답도 하지 못했을 것이다. 그녀가 멀어질수록 신기루는 옅어졌다. 그녀는 단 한 번도 돌아보지 않았고, 신기루는 이제 인간의 모습이라고 부를 수도 없이 형체를 잃은 채 흩어지고 있었다. 그 모습을 멀리서 멍하니 지켜만 보던 나는 뒤늦게 정신을 차린 듯 멀어진 그녀를 쫓았다. 그녀를 잡아야만 했다. 하지만 그녀는 가까워지지 않았다. 그녀를 향해 전력으로 달렸다. 그렇게 달리는 내 뒤로 세상은 검은 허공에 천천히 흡수되며 무너지고 있었다. 이미 신기루는 어디론가 흩어져 무너진 세계 속으로 섞여 들어갔다. 내 시선은 그녀의 뒤를 놓치지 않기 위해 필사적으로 쫓았다. 그녀의 주변에서는 세상이 다시 만들어지고 있었다. 나는 새로 만들어지는 그녀의 세계에서 벗어나지 않으려 멈추지 않고 뛰었다. 이상하게도 힘들지 않았다. 하지만 결국 그녀를 따라잡을 수 없었다. 그녀는 정말로 이 세계를 포기해버린 것 같았다.

이제 그녀와 내가 살아가는 시간의 속도는 눈에 보이게 어긋나고 있었다. 나는 달리기를 멈췄다. 눈앞에서 세상은 거꾸로 뒤집히고 있었다. 마치 아무렇게나 벗겨진 과일 껍질처럼 세상은 제멋대로 말리며 말라가고 있었다. 세계는 뒤틀리고 있었다. 온 사방에 죽음의 모습들이 떠돌았다. 나는 그 세계로 아무렇게나 떨어졌다. 아니 그것을 떨어지는 것이라 부를 수 있을까. 어렸을 적 동경한 우주비행사의 유영처럼 나는 허공에서 떠다니고 있었다. 어디선가 꼬리가 보이지 않을 정도로 긴 뱀이 나에게 다가왔다. 나는 그것이 마치 마지막 희망인 양 뱀을 향해 손을 내밀었다. 뱀은 내 손에 닿자 먹잇감을 잡듯 천천히 팔을 감아왔다. 팔을 타고 오는 뱀의 한기는 나를 안도하게 만들었다. 어느덧 뱀은 어깨를 타고 올라와 목을 조였다.

목이 매달리며 머리가 뒤로 젖혀졌다. 그와 동시에 시선이 강제로 하늘로 향했다. 뱀의 꼬리 끝에 매달린 구가 서서히 모습을 드러냈다. 숨을 쉬기 힘들어졌다. 내 유영은 오래 가지 못할 것이다. 구가 가로로 갈라지며 커다란 눈으로 변했다. 검은 동공에 내 모습이 비춰졌다. 나는 그제야 처음으로 내 얼굴을 확인할 수 있었다. 하지만 내 얼굴은 지금까지 내가 본 적이 없는 모습을 하고 있었다. 그 얼굴은 심하게 부패되어 여기 저기 살점이 떨어져 나가 살아 있는 사람의 얼굴이라고 보기 힘들었다. 그 얼굴을 보고 나는,

기억해냈다. 어제의 나를,

나는 간신히 대로에 도착할 수 있었다. 넓게 펼쳐진 대로에는 차 한 대 지나지 않았다. 하지만 나는 그 삭막한 풍경에 당황하지 않았다. 이미 나는 익숙해져 있었다. 아니 이제 모든 것을 알게 되었다. 확인하듯 대로에 다가가 아주 천천히 손을 뻗었다. 그것은 거대한 벽에 입체로 보이도록 아주 잘 그려진 그림이었다. 그 그림을 손등으로 두드렸다. 반대편에 전혀 빈 공간이 없는 듯, 어떤 울림도 돌아오지 않았다. 그건 돌이나 나무가 아니었다. 내가 알지 못하는 그 어떤 것으로 만들어져 있었다. 아마도 그녀는 나를 꿈꾸기를 멈추면서 자신이 잊고 싶은 모든 것들과 함께 나를 이 벽 안의 세계에 가두었을 것이다. 아니 가둔 것은 그녀가 아니라 나 자신이었다. 내가 그

녀와 이야기를 할 수 있는 곳은 내가 잠에서 깨어난 그 검푸른 방뿐일 것이다. 나는 뒤돌아봤다. 언제나 그녀의 흔적 속에서 살아갈 수 있는 이 작은 세계를 남겨준 그녀에게 감사해야 할까. 내가 다시 그 푸른 방을 찾는다면, 나는 그녀의 세계로 돌아갈 수 있을까. 알 수 없는 일이었다. 여전히 나는 그 푸른 방이 있던 건물이 어떤 모양인지 기억해낼 수 없었다. 하지만 발길을 돌려 골목으로 들어갔다. 앞으로 얼마나 헤맬지 알 수 없었다. 하지만 내가 할 수 있는 것은 그것밖에 없었다. 가장 소중한 것을 잃은 대가로 그녀를 더욱 잘 이해할 수 있는 기억들과 영원히 함께하게 되었다. 앞으로도 이 골목의 기억들 속을 영원히 헤맬 것이라 생각하지만, 그 푸른 방을 찾는 것을 포기하지 않을 것이다.

간신히 찾아낸 그 방에서 그녀가 더 이상 기다리고 있지 않더라도 말이다.

📖

여자는 어느 폐가 앞에서 읽고 있던 책을 덮는다.

이 이야기들은 여자의 기억이 아니라 다른 누군가의 기억이다. 이야기가 끝날 때까지 몇 페이지나 남았는지는 모르겠다. 하지만 그는 아직 오지 않았다. 이건 시간으로 따지면 어느 정도의 시간일까. 여자는 그를 기다리길 포기하고 자리에서 일어난다. 아마도 그는 이제 여자와의 약속이 필요 없어졌을지도 모른다. 그리고 여자에게도 이제 그 약속이 필요 없을지 모른다. 여자는 이 골목을 내려가려면 아주 긴 시간이 필요할 것만 같다고 생각한다.

 그녀가 사라지고 난 뒤, 검은 책은 그녀가 앉아 있던 돌 위에서 책장이 바람에 파닥거리고 있었다. 마치 비석 위에 앉은 나방의 날갯짓처럼.

발문

이 소설집은 실패했다

김현(시인)

1

한번은 태형과 '텍사스'에서 술을 마시게 되었다. 간단히 한잔씩만 하자는 초저녁 술자리는 언제나 그렇듯 새벽까지 이어졌다. 그때 나는 등단하였으나 어디에서도 청탁이 오지 않던 시인이었고 태형은 '내가 이러려고 시인이 됐나, 자괴감 들어'라고 굳이 말하지 않는 나를 앞에 앉혀두고 술김에라도 내 시에 관해 말해주는 사람이었다. 그즈음 흔치 않던 사람. 나는 말해주는 사람으로서의 태형을 비교적 잘 알고 있다. 태형은 어쩌다, 말이 많은 사람이다. 주로 말을 가리는 사람인데 그건 태형이 사람을 가리는 사람이기 때문이다. 태형은 자신의 말을 들려줄 사람을 고른다. 나는 사람을 고르는 태형의 기준이 그가 가진 소설가의 태도라고 생각한다. 소설은 들려줄 사람을 고른다(시는 그런 걸 고르는 장르가 아니다). 그렇지 않겠는가. 길고, 어쩌면 지루해질 수도 있는 걸. 그러니까 아마도 지금 이 책을 읽으려고 하거나 이미 읽은 당신은 태형에게 선택받은 자다. 어떤가? 선택받은 기분은. 나는 태형이 쓴 소설 대부분이 바로 그 선택의 지점에서 출발했을 것이라 믿는다. 선택받지 않은 기분으로부터. 태형에게 선택이란 인간의 삶을 후천적으로 결정짓는 무엇처럼 보인다. 그러니까 신의 몫이 아니라 인간의 몫인 것. 인간이 정해버린 운명이란 어쩔 수 없이 인간적인 감정을 동반하는데 그것은 대개 죄와 벌의 소관이다. 죄와 벌의 서사를 구상하는 태형을 생각해본다. 서사 바깥에서 내가 아는 태형은 죄와 벌을 주로 생각하는 인간이 아니다. 그러므로 그의 서사는 대개 어떤 시절의 것이고 태생적이며 원초적인 듯하다. 나는 다 큰 태형의 일상에 가까이 있었던 적이 단 한 번도 없다. 나는 태형이 밥은 먹고 다니는지, 누구를 만나는지, 어떤 죄를 저지르고 어느 순간에 속죄하며, 어떤 욕망에 사로잡혀 자신을 괴롭게 하는지 알지 못한다. 나는 태형이 가끔 살고 싶은지 내내 죽고 싶은지 역시 알지 못한다. 나는 태형의 삶에서 멀리 있는 사람이다. 내가 가까이 있는 것은 태형의 서사이다. 나는 태형이 어릴 때, 그러니까 탄광 마을에 살던 아이가 어떤 악의 씨앗을 키우며 착하게 자랐는지를 생각할 수 있다. 태형이 늘 자신이 떠나온 것과 버린 것과 죽여 버린 것과 잊은 것과 기억하고 있는 것과 못 먹을 것과 가까이 있는 것과 읽은 것에 관해—오직 기질적인 것들만이 원초적이다.—이야기하는 사람임을 알고 있다. 그러나 나는 태형의 서사에 관해서는 정확히 할 말이 없다. 이유는 한 가지인데, 나는 태형의 발단, 전개, 위기, 절정에 흥미를 느낀 적이 없기 때문이다. 나는 태형의 결말에, 서사가 다 끝나갈 때, 더는 읽을 것이 없다고 생각될 때, 끝에 가서 나타나는 것에 매혹을 느낀다. '본디'라고밖에 말할 수 없는 것. 나는 태형의 서사들이 고유하다고 생각하지 않는다. (그렇지 않은 문학이 어디 있겠느냐마는) 태형의 서사들은 대부분 누군가의, 이미 오래전에 쓰인 것들의 영향권에 있다. 영향이 아니라. 오마주가 아닌 클리셰. 부분적인 것으로서가 아니라 전체적인 것으로서 어디서 본 듯한 것. 나는 태형이 자신의 서사를 클리셰로 두는 방식, 그러니까 자신의 소설이 말하고자 하는 바가 서사의 과정에 있는 것이 아니라 서사의 결과에 있다고 결정짓는 방식에 흥미를 느낀다. 왜냐하면, 나는 그 방식이 소설가 이태형을 설명하는 고유한 것으로 생각하기 때문이다. 이태형은 조립해서 성공한 것을 보여주는 소설가가 아니라 덧붙여서 실패한 것을 보여주는 소설가다.

2

 "나는 새로운 생명체에는 관심이 없어. 옛 괴물이라면 모를까."

 한번은 태형과 한국 땅에서 '인간'에 관하여 말하게 되었다. 아직 이명박 정권일 때의 일이다. 태형은 내 시가 그래도 여전히 인간을 믿고 있음을 이야기했고 그것이 시에 온기라는 심연을 부여한다고 했다. 나는 태형의 말을 듣고 '나는 인간을 믿는가?' 자문하였다. 인간을 믿는다는 것은 성선설을 믿는다는 것인지, 인권을 생각한다는 것인지, 사람 좋다는 것인지를 생각했다. 그 모든 것일 수도 있었다. 그 사이 태형은 자신이 인간을 혐오한다고 말했다. 그 말은 더 생각해볼 만한 것이었다. 내가 아는 태형은 사람 좋은 사람이고 인권을 생각하는 사람이고… 성악설을 믿는 사람에 가까운 사람이기 때문이었다. 그는 어떻게 인간을 혐오한다는 말을 스스로의 말로 삼게 되었을까. 인간에 대한 혐오는 결국 자기혐오다. 자신을 혐오하며 글을 쓴다는 것은 무슨 의미일까. 자기혐오의 기원을 찾아서. 혐오의 기원을 찾는 일은 결국 가해와 피해의 기원을 찾는 일이 아닌가. 그 사이 태형은 인간을 믿지 않는 소설을 쓰고 있다고 했다. 그러니까 고백으로서의 소설 쓰기. 나는 태형이 서사를 통해 죄를 묻고 벌주려고 하는 것에 대해 생각했다. 용서할 수 없는 것. 구원받을 수 없는 것. 태형에게 인간을 혐오한다는 말은 '한 번 지은 죄는 영원히 사라지지 않는다.'라는 말과 다르지 않을 것이라고 나는 생각했다. 아마도 그런 이유로 이후에도 나는 소설가 이태형이 조립이 아니라 깁는 것에 더 적확한 기술을 발휘하는 사람이라고 믿었던 것 같다. 이태형은 죄의 탄생, 죄의 죽음에는 관심이 없구나. 이태형은 오로지 '죄의 불멸'에 관심이 있구나. 고백하자면 나는 영원이니 불멸이니 선이니 악이니 용서니 구원이니 영혼이니 죽음이니 신이니 인간이니 하는 것에 취향을 드러내는, 관념적이지 않은 태형을 좋아한다. 그런 사람이라서 결국은 '덧붙이는 인간'에 관하여 말할 수밖에 없는 소설가 이태형을. 조립된 인간이 아니라 꿰매진 인간에 대하여. 새로운 인간이 아니라 인간의 겉에 인간의 겉을 기운, 그리하여 애초의 인간도 아니며 이후의 인간도 되지 못하는, 본질적으로 비극적일 수밖에 없는 인간에 관하여 쓰는 자를. 그런 인간에 관해서라면 이런 걸 말해보고 싶은데, 태형은 술에 취해서는 종종 자신이 살던 고향의 이야기를 들려주거나 자신이 머물었던 타향의 이야기를 들려주곤 했다. 고향의 이야기라면 대개 탄광과 진폐증과 쇠락한 욕망에 관한 것이었고, 타향에 관해서라면 말과 정력과 들끓던 욕망에 관한 것이었다. 그러니까 전자는 죽음에 가까웠고 후자는 삶에 가까웠다. 전자가 삶의 에너지를 구하려고 애썼던 시절이라면, 후자는 죽음의 에너지에 지려고 애썼던 시절이었다. 그런 말을 먼저 들었던 독자였기에 나는 태형의 소설을 맴돌면서 탄광 속으로 전진해 가는 늙은 말과 태아를 상상하곤 했다. 암흑 속에 죽은 말이 있고 그 곁에 이제 막 태어난 핏덩이가 있다. 그 핏덩이가 사람의 버려진 자식이고 그 자식이 어둠을 피하고자 말의 속으로 들어가 말의 태아처럼 웅크려 잠이 든다. 그리하여 아침이 오고 피를 묻힌 사람이 죽인 말을 질질 끌고 탄광을 빠져나가고 그때 어둠 속에서 스스로 일어나 두 발로 탄광을 걸어 나오는 핏덩이의 붉은 눈동자. 클로즈업. 나는 태형의 서사에게 물을 수 있었다. '당신 안에 있는 건 무엇입니까?' 인간의 안에 든 것을 생각하는 일이란 역시 역사를 생각할 수밖에 없는 일이다. 인간의 역사를.

"내 안에 악이 있어."

이건 태형에게 들은 말이 아닐 수도 있다.

3

한번은 이런 일도 있었다.

태형이 자신의 첫 소설집의 발문을 써달라는 부탁을 해왔다.

인간을 믿는 시와 인간을 믿지 않는 소설 중 끝에 가서 더 비극적인 것은 어떤 것일까를 묻고 싶었다. 묻지 않았다. 대신 그즈음 우리는 어떻게 먹고살고 있는가를 확인했다. 박근혜 탄핵소추안이 가결된 것은 그로부터도 꽤 오랜 시간이 지나서였다. 태형과 만나 주로 하는 이야기는 역시 어떻게 살고 있는가, 어떻게 살 것인가 하는 것이다. 문학은 개뿔. 해물파전에 막걸리를 마시거나 치맥. 그러나 여하간 술에 취하면 결국은 또 쓰는 얘기. 어떻게 쓰고 있는가. 어떻게 쓸 것인가. 태형이 내게 발문을 부탁해온 건 아무래도 취기 때문일 것이다. 그런 태형도 나도 이제 술을 잘 마시지 않는다. 태형은 몸 때문이고 나는 몸 때문만은 아니다. 모름지기 성공적인 발문이란 작가의 사생활이 주가 되고 작품에 관한 이야기는 '왼손은 거들 뿐' 정도여야 할 텐데. 그럴 수 없어서 아쉽다. 태형과 나는 왜 일상을 공유하는 사이가 아닐까. 그건 아마도 태형과 내가 쓰는 사람으로서 만남을 시작해서일 것이다. 지금이라도 나는 태형의 사생활, 태형이 쓰는 이야기를 들려주며 글을 끝내고 싶다. 한번은 태형이 한밤중에 전화를 걸어왔다.

"내 안에 뭔가가 있어."

태형이 말했다.

"누구나 자기 안에 있는 게 있으니까."

내가 대답하자, 태형이 재차 말했다.

"아니, 튀어나오려는 게 있다고."

태형이 말하자, 내가 재차 말했다.

"새로운 생명체야?"

그때 전화가 툭 끊어졌고 나는 그 한밤중에 태형의 몸에서 튀어나오려는 것에 관해 생각했다. 꿈도 꾸었는데, 알 수 없이 새로운 인간들이 바글바글한 꿈이어서 아침이 되어서도 좀처럼 정신이 차려지지 않았다. 어젯밤 태형의 전화를 받지 않은 것이 떠올랐고 태형에게 전화하려고 했으나, 이미 태형에게 문자메시지 한 통이 와 있었다. 그 문자메시지를 보고 한번은 태형과 이런 일도 있었다는 것이 떠올랐다. 끝에 가서 정신을 차리고 보니 태형이 사라지고 없었다. 종업원에게 같이 술 마시던 사람을 보지 못했느냐고 물었는데, 보지 못했다고 했다. 한동안 혼자 앉아서 끝에 가서 사라지는 사람에 관해 생각하였는데, 그때 태형이 나타나서는 나를 한참 찾았노라고 했다. 여긴 끝이 아니라고 했다. 그는 끝에 가 있었고 나는 끝에 가 있지 않았다. 이런 일화들을 떠올리면 자연히 태형이 덧붙여진 인간이라는 사실을, 인간이란 모름지기 덧붙여지는 것일

뿐이라는 생각에 사로잡힌다. 이때의 생각은 촉감적인 것이고 접촉에 대한 열망에 가까운 것이다. 피부를 생각하게 하는 것. 나는 태형이 늘 '내가 사는 피부'를 그리는 사람이라고 생각한다. 이 소설집은 과연 파충류의 혹은 어류의 소설집이고, 피부의 소설집이라고 할 만하다. 나는 이 소설집의 고유함이 바로 거기, 인간을 혐오하는 가운데 인간에 대한 향수를 느끼고 있음에 있다고 느낀다. 태형은 말했다. 발문에 '이런 걸' 써도 돼. 이런 거란 어떤 것일까. 오래 고민했으나 답을 찾지는 못했다. 다만, 덧붙이고 싶다. 태형에게. 이 소설집은 실패했다. 이 소설집은 인간을 믿는 소설집이다. 그리고 나는 그 실패가 너의 소설의 처음이 되었음을 축하하고 싶다. 계속해서 네가 인간을 믿지 않는 소설을 쓰기를 응원하겠다. 끝끝내 인간은 결코 타인을 이해할 수 없다는 것을 증명하길.

'우시투티에 카티카 마자리부 라키니 우투오코에 나 율레 뮐워부 밀렐레'

작가의 말

ℵ1

 어제 저녁 우리는 어느 이름 모를 섬에서 헤매고 있었다. 우리는 보다 멀리 가기 위해 차를 빌려야 할지 고민했다. 하지만 우리는, 오늘은 이곳에서 떠나지 않기로 결심했고 바다로 나갔다. 그날은 평소와 달리 소금기가 거북하게 느껴지지 않았고, 약간의 고민 뒤 바다로 뛰어들었다. 이름조차 서로 묻지 않은 물고기들과 바다에서 한참을 놀았고, 밤이 되자 우리는 그 물고기들이 먼저 잡아 놓은 '무한 호텔'이라는 거창한 이름을 가진 허름한 숙소에 묵기로 했다. 신기하게도 우리는 지금도 그 방의 번호가 ℵ27이라는 것을 정확하게 기억한다. 바다에서 우리와 함께 놀았던 물고기들은 ℵ29에 묵었는데, 당연한 일이지만 물고기들의 밤을 찾는 것은 거의 불가능에 가까웠다. 우리는 끝없는 복도를 오랫동안 헤맸지만, 결국 포기할 수밖에 없었다. 우리는 마치 복도에서 한 발자국도 움직이지 않았다는 듯 태연히 눈앞의 문을 열고 우리의 밤으로 돌아왔다.

아침에 우리는 느긋하게 차를 마시고 다시 바다로 나갔다. 어제와 달리 우리를 제외하고는 누구도 볼 수 없었다. 우리는 걸려올 리 없는 전화를 받았다. 전화 속 목소리는 우리에게 휴가가 어제까지였다는 것을 알려주었고, 우리는 모든 돈과 원고가 사라진 것을 알았다. 오늘의 출근과 내일의 마감을 모두 잃어버린 우리는 서로 정반대의 방향으로 목적 없이 뛰기 시작했다. 어느덧 바다는 사라졌고, 우리는 꿈에서 깨어나 침대에서 안도했다.

ℵ2

너는 오랫동안 아무것도 하지 않았다. 흐르는 시간을 죽였고, 한낮에 잠을 청했다. 꿈속의 꿈에서 소년이 너를 비웃었고, 너는 소년을 꿈꾸길 멈췄다. 소년은 사라졌고, 이제 지금까지와 다른 시간이 흐르는 것을 바라보았다. 네 여행은 머릿속에서 단 한 발자국도 나오지 못했고, 너는 찰나도 앞으로 가지 못했다. 너는 아직도 너를 어딘가 존재했던 탄광촌의 소년으로 기억하지만, 남들에게 그런 네 모습은 전혀 남아 있지 않았다.

ℵ3

소년은 사람들에게 존재하지 않는 인간이었다. 아무도 소년에게 말을 걸어주지 않았다. 소년 역시 아무에게도 말을 걸지 않았다. 소년은 자기 자신이 누구인지 알 수 없었다.

온전히 홀로 존재했기에 소년은 완성되지 못했을지도 모른다. 소년은 자신이 누구인지 알기 위해 남을 연기하기 시작했다. 카트리지를 갈아 끼우면 다른 게임이 실행되듯, 그때그때 다른 사람으로 살았다. 소년은 각각의 상황마다 나름 연기를 잘해냈지만 그럴수록 더욱 자신이 누구인지 알 수 없었다.

어느 순간 소년은 자신이 누구인지에 대해 생각하는 것을 멈췄다. 소년은 잠이 들었고, 그 잠은 영원히 이어질 것만 같았다. 시간은 흐르거나 흐르지 않았다. 그 속에서 소년은 자신이라는 것은 처음부터 존재하지 않았을지도 모른다고 생각했다.

소년은 잠에서 영원히 깨어나지 않기로 결심했다. 여전히 자기 자신이 누구인지 알 수 없었지만, 조금은 행복했을지도 모른다. 하지만 과연 그 행복은 진짜였을까. 잠든 소년은 눈물을 흘렸다. 하지만 그 눈물조차도 연기였을지 모른다.

ℵ4

 마지막으로, 이 끝나지 않는 소년의 꿈을 함께 봐준 당신에게 감사한다.